문학의 창으로 본 조선의 궁중문화 2
# 혜경궁 홍씨와 왕실 사람들

문학의 창으로 본 조선의 궁중문화 2

# 혜경궁 홍씨와 왕실 사람들

| 정은임 |

채륜
CHAE RYUN

# 책머리에

2002년 초가을 출간한 『〈한중록〉 교주본』 서문에 〈한중록〉과 인연한 후 강산이 세 번 변했다고 했다. 이제 곧 강산이 네 번 변하는 해도 얼마 남지 않았다. 그동안 〈한중록〉에 등장하는 주요 사건과 인물을 재해석한 서적들이 출간되고 방송매체에서 다큐멘터리로 다루어지거나 드라마나 영화로 재창조되기도 하였다. 우리 문화에 대한 자긍심의 결과이므로 반갑고 고맙다.

언제부터인가 필자는 〈한중록〉의 작자 혜경궁에게 빚을 지고 있다는 심정을 떨칠 수 없었다. 그것은 세간에 출간된 서적이나 대중매체에서 혜경궁을 정치적 야심이 강한 여걸로, 또는 친정을 위하여 남편을 정신병자로 묘사하는 파렴치한 인간으로 부각하여 작자의 창자의도를 왜곡하는 경우가 많기 때문이다. 물론 모든 일에는 부정과 긍정이 동시에 존재함으로 가치관에 따라 이견이 있을 수는 있다. 그러나 작품에 대한 세밀한 검토는 하지 않고 앞뒤의 전개과정도 생략한 채 작품을 인용하면서 부정적으로 단정하는 것은 작자에 대한 모독이고 독자로서도 예의가 아니다.

대다수의 독자는 10년(61세, 67세, 68세, 71세) 동안 네 편에 걸쳐 남긴 〈한중록〉의 창작 동기가 서로 다르다는 것을 알지 못한다. 또한, 처음부터 네 편을 집필하겠다는 의도가 없었으며 〈한중록〉이라는 제목도 작자가 붙인 것이 아니라는 것을 모른다. 작자는 매 편의 서두에 내가 왜 누구에게 보이기 위하여 쓴다는 것을 분명하게 밝혔다. 엄격하게 말하면 네 편은 모두 독립된 작품이다. 현재 전하는 작품은 한 편이나 두 편 또는 네 편으로 묶여져 있으므로 그에 따른 독자들의 감상이 다를 수밖에 없다. 그래서 어떤 이본은 제목 없이 보장寶藏으로 시작되기도 하고 〈한듕록〉 〈혜경궁 읍혈록〉 〈閑中錄〉 〈閑中漫錄〉 〈泣血錄〉 등으로 다양한 제목과 표기에 있어서도 한글과 한문, 또는 한글과 한문을 섞어서 쓴 이본들이 전한다.

혜경궁 홍씨는 10세에 세자빈으로 입궁하여 28세에 남편을 잃는 등 소설보다도 더 극적인 삶을 살다가 순조 15년(1815) 12월 15일 신시(오후 3시~5시)에 경춘전에서 81세로 승하했다. 모든 고통을 감내하며 여든이 넘도록 살아야 했던 혜경궁의 삶 자체가 한恨이라 생각된다. 그러나 혜경궁은 입궐 전 친정에서 생활한 9년을 제외하고는 거의 전 생애를 궁중에서 생활하였고 신분 또한 왕족의 심층부라 궁중문학의 진수를 맛보게 한다.

필자는 〈한중록〉의 작자에 대한 빚을 조금은 덜기 위하여 혜경궁 홍씨를 중심으로 남편(사도세자), 시아버지(영조), 시어머니(정성왕후, 정순왕후, 영빈이씨), 아들(정조)과 시누이(화평옹주와 화완옹주)의 삶을 〈한중록〉과 『조선왕조실록』을 중심으로 비교 검토하여 인간 혜경궁을 재조명하였다. 당사자에게는 감내하기 어려운 고통이었지만 그 한의 고리를 엮어 낸 작자의 뛰어난 문학성으로 우리는 세월을 넘어 비극의 원인과 생명력 있는 인물들을 만나게 된다. 작품 곳곳에서 느낄 수 있는 수려한 문체와 문학적 향훈은 궁중문학의 백미로 평가받기에 부족함이 없다.

이 책의 출간을 앞두고 교정을 위해 애쓴 김효림, 이숙진 예비 박사에게 고마운 마음을 전한다. 또한 어려운 여건에도 출판을 위해 애써주신 채륜 사장과 관계자 여러분께 감사드린다.


2010년 이른 봄날
시내산 기슭 연구실에서

# 제2부 혜경궁 홍씨의 직계가족直系家族

## 3장 소천所天 사도세자

# 7장 세 분의 시어머니姆母



# 8장 시누이 화평옹주와 화완옹주

<한중록>은 영조 때에 뒤주에 갇혀 죽은 사도세자의 비인 혜경궁 홍씨가 10년에 걸쳐 쓴 것으로 창작동기가 다른 네 편의 글이 함께 묶여져서 후세에 제목이 붙여진 작품이다. 작자는 10세에 세자빈으로 궁궐에 입궁하여 81세로 생을 마감할 때까지 줄곧 궁중에서 생활하면서 실로 너무나 많은 일들을 겪었다. 입궐 초기에는 시아버지 영조의 각별한 사랑을 받으며 앞으로 군주가 될 동궁의 빈으로서 쇠락하던 친정 집안을 다시 일으켰고, 후에 정조가 된 국본을 생산하는 일들로 기쁨의 날들도 있었다. 그러나 입궐 초에 징후가 나타나던 세자의 병세는 날로 심해져 백약이 무효이고, 주변 사람들의 지극한 정성도 효험을 보지 못했다. 세자는 임오년(영조 38년, 1762) 윤 5월 13일 생부인 영조에 의하여 뒤주에 갇힌 지 8일째인 윤 5월 21일 새벽에 28세의 청년으로 숨을 거둔 비극의 주인공이 된다. 작자에게 지울 수 없는 여러 가지 한의 고리가 되게 한 이 사건을 작자는 임오화변(壬午禍變)이라 한다.

제1부

〈한중록〉과

혜경궁 홍씨

# 홍봉한 가계도*(혜경궁 홍씨 아버지)

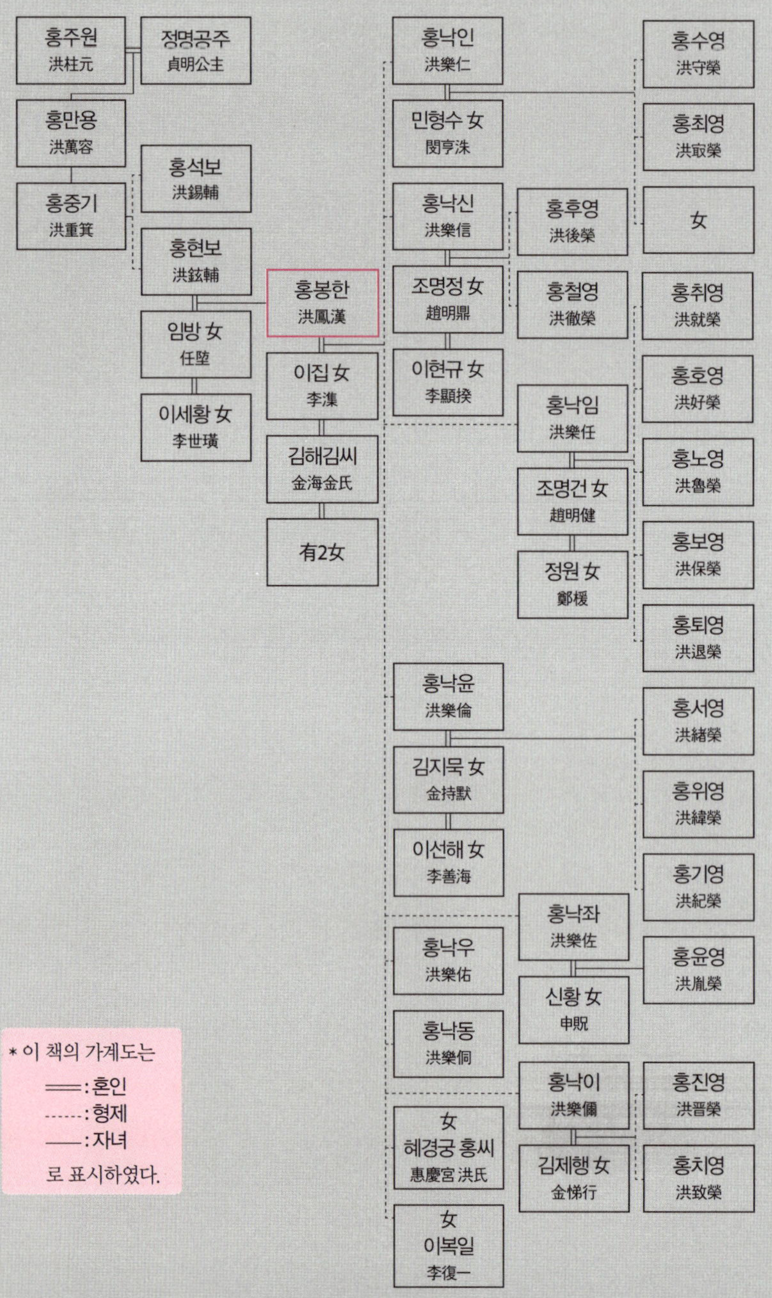


* 이 책의 가계도는
══ : 혼인
------ : 형제
── : 자녀
로 표시하였다.

# 1장
# 〈한중록〉은 어떤 작품인가

〈한중록〉은 영조 때에 뒤주에 갇혀 죽은 사도세자의 비인 혜경궁 홍씨가 10년에 걸쳐 쓴 것으로 창작동기가 다른 네 편의 글이 함께 묶여져서 후세에 제목이 붙여진 작품이다. 작자는 10세에 세자빈으로 궁궐에 입궁하여 81세로 생을 마감할 때까지 줄곧 궁중에서 생활하면서 실로 너무나 많은 일들을 겪었다. 입궐 초기에는 시아버지 영조의 각별한 사랑을 받으며 앞으로 군주가 될 동궁의 빈으로서 쇠락하던 친정 집안을 다시 일으켰고, 후에 정조가 된 국본을 생산하는 일들로 기쁨의 날들도 있었다.

그러나 입궐 초에 징후가 나타나던 세자의 병세는 날로 심해져 백약이 무효하고, 주변 사람들의 지극한 정성도 효험을 보지 못했다. 세자는 임오년(영조 38년, 1762) 윤 5월 13일 생부인 영조에 의하여 뒤주에 갇히고 8일째인 윤 5월 21일 새벽에 28세의 청년으로 숨을 거둔 비극의 주인공이 된다. 작자에게 지울 수 없는 여러 가지 한

의 고리가 되게 한 이 사건을 작자는 임오화변壬午禍變이라 한다. 이때 작자가 생명을 부지한 이유는 이제 겨우 11세인 아들과 어린 두 딸(9세와 7세)에게 아버지와 어머니를 동시에 잃는 아픔을 주게 할 수가 없을 뿐 아니라, 아들이 아버지를 대신하여 보위寶位에 오르게 하여 아버지의 한을 풀기 위해서라고 작품에서 거듭 밝히고 있다. 실로 이 염원을 이루기 위하여 작자는 아들에 대한 사사로운 정을 덮어둔 채, 할아버지인 영조의 처소로 아들(정조)을 보내고 그리움의 나날을 보낸다. 그것은 남편 사도세자를 죽음에까지 이르게 한 병의 단초를 부자간 사랑의 결핍에서 비롯되었다고 생각하였기 때문이다. 그러므로 다시는 이러한 비극이 되풀이되지 않도록 조손祖孫간에 두터운 정을 쌓게 하기 위함이었다. 이러한 작자의 선견先見은 적중하여 그 아들은 영조의 지극한 사랑을 받으며 후사後嗣가 되었다. 그분이 조선조에서 세종을 이어 성군으로 추앙받는 정조다.

그러나 정조는 보위에 오르자마자 외가인 풍산 홍씨豊山洪氏 집안을 치기 시작하여 어머니에게 깊은 상처를 남긴다. 그것은 아버지를 가둔 뒤주를 외할아버지인 홍봉한洪鳳漢이 들이게 했다는 이유에서였다. 물론 작자는 이러한 처분들이 시누인 화완옹주와 시모媤母인 정순왕후 측의 이간에서 비롯되었음을 알고 있었지만 당시의 상황에서는 고스란히 당할 수밖에 없었다. 그 후 정조는 전날의 처분들을 후회하면서 어머니에게 지극한 효성을 다하였다. 그러므로 혜경궁 홍씨가 환갑 되는 해에 처음 붓을 든 1편에서는 지난날의 아픔을 담담하게 뒤돌아 볼 수 있는 마음의 여유까지 볼 수 있다.

**한중록**
사도세자의 비인 혜경궁 홍씨가 10년
에 걸쳐 쓴 네 편의 글(61세, 67세, 68
세, 71세)이다. 네 편의 창작동기가 각
각 다르나 후세에 함께 묶여져 〈한중
록〉이란 제목이 붙여졌다.

　이렇게 노모의 한을 풀어 주기 위한 정조의 극진한 효도로, 만년
은 평온하게 보낼 수 있으리라 믿고 있었다. 그러나 정조 24년(1800)
6월 28일 49세의 장년에 67세의 노모를 남겨둔 채 갑작스럽게 승하
하여 어머니에게 지울 수 없는 아픔을 안겨준다. 그것은 손자인 순
조가 보위를 계승했으나 나이가 어렸으므로 대왕대비인 정순왕후
의 수렴청정垂簾聽政이 시작되었기 때문이다. 이후 작자와 시모의 두
외척 간에는 끝이 없는 투쟁이 시작된다. 이 과정에서 억울하고 가
슴 아픈 일들이 연이어 일어나자 노구老軀를 무릅쓰고 67세와 68세
에 작품 2~3편을 집필하게 된다.

　그 후 작자는 이러한 모든 비극의 실마리는 사도세자의 죽음에서
비롯되었음을 인식하고, 차마 말할 수 없었던 남편 사도세자의 병의

원인과 그 증세를 자세히 밝힌다. 또한 사도세자 처단 때 사용된 뒤주는 영조가 스스로 생각해 낸 것임을 분명히 함으로써 이 일로 인해 수차에 걸쳐 수난을 겪은 친정 집안의 억울함을 손자가 풀이 주기를 소망하면서 71세의 노년에 10년에 걸친 회고록을 마감한다.

〈한중록〉의 작자 혜경궁 홍씨는 입궐 전 친정에서 생활한 9년을 제외하고는 거의 전 생애를 궁중에서 생활하였고, 신분 또한 왕족의 심층부라 궁중문학의 진수를 맛보게 한다. 당사자에게는 감내하기 어려운 고통이었지만 그 한의 고리를 엮어 낸 작자의 뛰어난 문학성으로 인해, 우리는 세월을 넘어 비극의 원인과 생명력 있는 인물들을 만나게 된다. 작품 곳곳에서 느낄 수 있는 수려한 문체와 문학적 향훈은 궁중문학의 백미로 평가받기에 부족함이 없다.

## 1. 〈한중록〉은 10년 동안 네 번 쓴 작품을 모은 것이다

오늘날 모든 작품들은 작자와 작품명을 표기하여 독자를 만난다. 그러나 우리나라의 옛 작품 중에는 〈춘향전〉과 같이 작품명은 있으나 작자를 알 수 없는 작품들이 많다. 또한 현재 전하는 대다수의 작품들은 활자본이 아닌 필사본이라 의식 또는 무의식적으로 필사자의 첨가와 삭제가 많아, 같은 작품이지만 분량이나 내용이 다르게 전한다. 그러므로 연구자들은 여러 이본들의 파생경로를 추적하여 작자와 창작시기 및 창작동기를 밝히려 한다. 그러나 많은 연구결과를 이루었음에도 허균이 지었다고 알려진 〈홍길동전〉

은 작자에 대한 이견이 있고 〈구운몽〉과 같이 작자가 분명한 작품도 창작시기와 창작의도에 대한 이견이 있다. 그러나 〈한중록〉은 원전에 대한 이견은 있으나 작자가 실존 인물이고 작품의 서두에 창작시기와 창작동기를 분명히 밝혔으므로 작자와 창작시기, 창작연대가 분명한 매우 소중한 작품이다. 그런데 대다수의 독자들은 〈한중록〉이라 불리는 작품이 창작의도를 달리하여 네 번에 쓴 글을 한데 묶은 것이며 명칭도 작자 자신이 정하지 않았음을 알지 못한다. 각 편을 중심으로 그 이유를 밝혀 본다.

### 1) 61세에 친정 조카에게 보이기 위해 처음 붓을 들다

정조 19년(1795)은 혜경궁 홍씨가 환갑이 되는 해였다. 한恨 많은 생애 중에서 자신의 소생인 왕이 지극한 효성으로 섬기고 있었고 28세에 겪은 사도세자의 참혹한 죽음도 세월과 함께 많이 희석되어 과거의 아픔을 담담하게 돌아볼 수 있는 때였다. 그러므로 여러 차례 미루던 붓을 들게 되었다고 서두에 다음과 같이 밝혔다.

내 유시에 궐내에 들어와 서찰 왕복이 조석에 있으니 내 집에 내 수적이 많이 있을 것이로되 입궐 후 선인께서 경계하시되 "외간 서찰이 궁중에 들어가 흘릴 것이 아니요, 문후問候한 이외에 사연이 많기가 공경하는 도리에 가可치 아니하니 조석 봉서 회답에 소식만 알고 그 종이에 써 보내라" 하시기, 선비께서 아침저녁 승후하시는 봉서에 선인 경계대로 종이 머리에 써 보내옵고, 집에서도 또한 선인 경계를 받자와 다 모아 세초하므로 내 필적

19

이어서 훌륭한 가문에 대한 자긍심과 세자빈으로서의 간택과정, 가례 후 자녀 생산과 임오년에 있었던 사도세자의 비극적인 죽음, 정조 초기에 홍국영의 모략으로 겪은 고통과 홍국영의 몰락, 손자인 순조 탄생과 수원에 성대하게 거행했던 회갑잔치 등을 담담하게 서술했다. 혜경궁은 당시 집안이 몰락하여 움츠려 든 친정 조카에게 공주 후손으로서의 자긍심을 잃지 말 것을 많은 지면을 할애하여 당부하고 있다. 1편 어디에도 후편을 기약하지 않았으므로 다시 붓을 들게 되리라고는 생각하지 않았을 것이다.


## 2) 67세에 아들(정조)의 죽음으로 다시 붓을 들다

첫 번째 작품을 남긴 후 정조는 늘 어머니께 갑자년(1804)이 되어 원자(순조)의 나이가 15세가 되면 왕위를 물려주고 어머니와 함께 화성에서 살겠다고 했다. 그곳에서 아버지와 관련된 일에 자손으로 하지 못했던 일을 하고 즉위 초에 자신이 처분했던 외가 일도 갑자에 큰일을 이룬 후에 지한至恨을 풀게 해 주겠다고 다짐하였었다. 당시 작자는 "그때 내 나이가 칠십이나 되니 그때까지 살기도 어렵거니와 혹 오늘날 한 말을 어기면 어찌 하리"하자, "설마한들 칠십 노친을 속이랴"하여 갑자년을 금석金石같이 기다렸었다고 회고한다. 그러나 정조는 49세(1800년 6월 28일)의 장년에 갑자기 승하하여 생전의 약속을 지키지 못했을 뿐 아니라 어머니께 지울 수 없는 아픔을 주었다. 그것은 손자(순조)가 왕위를 계승했으나 나이가 어렸으므로 대왕대비(영조 비, 정순왕후)의 수렴청정으로 정조 외가(풍산 홍씨)가 또다시 수난을 겪게 되었기 때문이다. 혜경궁은 손자(순조)에게 친정동생 홍낙임洪樂任이 천주학天主學을 믿는다 하여 억울하게 죽은 일 등 친정 집안이 미움을 받게 되기까지의 여러 사건의 진실을 밝히며 아래와 같이 끝을 맺는다.

내 칠십 독로지경篤老之境에 선왕을 잃고 주야에 호곡하여 합연하기를 원하는 가운데 동생이 백지에 한 가지 죄도 없이 참화를 입되 내 터에 살아 앉아 구치 못하니 나 같은 흉독혼용한 사람이 다시 어이 있으리오. 주상이 그때 내 정경을 보시고 눈물을 머금고 가시더니 사람 없는 곳에 가 많이 울으시더라 하니, 당신이 유충하서 비록 구치 못하시나 그 사람에 죄 없는 줄 알으시고, 선왕의 평일 권대하시던 일을 생각하시고, 내 정리를 서러워하셔 그리하신 것이니 어찌 이렇듯이 슬퍼하지 아니하리오. 내 비록 망극 애통한 중이나 주상의 인효하신 마음이 장래를 바랄 것이오, 만일 슬픔을 이기지 못하여 자진하면 흉도들의 내 죽고자 졸이는 마음을 맞출 듯 참고 살았으나 원통히 돌아간 동생은 다시 살 길이 없고, 내 기식氣息이 날로 엄엄하

### 3) 68세에 손자(순조)에게 친정의 억울함을 알리기 위하여 또 다시 붓을 들다

68세(순조 2년, 1802) 때 쓴 작품으로 두 번째의 후반부와 같이 숙제叔弟의 억울한 죽음을 항변하는 것으로 시작된다. 그는 주상인 순조에게 효심을 불러오기 위하여 선왕인 정조가 학문을 좋아하고 검소한 생활을 하였던 점과 즉위 초에 외가에 한 일을 뉘우치며 효도하던 일을 상기시킨다. 특히 선왕(정조)이 임오년(사도세자가 죽은 해)의 참담한 시기에 외할아버지의 충성을 고마워하여 원자(순조)를 가리키며 "저 아이 때에 외조가 풀리시고 마마께오서 저 아이 효양을 내 적보다 더 낫게 받으시오리다"라고 말했음에도 친정 집안이 무고하게 화를 입고 있음은 천리天理에 어긋나는 일이라 한스럽다고 아래와 같이 누누이 강조한다.

을 뵈옵고 성자신손聖子神孫을 두어 계지술사하여 모자의 평생 한을 이룬 줄 서로 위로하리니, 이만 축천축천祝天祝天하며 이 쓴 조건에 내 일호라도 꾸민 것이 있거나 부과浮誇한 것이 있으면 이는 위로 선왕을 무함하고, 가운데로 내 마음을 스스로 기이어, 신왕新王을 속이고 아래로 내 사친을 아호함이니 내 어찌 즉지 천앙天殃이 무섭지 아니하리오. 내 평생 경력이 무수하고 선왕과 수작이 몇 천 마딘 줄 모르되 내 쇠모衰暮한 신사神思에 만에 하나를 생각지 못하고, 또 가국대사家國大事에 계관치 아니한 것은 세쇄 번설하여 다 올리지 아니하고 큰 조건만 기록하나 오히려 자세치 못하도다.

임술壬戌 칠월일七月日 서書

한중록

즉 "나를 없애려는 일로 동생에게 죄를 옮긴 것이니 이번 처사는 숙제를 죽이는 것이 아니라 실은 나를 죽이려 한 것이다. 선왕(정조)의 어미를 이렇게 핍박하고 욕되게 하는 것은 인륜이 끊어지는 것으로 이와 같은 때가 어이 다시 있겠는가"라고 통곡한다.


## 4) 임오화변의 원인과 사건의 진실을 순조에게 알리기 위하여 붓을 들다

순조 5년(1805)은 혜경궁이 71세였다. 순조 5년 4월에 마지막으로 붓을 든 당시는 수렴청정을 하던 시어머니 정순왕후(영조의 계비)가 승하(1805년 1월 12일)한 후였다. 순조가 주도적으로 왕권을 행사할 수 있으므로 순조의 생모 가순궁에게 이 글을 주면서 순조에게 꼭 읽히게 해 달라고 아래와 같이 당부한다.

23

임오화변壬午禍變이 천고에 없는 변變이라. 선왕이 병신 초에 영묘께 상소하셔 "정원일기政院日記를 없이하여지라"하여 그 문적을 없이하였으니, 선왕의 효사지심孝思之心으로 그 때 일을 중인衆人이 아니 볼 이 없이 설만이 보는 것을 설워하심이라. 연대 오래고 사적을 알 이 없어가니 그 사이에 이利를 탐하고 화禍를 즐기는 무리들이 사실을 변란하고 청문을 현혹하여 ……주상이 어려 계신데 이 일을 알고자 하시나 선왕이 차마 자세히 이르지 못하시고, 다른 사람이 뉘 감히 이 말을 하며 또 뉘 능히 이 사실을 해비該備히 알리오. 나 곧 없으면 궐내에서는 알 이 없어 인하여 모르게 하였으니 자손이 되어 조선祖先의 큰일을 망매茫昧할 일을 위하여, 망극하여, 한 번 전후사前後事를 기록하여 주상을 뵈고 없이 하고자 하되, 내 붓을 잡아 차마 쓰지 못하여 임염荏苒하더니, 내 첩첩한 공사 참화公私慘禍 후 일명一命이 실 같아서 거의 끊어지게 되니 이 일을 주상을 모르게 하고 돌아가기 실로 인정人情 밖인 고로 죽기를 참고 피를 울어 이리 기록하나, 차마 쓰지 못할 마디는 뺀 것이 많고 …… 내 임술 춘간春間에 이 일을 초草잡아 두고 미처 뵈지 못하였더니, 근일에 경력한 수작이 미쳐 가순궁도 자손을 알게 하는 것이 옳으니 써내라 청하니 비로소 강잉强仍하여 써 주상께 뵈니, 내 심혈이 이 기록에 다 있는지라. 새로이 심혼心魂이 경월驚越하고 간폐붕절하여 일자일체一字一涕하여 글씨를 이루지 못하니 세상에 나 같은 사람이 다시 어이 있으리오. 원의원의寃矣寃矣라.

을축乙丑 사월일四月日



임오화변의 진실은 내가 지금 말하지 않으면 영원히 밝힐 수 없다. 그것은 선왕이 효심으로 할아버지(영조)가 위독하게 된 병신 초(영조 52년 2월 4일)에 『승정원일기』에서 아버지의 죽음과 관련된 사건의 기록을 세초洗草(기록 삭제)해 줄 것을 청하였다. 그날 창의문 밖 차일암遮日巖에서 세초하여 아버지의 비행이 후세에 전하지 못하게 했고 세월이 흘러 내가 아니면 그 누구도 자세히 알지 못하고 감히 말할 수도 없기 때문이다. 선왕(정조)은 생전에 주상(순조)이 어려서 사건의 진실을 알리지 못했으므로 내가 이 일을 주상이 모르게 하고 죽을 수는 없다면서 피눈물을 흘리며 기록한다. 그러나 차마 쓰지 못할 것은 뺀 것이 많고 지리한 것은 다 쓰지 못했다고 한다. 임술년(순조 2년, 1802) 봄에 초를 잡아두고 미처 보이지 못하였는데 가순궁(순조 생모)이 자손이 알게 하는 것이 옳다고 쓰기를 청하여 "내가 글자 한자 한자를 써 내려갈 때마다 놀라 심장이 떨리고 눈물을 흘리며 이 글을 썼으니 세상에 내 같은 사람이 어디 있겠는가. 원통하고 원통하도다"를 반복한다.

이렇게 〈한중록〉은 혜경궁 홍씨가 10년 동안 창작동기를 달리하여 남긴 네 편의 각각 독립된 작품이다.

## 2. 〈한중록〉의 제목은 작자가 붙인 것이 아니다

〈한중록〉은 현재 원전이 발견되지 않은 채 총 14종의 이본이 있다. 현재 전하는 이본들 중에서 종합편은 총 6책으로 되어 있다. 즉 61세에 쓴 작품이 2책, 67세에 쓴 작품이 1책, 68세에 쓴 작품이 1

책, 71세에 쓴 작품이 2책으로 되어 있다. 그 중 6책이 한데 묶여져 있는 종합편은 8종으로 가장 많고, 61세에 쓴 작품 중에서 2책이 함께 묶여져 있는 것이 4종, 61세에 쓴 작품 중에서 1책만 있는 것이 1종, 67세와 68세에 쓴 작품 2책을 함께 묶은 것이 1종이 있다.

　현재 전하는 이본의 명칭은 〈한듕록〉〈한즁록〉〈한듕만록〉〈혜경궁읍혈록〉〈읍혈록〉〈閑中漫錄〉〈泣血錄〉 등과 제목 없이 보장寶藏한 것 등으로 다양하고, 표기도 국문, 한문 또는 국문과 한문이 섞여서 표기되어 있다. 이러한 이유는 작자가 10년(61세, 67세, 68세, 71세)에 걸쳐 쓴 네 편의 서두에서 밝힌 창작동기에서 알 수 있다. 작자는 처음부터 네 편을 집필하겠다는 의도나 위와 같은 제목으로 후대에 남기기를 바라지 않았다. 네 편의 창작동기가 서로 다르고 같은 내용들이 여러 편에서 중복되어 서술된 것으로 보아 4편은 각기 독립된 작품이다. 그러므로 현재 모든 이본의 제목은 후세에 작품을 읽은 독자나, 베껴 쓴 사람들筆寫者이 자신이 느낀 감상을 제목으로 붙인 것이다. 그러므로 네 편을 한데 묶어 명칭을 논하는 것 자체가 무의미한지도 모른다. 그러나 이미 작자의 의도와는 관계없이 독자의 대상이 확대된 이상 작품의 얼굴인 명칭이 없을 수는 없다. 필자는 현존하는 이본의 명칭들을 작자의 창작동기와 내용에 따라 다음과 같이 재정리해 본다.

| 1편 | 61세 집필, 정조 19년, 1795년 | 〈閑中錄(한중록)〉 |
| 2편 | 67세 집필, 순조 원년, 1801년 | 〈泣血錄(읍혈록)〉 |
| 3편 | 68세 집필, 순조 2년, 1802년 | |
| 4편 | 71세 집필, 순조 5년, 1805년 | 〈恨中錄(한중록)〉 |

## 3. 〈한중록〉은 수필 양식으로 서술한 궁중실기문학宮中實記文學이다

궁중문학은 봉건시대 최고의 통치자가 거처하던 궁궐宮闕과 그의 친족이 거처하던 궁가宮家나 궁방宮房에서 일어난 일들을 소재로 하거나 그곳에서 생활하는 사람들이 쓴 작품을 말한다. 『삼국유사』나 『삼국사기』에는 궁중문학의 기원이라 할 수 있는 단군신화와 고주몽·박혁거세·김알지 등 개국이나 건국의 내용을 담은 신화와 함께 통치자와 관련된 이야기가 많다. 단편적이긴 하지만 궁중문학의 지평을 확대할 수 있는 소중한 문헌설화다.

신화시대가 지난 후에는 삼국의 흥망성쇠에서 통치자의 영웅적 일생이나 종말의 비극적 상황의 일화들이 전설이나 민담의 형태로 전한다. 그 후 고려나 조선조에도 건국의 당위성을 시작으로 역사적으로 주요한 사건과 관련된 이야기가 『고려사』나 『조선왕조실록』에 전한다. 문학성이 검증되지는 않았지만 넓은 의미의 궁중문학이라 할 수 있다.

문학적으로 가치를 인정받는 본격적인 궁중문학은 고구려 2대 유리왕의 〈황조가黃鳥歌〉로 시작된다. 백제 무왕이 선화공주를 얻기 위해 지었다는 〈서동요薯童謠〉, 신라 28대 진덕여왕이 손수 비단에 새겨 당나라 고종에게 보낸 5언시 〈태평송太平頌〉은 그녀의 뛰어난 외교술과 함께 문학성을 짐작하게 한다. 작품은 전하지 않지만 신라 42대 흥덕왕도 〈앵무가鸚鵡歌〉를 남겼다는 기록이 있고, 고려 16대 예종睿宗은 〈도이장가悼二將歌〉, 〈벌곡조伐谷鳥〉와 함께 많은 시를

남겼다. 『고려사』와 『조선왕조실록』 등 주요 역사기록물에는 국정의 주요 사건과 함께 왕족들의 내면세계를 엿볼 수 있는 많은 작품들이 발견된다. 그 중 〈한중록〉은 〈계축일기〉·〈인현왕후전〉과 함께 궁중문학의 대표적 작품으로 평가되고 있다.

〈한중록〉은 〈계축일기〉·〈인현왕후전〉과 함께 궁중문학 또는 궁정문학으로 분류하여 늘 함께 거론되었다. 그것은 이 작품들이 조선조 역사에서 주요한 사건들을 배경으로 하고, 궁중이라는 특수한 공간에서 생성된 공통점을 지니고 있기 때문이다. 그러나 이러한 분류는 작품의 생성 배경에 초점을 둔 것으로 작품의 내재적 질서와 원리를 존중한 장르 구분에 의한 것이 아니다. 그러므로 작품 연구가 시작된 지 반세기가 지났음에도 장르의 합일점을 찾지 못한 채 혼란이 거듭되고 있었다.

김용숙 선생님은 일찍이 경직된 장르론으로는 이 작품들의 성격을 완전히 규명할 수 없음을 인식하고 헤르나디 P. Hernadi의 탈脫 장르적 입장에서 시도된 주제적主題的 양식에 귀속시켜 '실기문학'이라는 장르로 수용하였다. 그 후 필자는 고소설에서 〈남이장군실기〉, 〈세종대왕실기〉 등 '실기'라는 명칭이 붙은 작품들을 발견하고, 이들 작품이 지닌 공통점을 추출하여 보다 구체적으로 실기문학의 장르 모색을 시도하였다. 그 결과 실기문학의 주인공들은 전쟁이나 격동기를 살아가는 동안 역사상 중요한 역할을 담당했던 실존 인물들이며, 그들이 겪은 사건들이 문학으로 승화되었음을 확인하였다. 또한 우리문학사에서 대표적인 궁중문학으로 평가되면서도 장르의 합일점을 찾지 못한 작품의 내용을 역사기록물과 비교 검토하여 '실기문학'의 하위개념으로 '궁정실기문학'이란 장르를 제시하여 장르 혼란의 대안으로 제시하였다.

그러나 주제적 분류에서 〈한중록〉을 '궁정실기문학'으로 수용한 후에도 기존의 삼분법이나 오분법에 의한 이견이 계속되었다. 그 후 창작의도, 표현수법, 서술시점에 작품을 적용하여 검토하였다. 그 결과 네 편의 서두에 밝힌 창작의도와 비극의 원인과 결과를 서술하는 시점과 표현에서 소설적인 요소를 발견하기보다는 수필의 특성에 일치되고 있음을 확인할 수 있었다. 〈한중록〉의 작자는 자신이 경험한 사건의 진실을 말하겠다고 분명하게 창작의도를 밝혔음에도 장르의 이견이 제기되는 것은 그녀의 삶 자체가 한 편의 소설보다 더 극적이기 때문이다. 그러므로 필자가 제시한 주제적 양식에서는 '궁정실기문학'이지만, 오분법(시, 소설, 수필, 평론, 희곡)에 의한 분류에서는 수필 양식에 수용할 수 있다. 뛰어난 필력筆力으로 간결하면서 사실적으로 표현한 〈한중록〉은 궁중문학의 백미로 평가받기에 부족함이 없다.

## 4. 한국문학사에서 〈한중록〉의 위상

### 1) 여성의 삶과 문학을 조명할 수 있는 귀중한 자료다

조선조 궁중문학을 대표하는 〈한중록〉은 여성의 시각에서 서술되었다. 조선조 여인들의 원초적인 한과 궁중이라는 폐쇄된 사회에서 자신과 자식, 그리고 친정의 성쇠를 어깨에 짊어진 한의 무게를

29

우리는 쉽게 짐작할 수 있다. 문학작품이 현실과 화자의 부조화에서 생성된다고 볼 때, 궁중 여인들의 고통과 아픔이 작품으로 승화된 것은 어쩌면 당연한 귀결일 것이다. 당시 어머니, 며느리로 살아가던 사대부 여성들과는 또 다른 궁중 여성들의 삶을 조명할 수 있는 귀중한 자료를 제공한다.

### 2) 중요한 역사적 사건에서 이면의 진실을 알 수 있게 한다

동서고금을 막론하고 위정자들에 의해 역사적 사건에서 진실이 왜곡되는 경우는 허다하다. 특히 조선조는 당쟁이 극심했기에 예외는 아니었을 것이다. 〈한중록〉에는 영조가 임오년(재위 38년, 1762)에 세자를 뒤주에 가두어 죽인 사건이 『영조실록』에는 "임금이 창덕궁에 나아가 세자를 폐하여 서인을 삼고 안에다 엄히 가두었다"라고 간략하게 기록된 이유를 71세에 쓴 〈한중록〉의 서두에 밝혔다.

즉 정조가 아버지의 죽음이 세상에 회자되는 것을 꺼려 할아버지 영조께 사건과 관련된 기록을 『승정원일기』에서 삭제할 것을 상소하여 『영조실록』에 간략하게 기록된 것이다. 이와 같이 〈한중록〉에서는 진실을 말할 수 없는 시대상황이나, 대의명분으로 희생된 수많은 사건들이 역사기록문에서는 밝힐 수 없었던 이면의 진실을 밝히기도 하고 때로는 보다 선명하게 구체화하여 우리에게 전한다.

### 3) 조선조 궁중문화 연구의 귀중한 자료가 된다

〈한중록〉의 작자 혜경궁 홍씨는 9세에 세자빈으로 간택되어 10세에 세자빈이 되었다. 작품에는 간택단자揀擇單子와 세 차례의 간택 방식, 신부 수업을 하는 별궁 생활, 대례大禮까지의 모든 의식과 관련된(음식, 복식 등) 가례嘉禮 제도의 전 과정이 생생하게 묘사되었다. 따라서 〈한중록〉은 조선조 상층문화의 정수인 궁중문화 연구의 귀중한 자료다.

### 4) 우아하고 다양한 계층의 궁중어를 알 수 있다

궁궐은 왕이나 왕비같이 하늘이 선택한 존귀한 사람들이 사는 곳이지만, 그들이 품위를 유지할 수 있도록 보필하는 천민출신의 내시와 궁녀, 그보다 더 천한 방자와 무수리 등이 함께 살던 곳이다. 다양한 계층과 연령의 구성원들은 궁궐 밖 사람들과는 다른 삶을 살았으므로 사용된 언어 또한 달랐다. 즉 〈한중록〉은 독특한 궁중어가 생생하게 살아있어 특수어特殊語 연구의 귀중한 보고다.

### 5) 궁중과 관련된 문화사업의 콘텐츠를 제공한다

TV 드라마 〈하늘아, 하늘아〉와 〈이산〉은 〈한중록〉의 내용을 재창조한 것이다. 궁궐이라는 신비한 공간을 배경으로 하고 역사적으로 중요한 사건이 예술로 승화되었으므로 무한하게 상상력을 확대

할 수 있다. 이러한 상상력의 모티브와 정확성을 제시한 것이 〈한중록〉이다. 〈한중록〉의 내용을 재창조한 작품뿐만 아니라 다른 여타 사극들이 궁중문화를 사실적으로 재창조할 수 있었던 것도 〈한중록〉이라는 작품이 있었기 때문이다. 앞으로도 여러 장르에서 새로운 문화로 재탄생될 수 있는 토대가 되리라 생각된다.

# 2장
# 〈한중록〉의 작자 혜경궁 홍씨

## 1. 혜경궁 홍씨의 출생담

사도세자의 빈 혜경궁 홍씨는 영조 11년(1735) 6월 18일 오시(11~13시)에 지금의 서대문 밖 평동(적십자병원 부근)에 있던 외가에서 아버지 홍봉한洪鳳漢과 어머니 한산 이씨韓山李氏의 4남 3녀 중 둘째 딸로 태어났다. 환갑 때 쓴 제1편에서 혜경궁은 자신의 출생담을 아래와 같이 회고했다.

선왕조 을묘 육월 십팔일 오시午時에 선비께서 나를 반송방 거평동 외가에서 낳사오시니, 전일 일야一夜에 선인께서 흑룡이 선비 계신 방 반자에 서림을 꿈에 보아 계시더니 내 나니 여자라, 몽조夢兆에 합合지 않음을 의심하시더라 하며, 조고 정헌공께서 친히 임하여 보시고 "비록 여자나 범아凡兒와 다르다" 기애奇愛하시더라. 삼칠일 후 집으로 들어오니 증조모 이씨께

아버지는 출산 전날 밤 꿈에 어머니의 방 천장에 검은 용이 똬리를 틀고 있음을 보아 아들이라 생각했었는데 태몽과 달라 이상히 여겼었다. 그러나 할아버지는 갓난아기를 처음 보았을 때부터 보통 여자가 아님을 알아보고 특별히 사랑하고 교육하여 장차 세자빈이 될 인물이었음을 암시한다. 그 후 장차 국모가 될 세자빈이 되고 기울던 가문도 다시 일으켰으므로 아버지의 용꿈이 헛되지는 않았다. 그러나 본인은 감내하기 어려운 수많은 고통을 겪어야 했다.

## 2. 정명공주 후손으로서의 자긍심

〈한중록〉의 작자가 회갑년에 쓴 제1편은 친정 조카에게 준 글이므로 자신의 출생담과 어린 시절의 일화 등 지난날을 담담하게 돌아보기도 하지만 당시 집안이 몰락하여 움츠려 든 친정 조카에게

공주 후손으로서의 자긍심을 잃지 말 것을 많은 지면을 할애하여
당부하고 있다. 정명공주는 혜경궁의 5대조 할머니다. 혜경궁의 삶
이 소설보다 더 극적이듯이 정명공주도 혜경궁 못지않은 극적인 삶
을 살았다. 또한 혜경궁이 그 당시 여성으로서는 쉽지 않은 문학성
이 높은 〈한중록〉을 남겼듯이 정명공주도 왕실을 대표하는 서예가
로 정평이 있다. 두 사람 다 감당하기 어려운 고통의 긴 세월을 눈물
로만 지새운 것이 아니라 사색과 성찰의 시간으로 내적으로 성숙한
현명하고 지혜로운 여성이었다.

정명공주와 혜경궁의 인연은 혜경궁의 5대조 할아버지인 홍주원
洪柱元, 1606~1672이 공주의 부마가 되면서 시작되었다. 정명공주는 선
조의 계비繼妃인 인목왕후의 소생으로 선조 36년(1603) 5월 19일에
태어났다. 광해군이 계축년(광해군 5년, 1613)에 영창대군을 죽이고,
모후인 인목왕후를 서궁에 유폐시킨 사건들을 대비편의 시각에서
기술한 〈계축일기〉에는 정명공주 출생 당시의 상황이 아래와 같이
기술되었다.

만력 임인년에 중전이 아기 계오시다 듣고 유가가 낙태落胎하실 일을 하노
라 놀래오되, 궐내의 팔매질도 하고 액정 사람을 사괴여 내인 측간에 구무
뚫고 남그로 쑤시며 여염처에 명화강도 났다 소문내니, 기시에 궁중宮中에
서도 유가를 의심하더라. 계묘년에 공주를 탄생하오시니, 분발 가져간 자가
오전誤傳하여 대군이라 듣고 대답지 아니하다가, 공주 나시다 듣고 무엇 주
더라 하니, 더불어 미워함을 알리리라.

계축일기

인용문에는 인목왕후의 임신 중에 세자로 내정된 광해군 측 대북大北파 하수인들이 수단과 방법을 가리지 않고 낙태를 시키려고 했음을 알게 한다. 그것은 광해군이 적자도 아니고 장자도 아니라는 이유로 명明나라의 승인을 받지 못했기 때문이다. 전일 선조는 왕후(의인왕후)의 소생이 없고, 장자인 임해군珒은 왕위를 계승할 자질이 없다고 판단하여 차자인 광해군을 세자로 내정하였으나 명나라의 승인을 얻지 못했었다. 당시 명나라 황제 신종神宗은 장자인 태창제泰昌帝를 두고 사랑하는 둘째 아들을 대신 후계자로 지목하였다. 예부禮部에서는 예법禮法에 어긋난다는 이유로 반대하고 있던 때였다. 그러므로 광해군도 장자가 아니므로 승인을 받을 수 없었다.

임진왜란으로 한양을 떠나야 할 위급한 상황에 처하자, 선조는 공빈 김씨恭嬪金氏, ?~1575 소생인 차남 혼琿을 세자로 삼았다. 세자로 책봉된 광해군은 전쟁 중에 종묘宗廟의 신주神主를 모시고 다니면서 분조分朝를 설치하고 의병을 일으켜 민심을 얻었다. 전쟁 후에도 세자 책봉의 승인을 얻기 위해 명나라에 여러 차례 사신을 보냈으나 허락을 받지 못했다. 이러한 상황에서 선조 33년(1600) 6월 27일 의인왕후가 47세로 승하하여 선조 35년(1602) 7월 14일, 51세의 선조는 김제남의 딸(인목왕후, 19세)을 왕비로 맞이했다. 왕후는 입궁 후 곧 태기가 있어 광해군 측이 노심초사하게 된 것이다.

이렇게 낙태의 위험을 견디고 계묘년인 선조 36년(1603) 5월 19일에 세상에 나온 아이가 정명공주다. 그 후 인목왕후는 선조 39년(1606) 3월 6일 대군을 생산했다. 그가 정명공주의 남동생으로 비극의 주인공 영창대군이다. 선조가 노년(55세)에 얻은 대군에 대한 사랑이 각별하자 유영경을 중심으로 한 소북파는 영창대군을, 정인홍 등을 중심으로 한 대북파는 세자(광해군)를 지지하면서 첨예하게 대립되어 갔다. 당시 세자(광해군)는 명나라의 승인을 받지 못한 상황에서 대군이 탄생하자 불안이 가중되었고, 영창대군은 왕의 사랑을 독차지했으나 나이가 어릴 뿐만 아니라 부왕의 병세가 악화되고 있어서 양측 모두 앞일을 예측하기 어려운 상황이었다. 선조 41년(1608) 2월 1일, 선조는 동궁 처소에서 온 약밥을 먹은 후에 목이 막혀 어린 공주(6세)와 대군(3세)이 자라는 것을 보지 못하고 승하했다.

광해군은 적자도 장자도 아닌 위치에서 우여곡절 끝에 왕위에 오르자 장차 화의 근원이 될 동복同腹 형인 임해군을 제거한(1609년 4월 29일) 후에 다시 적자인 영창대군에게 화살을 겨누기 시작하였다. 임해군은 성격이 난폭하여 아버지(선조)가 신임하지 않은 인물이라 인심이 따르지 않았으나, 영창대군은 나이가 어려서 죄를 거론하기 어렵고 생모生母가 대비로서 나라의 어른이므로 임해군 때와 같이 쉽게 해결할 수 없었다. 광해군 측은 영창대군을 죽이기 전에 대군 측의 소북파를 제거하는 작업을 시작한다. 그것이 광해군 4년(1612), 봉산 군수 신율申慄의 고변으로 시작된 김직재 무옥金直哉誣獄이다. 연릉부원군 이호민延陵府院君 李好閔 등이 진릉군晋陵君을 받들어 반란을 일으켜 이이첨 등의 대북파를 제거하려 했다는 거짓 진술로 소북과 서인 세력 100여 명이 처형을 당하거나 유배되었다.

이듬해(계축년)에는 박응서 사건朴應犀 事件과 저주사건咀呪事件으로 영창대군 제거 작업을 구체화하게 된다. 그 중 박응서 사건은 인목

왕후의 아버지 김제남이 역모를 꾀하려 하였다는 허위진술로 일어
난 옥사다. 박응서는 영의정 박순朴淳의 서자로 시문에 능하고 학문
이 뛰어났다. 서얼차대庶孼差待에 불만을 품고 광해군 즉위 초에 서얼
허통을 청하였으나 허락되지 않았다. 같은 처지의 '서양갑徐羊甲, 박
치의朴致毅, 심우영沈友英, 이경준李耕俊, 유효선柳孝先, 김평손金平孫' 등과
강변칠우江邊七友, 죽림칠우竹林七友라 자처하면서 여주의 북한강 근처
에서 시와 술로 세월을 보냈다. 광해군 4년 조령에서 은상인銀商人을
죽이고 6~7백량을 약탈하였는데 이듬해(계축년) 4월 25일 검거되었
다. 처음 포도대장 한희길韓希吉의 보고에서는 단순한 강도 사건에 지
나지 않았으나 이이첨 등의 꾐에 빠져서 허위 진술을 하여 대옥사가
시작된다. 당시의 상황을 〈계축일기〉는 아래와 같이 기술하였다.

사월로서 유가柳哥·이이첨李爾瞻·박승종 등 심복과 도모圖謀하며, 방정지

사로 소계疏啓 할 마대에 은銀 도적 박응서 포도청捕盜廳에 개개히 복초하니,

결안 다짐받아 결의決議 낼 것이어늘, 유柳·박朴·이李 삼적三賊이 포도대장 지

주하여 죽이고 죄수罪囚는 도로 가도고 이리이리 하라 맞추니, 그 도적이 제

살 억탁으로 일종 지휘知委대로 상소한데,

계축일기


저주사건은 박동량 초사招辭에서 시작되었다. 박동량은 의인왕후
아버지 박응순朴應順의 조카로 선조가 일곱 신하들에게 남긴 유교遺
敎에 이름이 있어 수난을 겪고 있었다. 그해 5월 16일 박동량은, "선
조가 편찮았을 때(선조 40년, 1607)에 무당이 돌아가신 의인왕후의

38

탈이라 하니 대비 측이 유릉裕陵에 가서 저주咀呪하는 굿을 하면서 차마 듣지도 말하지도 못할 흉악한 짓을 저질렀다”고 진술한다. 그 사건을 작품은 아래와 같이 서술했다.

유가柳哥가 박동량에게 이리이리 하면 살오마 달내니, 일종 유가의 뜻대로 일을 온 가지로 거짓말을 꾸며, …… 유릉 방정도 하였으니 우리 겟 방정도 이리이리 하였다 하고, 오월 십팔일의 침실상궁寢室尚宮 김씨金氏와 대군 보모상궁保姆尚宮과 침실시녀寢室侍女 여옥이와 대군 큰각시 환이를 소명 써와서, “박동량 초사니 어서 내소서” 한대, 그 내인들이 하늘을 부르고 따흘 두다려 궁중宮中이 진동振動하여 곡성이 창천하고, “박동량 도적놈아! 우리네 이름을 알기나 아더냐? 나라와 무삼 원수怨讐이러니!”

계축일기

5월 30일, 박동량 초사와 관련이 있다는 이유로 영창대군을 서인으로 폐한다. 이어서 영창대군을 추대하려 했다는 죄목으로 인목왕후의 아버지 김제남과 아들들이 화를 당한다. 이렇게 영창대군의 보호막을 제거한 후에 화살을 다시 대군에게 겨누기 시작한다. 이때 광해군은 “대군이 안에 있으면 오히려 조정이 노怒하여 죽여지라 할 것이다”, “이제 내여 보내면 살 수 있어도 아니면 살지 못하오리다”며 내어 보내기를 재촉한다. “어서 내라. 더대 내면 죄 크리라”라고 말한다. 이러한 날들이 20여 일 계속된다. 아래 인용문은 광해군 5년(1613) 6월 21일, 영창대군을 어머니, 누나(정명공주)와 함께 숨을 죽이고 있던 석어당에서 끌어내는 장면이다.

날은 늦어가고 하 민망하여 힐우다가 못하여 우흔 정 상궁이 업삽고, 공주 아기시는 주 상궁이 업삽고 대군 아기시는 김 상궁이 업사왔으니 대군이 하시되, "웃전과 누으님과 먼저 서시고 나는 뒤에 서지라" 하셔늘, "어찌 그리 서라 하시는고?" 하니, "내 먼저 서면 날만 내고 다 아니 나오실 것이니 나 보는 데서 가압사이다" 하시더라. 우흔 짓 의대에 짓보 덮삽고 두 아기시는 남보藍褓를 덮사와 각각 업사와 자비문에 다다라더니, 내관이 십여 인이나 엎대여, "어서 내옵소서" 바야더니 저집 내인 연갑이는 우 업사온 내인의 다리를 붙들었고, 은덕이는 공주 업사온 주 상궁 다리를 붙들어 옮겨 드대지 못하게 하고, 대군 업사온 사람을 앞으로서 끄어 내고 뒤으로서 밀쳐 문밖에 내고, 우리만 다 밀어 들이고 자비문짝을 닫으니 그 망극함이 어떠하리오. 대군 아기시만 문밖에 업혀 나셔셔 업은 사람의 등에 머리를 부딪쳐 울으시며, "마마 보세" 하다가 못하여, "누오님이나 보세" 하시고, 하 애를 타 설워하오시니, 곡성이 내외에 천지진동天地振動하여 눈물이 땅에 가득하니 사람들이 눈이 어두워 길을 모를러라.

계축일기

**석어당**

영창대군이 어머니인 인목대비와 누나인 정명공주와 함께 석어당에서 쫓겨나게 되는데 〈계축일기〉에서는 이 부분을 자세하게 서술하여 당시 석어당 앞의 참담한 상황을 묘사하고 있다.

이 장면이 『광해군일기』에는 아래와 같이 묘사되었다.

이의를 내보내는 날에 대비가 그를 부둥켜안고 차마 떠나보내지 못하였다. 주위 사람들이 온갖 방법으로 권하고 만류하자, 액문掖門 안에까지 안고 와서 울부짖으며 작별하였다. 호위하는 병사들이 이를 보고 듣고는 엎드린 채 일어나지를 못하고 너나없이 눈물을 흘렸다.

광해군 5년 6월 21일

이렇게 아들을 빼앗긴 인목왕후가 여러 차례 자결하려고 하자 변상궁이 공주를 위해서라도 목숨을 부지해야 함을 간하는 장면이 〈계축일기〉에는 아래와 같이 묘사되었다.

우흔 도로 들어와 계오사 하늘을 웨여 애통하오셔 여러 번 기절하오시고, 사람 없은 때에 결항도 하오시며, 자경도 하려 하오셔 사람을 퇴退라 하오시니, 변 상궁이 아옵고 주야晝夜를 떠나지 아녀 서로 체번하야 앉아서 각색으로 위로하야 여쭈오되, …… 공주 아기시도 일변 자손이오시니 비록 따님이오시나 버리고 죽사오시면 어데 가 눌을 의지하야 살으시며, 이제 척에게 가 붙여 의지하야 살으시면 당신이 자라신들 그 섧기를 어데 가알하시며, …… 이제 반다시 사특邪慝한 일로 잡아 마자 없이할 것이니 우희 국모가 되어 계오사 두 자손을 두어 계오시던 일은 묻히이고, 가슴 사이에 방정과 역모하오시다가 발각하여 죽사오시다 사책史册에 쓰이올 것이니, 인간의 견대기 어렵사온 추추啾啾 섧사온 일이 다시 없아오나 훗 이름이나 아니 생각하오시리이까. 이 어리고 미혹迷惑한 즘생 같자온 소견에도 이러하오니 애통

41

계축일기

그 후 7월 26일에 강화도로 유배된 영창대군은 외부와 일체 단절된 가시 울타리 안에서 고통의 날들을 보내다가 이듬해인 광해군 6년(1614) 2월 10일 강화부사 정항鄭沆에 의해 살해된다. 당시의 상황이 『광해군일기』에는 아래와 같이 기록되었다.

강화 부사江華府使 정항鄭沆이 영창대군永昌大君 이의李璜를 살해하였다. 정항이 고을에 도착하여 위리圍籬 주변에 사람을 엄중히 금하고, 음식물을 넣어주지 않았다. 침상에 불을 때서 눕지 못하게 하였는데, 의가 창살을 부여잡고 서서 밤낮으로 울부짖다가 기력이 다하여 죽었다. 의는 사람됨이 영리하였다. 비록 나이는 어렸지만 대비의 마음을 아프게 할까 염려하여 괴로움을 말하지 않았으며, 스스로 죄인이라 하여 상복을 입지도 않았다. 그의 죽음을 듣고 불쌍하게 여기지 않는 사람이 없었다.

광해군 6년 2월 10일

정명공주의 동생 영창대군은 3살에 아버지(선조)를 여의고 8살에 어머니, 누나와 생이별을 하고 위리안치(유배지에서 거주의 제한을 가한 유배형벌)된다. 9세에 뜨거운 방바닥에서 굶주린 채 창살에 매달려 밤낮을 울다가 비극의 최후를 맞이하였다.

한편 아들을 강제로 빼앗기고 딸과 함께 겨우 목숨을 부지하고 있는 인목왕후에게 폐모라는 또 다른 시련이 시작된다. 계축년 5월

42

태학생 이위경李偉卿이 쓴 "모후는 안으로 무고巫蠱를 일으키고 밖으로는 역적을 모의했으므로 이미 종사에 죄를 얻었을 뿐 아니리 모후의 도道도 끊어졌다"는 내용의 상소로 시작된다. 그 후 "이위경의 상소 내용이 명백함으로 궁을 따로 둠이 마땅하다"는 측과 "인륜의 가장 중대한 일이므로 장차 후세의 비판을 가져올 수 있다"며 찬성과 반대로 나뉘어 정국은 다시 혼란이 시작된다. 당시 반대하던 이항복, 기자헌 등은 화를 입는다. 그러므로 조정에서는 반대자를 찾기 어려웠지만, 전국 유생들이 금수禽獸의 행동을 하는 대북파를 탄핵하는 상소가 매일 실록을 거의 메우다시피 한다. 광해군 9년(1617) 11월 5일, 이이첨은 한보길韓輔吉, 박몽준朴夢俊 등을 사주하여 폐모론 상소를 하게 한 후 반대하는 자들에게 강력하게 대처하면서 폐모론을 주도했다.

광해군 10년(1618) 1월 4일, 한준겸의 숙부인 우의정 한효순韓孝純의 발론을 계기로 1월 28일 계모 인목왕후를 서궁에 유폐시키고 공봉供奉을 감하고 조알朝謁을 중지했다. 또한 실권을 행사하던 이이첨李爾瞻은 12월 강원감사 백대영白大珩을 시켜 이위경李偉卿 등과 함께 굿을 빙자하여 서궁에 들어가 대비를 시해하려 했으나 영의정 박승종朴承宗이 이들을 추방하여 성공하지 못했다. 인목왕후를 서궁에 유폐시킬 때 대비의 죄와 폐위폐삭廢位廢削의 절목節目 중 "공주의 늠과廩科 혼인은 옹주의 예에 따른다"라고 하여 공주는 인조반정이 되기 전까지는 공주에서 옹주의 신분으로 전락하게 되었다. 높은 담장 속에서 겨우 목숨만 이어가는 대비와 공주는 여러 차례 위기를 겪었음이 『광해군일기』 여러 곳에 기록되었다. 〈계축일기〉에는 인목

왕후가 이 모든 시련을 참으며 목숨을 부지한 것은 유일한 혈육인 정명공주를 저버릴 수 없었기 때문이라는 대목이 여러 곳에 있다. 이러한 것을 갈파한 광해군 측에서는 공주를 눈엣가시처럼 아래와 같이 미워했다.



계축일기

광해군 15년(1623) 3월 12일, 서인들이 인륜을 바로 세우겠다는 명분으로 일어난 반정이 성공하였다. 3월 13일, 반정세력이 왕으로 추대한 능양군綾陽君이 왕대비를 복위하고 경운궁 별당에서 조선 16대 왕(인조)으로 즉위한다. 인조반정으로 대비와 공주는 오랜 고통에서 벗어나 다시 복위되었다. 이때 공주의 나이는 21세였다. 왕실에서 보통 10세 전후에 혼인하였으므로 어머니로서는 가장 시급한 것이 공주의 혼례였다. 그러므로 반정 후 많은 일들이 산적했을 것인데도 반정 3일만에 아래와 같이 공주 부마 간택이 거론된다.



44

마駙馬 간택을 속히 거행하소서.

인조 1년 3월 16일

이후 8월쯤에 혼례를 하기 위하여 부마단자가 반포되었으나 기한이 되어도 단자를 하는 사람이 한양과 지방을 합하여 겨우 9명뿐이었다. 그것은 공주의 나이가 너무 많았기 때문이었다. 어쩔 수 없이 기한을 늦추어 8월 11일의 초간택에 홍주원, 정시술, 조공직 등 아홉 명의 후보가 선발되고 9월 12일 재간택을 거쳐 9월 26일의 삼간택에서 홍주원이 선발되었다. 그동안 공주의 혼례준비가 지나치다고 우려하는 상소가 여러 차례 있었으나 그때마다 인조는 아래와 같은 답으로 허락하지 않았다.

지사 이정구李廷龜가 아뢰기를,

"공주 가례의 혼수가 상례常例를 벗어나서 반드시 뒤폐단이 있을 것인데, 궁방의 집 간수가 또 제도를 벗어나고 있습니다. 그런데다 또 담장을 넓게 쌓으라는 전교를 내리셨으니 너무 미안스러운 일입니다"하니, 상이 이르기를,

"뒷날에 어찌 전례로 삼기야 하겠는가"

숙영이 또 공주의 가례에 드는 제반 기구가 너무 사치스러운 데 따른 폐단을 진술하니, 상이 이르기를,

"10여 년간 유폐되었던 끝에 이제 거행하는 가례인 만큼 의당 넉넉하게 치러야 한다. 이것이 어찌 뒤 폐단까지야 되겠는가"

인조 1년 9월 5일

45

공주의 부마 간택을 위한 금혼령이 내려진 당시 홍주원은 18세로 정혼한 처자가 있었다. 금혼령이 내려지면 후보자를 둔 모든 사대부가에서는 혼인이 금지되었음에도 홍주원의 아버지 홍영洪霙은 단자를 하지 않은 채 6월 2일에 정혼한 처자 집에 혼인의 약정서와 같은 납채納采를 강행했다. 이 일로 7월 22일 홍영은 체포되어 의금부에서 하루 동안 조사를 받고 석방된다. 석방 후 어쩔 수 없이 단자를 하여 아래와 같이 부마로 간택되었다.




그 후에도 혼례준비가 지나치다는 상소가 끊이지 않았으나 인조는 노처녀가 되도록 혼례를 시킬 수 없었던 어머니의 마음을 헤아려 달라면서 인목왕후의 혼례준비에 제동을 걸지 않았다. 이렇게 우여곡절 끝에 12월 11일에 혼례를 거행함으로써 홍씨가家와 인연을 맺게 된 것이다. 혼례 후에도 인목왕후는 가엾은 딸이 남편과 시댁 식구들에게 사랑을 받을 수 있도록 지나친 배려를 요구하는 언문 교서를 직접 내리곤 하였다. 이괄의 난으로 궁궐 보수도 마무리하지 못한 상황에서 공주의 집수리를 중지시키라는 간원들의 고언에도 인조는 아래와 같은 답으로 무마하였다.

도 전에 선왕께서 돌아가셨고, 그 뒤에 변고로 인해 가례嘉禮도 제때에 하지 못하였다. 전후의 일을 생각하면 나도 모르게 울음이 터진다. 이번의 이 수리는 이번에 창시創始하여서 나의 자손을 위하고자 하는 것이 아니다. 그런데도 너희는 선조先朝를 생각지 않고, 또 나의 생각도 헤아리지 못하고서 날마다 굳이 떠들어 중지할 줄을 모르니, 이 역시 이상하지 않은가. 모름지기 이러한 뜻을 이해하고 속히 정지해서 번거롭게 말라.

인조 4년 8월 6일

그러나 공주가 30세 때 어머니가 49세로 인조 10년(1632) 6월 28일 승하한 직후에는 무고사건에 연루되었다는 의심을 받기도 하였으나 무사히 잘 넘겼다. 남편 홍주원은 현종 13년(1672) 9월 14일에 67세로, 공주는 숙종 11년(1685) 8월 10일에 83세로 세상을 떠났다. 혜경궁의 5대조 할머니 정명공주는 초년에 감당하기 어려운 고초를 겪었으나 여러 대(인조, 효종, 현종, 숙종)에 걸쳐 공경을 받으면서 슬하에 7남 1녀를 두어 다복한 노년을 보냈다. 고통의 세월을 보상하려는 신의 배려인지 조선조에서 가장 장수한 공주였다. 부마 홍주원은 법령에 따라 벼슬길에 나갈 수 없었으나 다음 대부터는 관직에 나아가 부와 권력을 지닌 명문가로서의 명예를 지킬 수 있었다. 〈한중록〉에는 공주 후손으로서의 자긍심을 아래와 같이 기술했다.

우리 집이 도위 후예로 잠영대족이요, 우리 외가 이씨 청백문호요, 우리 백고모께서는 명관名官의 아내요, 중고모께서는 현 종실 청릉군靑陵君의 며

인용문에서 "명벌이 일세에 칭념하다"고 한 것은 사실이다. 5대
조 할아버지 홍주원洪柱元, 1606~1672은 18세에 당시 21세의 정명공주
貞明公主, 1603~1685와 혼인하여 영안위永安尉에 봉해졌다. 정명공주는 혜
경궁의 5대조 할머니다. 고조할아버지는 예조판서를 지낸 홍만용
洪萬容, 1631~1692이며 고조할머니는 관찰사 송시길宋時吉, 1597~1656의 따
님 여산 송씨礪山宋氏, 1629~1677다. 증조할아버지는 사복시 첨정司僕寺 僉
正을 지낸 홍중기洪重箕, 1650~1706이며 증조할머니는 영의정을 지낸 백
강 이경여李敬輿, 1585~1657의 아들로 대제학大提學을 지낸 이민서李敏敍,
1633~1688의 따님인 전주 이씨全州李氏다. 할아버지는 수재守齋 홍현보洪
鉉輔, 1680~1740로 숙종 44년(1718) 장원급제하였으며 예조판서를 지냈
다. 할머니는 사용원 첨정司饔院 僉正을 지낸 임방任堕, 1640~1724의 따님
인 풍천 임씨豊川任氏다. 이로 보면 대대로 명문가라고 자타가 공인할
수 있어 자긍심을 지닐 수 있는 명가名家였다. 정명공주는 저승에서
후손의 가엾은 삶을 보상해 주려고 도왔음인지 혜경궁 홍씨 또한
81세까지 장수하였다.

조선조 법전에서 여성들의 품계를 궁궐에서 생활하는 사람은 내
명부內命婦로 하고 궁궐 밖의 여성은 외명부外命婦라 한다. 그 중 내명
부에서는 '왕비'가, 외명부에서는 왕의 '딸(공주, 옹주)'이 품계를 초월
하는 여성이라 품계가 없다. 정명공주가 외명부를 초월한 여성이었

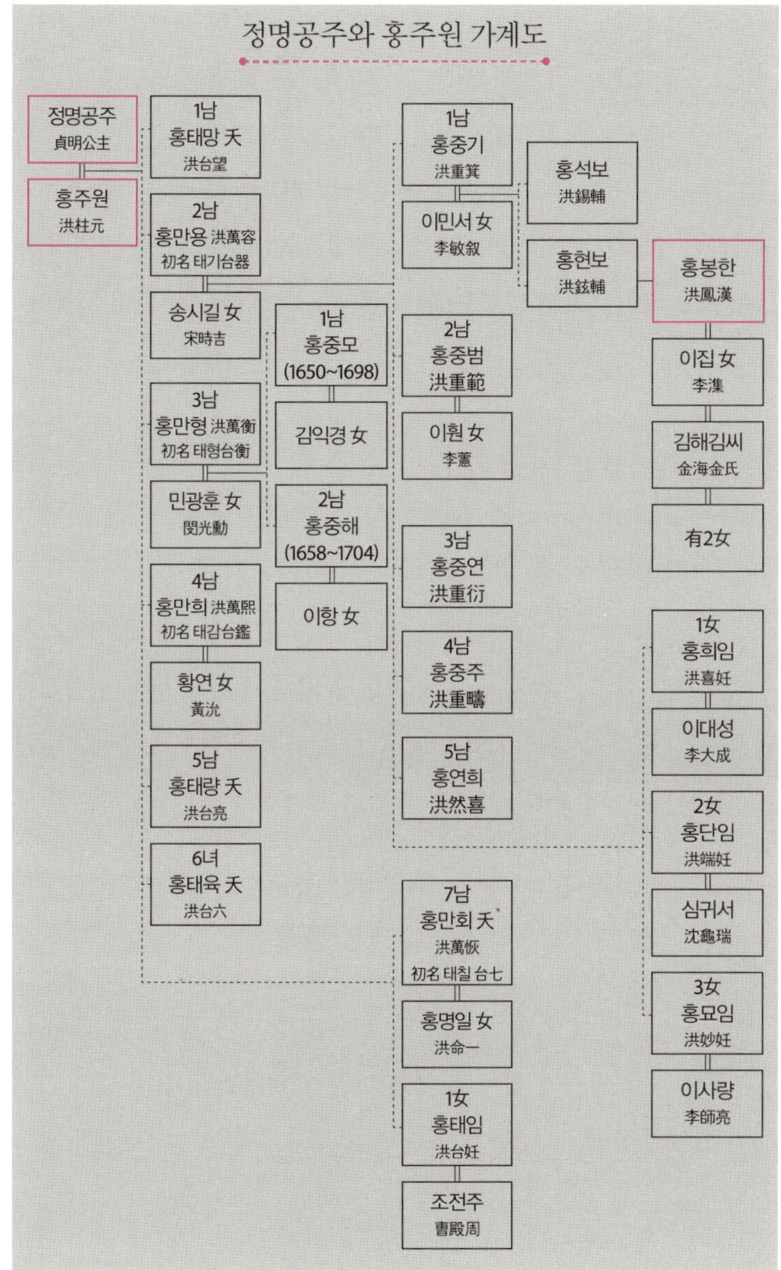
정명공주와 홍주원 가계도

정명공주
貞明公主

홍주원
洪柱元

1남
홍태망 夭
洪台望

2남
홍만용 洪萬容
初名 태기台器

송시길 女
宋時吉

3남
홍만형 洪萬衡
初名 태형台衡

민광훈 女
閔光勳

4남
홍만희 洪萬熙
初名 태감台鑑

황연 女
黃沇

5남
홍태량 夭
洪台亮

6녀
홍태육 夭
洪台六

1남
홍중모
(1650~1698)

김익경 女

2남
홍중해
(1658~1704)

이항 女

1남
홍중기
洪重箕

이민서 女
李敏叙

2남
홍중범
洪重範

이훤 女
李蕙

3남
홍중연
洪重衍

4남
홍중주
洪重疇

5남
홍연희
洪然喜

7남
홍만회 夭
洪萬恢
初名 태칠台七

홍명일 女
洪命一

1女
홍태임
洪台姙

조전주
曺殿周

홍석보
洪錫輔

홍현보
洪鉉輔

홍봉한
洪鳳漢

이집 女
李潗

김해김씨
金海金氏

有2女

1女
홍희임
洪喜姙

이대성
李大成

2女
홍단임
洪端姙

심귀서
沈龜瑞

3女
홍묘임
洪妙姙

이사량
李師亮

듯이 혜경궁도 장차 내명부를 초월하는 왕비가 될 세자의 빈(내명부 정1품)으로 입궁하였으나 생전에는 내명부의 품계를 초월하지 못했다. 고종 때인 광무 3년(1899) 9월 1일에 사도세자가 추존되어 묘호廟號를 장종莊宗으로 하고 혜경궁은 헌경왕후獻敬王后로 소급되었다가 그해 12월 7일에 장종이 장조로, 헌경왕후는 의왕후懿王后로 고쳐져 내명부를 초월함으로써 고모와 함께 품계를 초월하는 여성이 되었다.

## 3. 세자빈으로 간택되다

### 1) 간택단자揀擇單子를 하다

1988년 올림픽과 2002년 월드컵이 우리나라에서 개최되기로 확정되자 정부에서는 행사를 성공적으로 치루기 위해 준비 위원회를 결성하였다. 이와 같이 특별 기구를 만들어 체계적으로 준비하였기에 행사를 성공적으로 끝낼 수 있었다. 조선조는 나라에 중요한 행사가 계획되면 도감都監이란 임시 기구를 구성하여 행사의 모든 절차를 관장하게 했다. 가례도감嘉禮都監, 장례도감葬禮都監, 진찬도감進饌都監 등이 그 예다.

왕이나 왕세자, 왕세손, 공주와 옹주의 혼인이 결정되면 가례도감嘉禮都監이 설치되어 전국에 금혼령禁婚令을 내린다. 금혼령이 반포되면 사대부가에서는 혼인이 금지되고 배우자가 될 가능성이 있는 후보자들은 관가에 신고를 해야 한다. 이를 간택단자揀擇單子라 한다. 단자에는 후보자의 사주四柱와 거주지, 그리고 부父, 조부祖父, 증조부

50

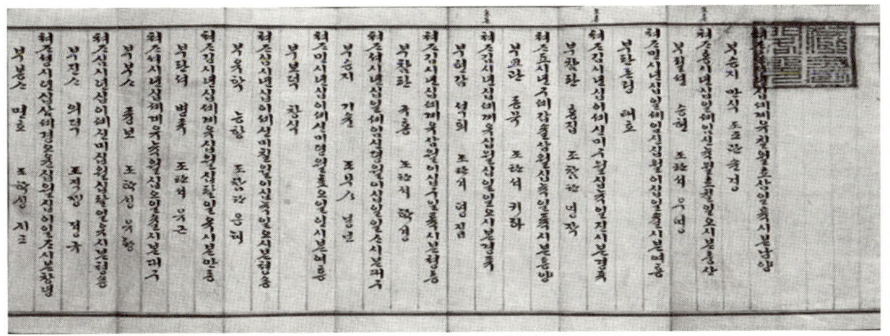

**간택단자**
나라에 금혼령이 반포되면 사대부가에서는 혼인이 금지되고 배우자가 될 가능성이 있는 후보자들
은 관가에 신고를 하는데 이를 간택단자라 한다.

曾祖父, 외조부外祖父의 이력을 기록하여 가문의 내력을 한눈에 알 수
있도록 한다. 이러한 간택제도는 왕족의 배우자를 '가려 뽑는다'는
뜻으로 왕과 세자는 미와 덕을 갖춘 규수를, 공주와 옹주는 학문과
인품이 훌륭한 배우자를 뽑기 위해서였다. 왕족 배우자의 후보 조
건은 다음과 같다.

〈후보자 자격 조건〉
① 국성(이씨) 이외의 사대부 딸
② 대왕대비와 같은 성은 6촌부터
③ 왕대비와 같은 성은 8촌부터 왕대비의 외가 성은 7촌부터
④ 왕비와 같은 동성동본은 8촌부터
⑤ 왕과 다른 성을 가진 친척은 9촌부터
⑥ 양친이 다 생존해 있는 처자
⑦ 세자(또는 왕 자녀)보다 2~3세 연상

위의 조건으로 보면 사대부의 자손이면 관직의 높고 낮음은 문제되지 않았으므로 후보자가 많았을 것임에도 매번 25~30명을 넘지 않았고 마지못해 단자를 한 후에도 서류를 도로 가저가는 등 잡음이 끊이지 않았다. 그것은 이미 후보자는 내정된 가운데 다른 처자들은 왕실 혼례의 권위를 위한 들러리라는 것을 알고 있었기 때문이다. 영조 19년(1743) 왕세자의 혼례를 위하여 전국에 금혼령禁婚令을 내리고 처녀단자處女單子의 명이 내려졌다. 혜경궁은 〈한중록〉에서 세자빈 간택 당시를 아래와 같이 회고했다.

그해에 간택단자 받는 명이 내리니 혹이 말하되 "선비 자식이 간택에 참예치 않으나 해로움이 없을지니 단자를 말라, 빈가貧家에 의상 차리는 폐를 덞이 마땅하다" 하니, 선인이 가라사대 "내 세록지신이요, 딸이 재상의 손녀니 어찌 감히 기망欺罔하리오" 하시고 단자를 하시나

한중록

인용문을 보면 당시에도 간택에 참여하지 않으려는 선비들이 많았나보다. 『영조실록』에도 "왕세자빈 간택 봉단이 지체되었음으로 해당 관리를 벌주라"(영조 19년 8월 3일)는 내용과 "영남의 권숭權崇이란 자가 단자를 뽑아가지고 돌아갔다고 벌주라"는 상소(영조 19년 8월 23일)가 있다. 혜경궁 집에서 단자를 망설인 것은 간택 절차 준비를 할 경제적인 여건이 되지 않았기 때문이라고 한다. 공주의 후손으로 할아버지가 오랫동안 높은 벼슬에 있었으나 청렴하였으므로 가난했다고 아래와 같이 회고했다.

정헌공께서 영안위 증손이시고 정간공 손자시고 첨정공 사랑하시는 둘째 아드님으로 안국동 신제新第를 지으셔 석산析産하시니 제택원림은 비록 재상집 같으나 전재錢財를 나누옴이 바히 없어 정헌공께서 위포로부터 가계家計 간고艱苦함이 심하온지라. 백조 참판공께서 선인께 대하시기를 출상出常하오셔 매양 선인 이마를 어루만지시며 웃어 가라사대, "이 아이가 윤오음 팔자 같을지니 이 아이 비록 시방은 간고하나 장래는 팔자 세상에 드물 것이니 한갓 부요함을 이르리오. 사람이 자고로 후복後福이 면원하려는 이는 목전 간고目前艱苦를 겪음이 떳떳함이라" 하시고 재산을 많이 분석分析치 아니하오시니 이 다 백조께서 당신 아우님을 멀리 사랑하오시는 뜻이오신지라, 집 안에 뉘 흠탄치 않으리오마는, 우리 집 가계는 자연 간핍艱乏할 때 많아 정헌공께서 몸이 귀하오셔 작위爵位 상서에 이르시되 일심으로 청렴하오셔 산업産業을 다스리지 않으시고 문정門庭이 소연蕭然하여 한사寒士 같으신지라.

한중록

혜경궁은 자신의 집이 명문가의 후손이지만 가난한 것은 청렴했기 때문이라고 한다. 유학을 통치이념으로 하는 조선조에서 관리가 청렴한 것은 조금도 부끄러운 것이 아니기 때문이다. 또한 공주 후손의 명문가는 후궁 소생의 열등감을 지니고 있었던 영조의 마음을 움직일 수 있는 조건이었다. 당시 영조는 "봉단 가운데 부조父祖에 현관顯官이 없는 자는 빼도록 하라"(영조 19년 8월 3일)라고 한 것으로 보면 아버지나 할아버지가 높은 벼슬을 한 집안의 처자를 마음에 두고 있었음을 알 수 있다.

## 2) 초간택

　세자빈의 초간택은 영조 19년(1743) 9월 28일에 있었다. 궁중 풍속에 의하면 초간택에 참가하는 처자들은 성적成赤(이마의 잔머리를 뽑고 연지·곤지를 찍는 화장)은 하지 않고, 국산 명주를 염색한 노랑(송화색) 저고리에 다홍치마를 입는 평상복 차림을 한다. 입궁할 때 사인교를 타고 가마 앞뒤에는 몸종과 유모가 따른다. 지체가 높은 아가씨는 수모(미용사)가 따라가지만 수모가 없는 경우에는 유모가 대신한다. 대궐문에 당도하면 가마에서 내려 미리 준비해 놓은 솥뚜껑의 꼭지를 밟고 넘어가는 특이한 풍속이 있다. 입궁의 순서는 호주의 관직과 신분이 높은 딸의 순서대로 입궁하게 된다. 심사 방법은 후보자들을 한 줄로 세우고 왕을 포함한 왕족들은 발을 치고 보고 당사자인 신랑은 참여치 않는 것이 전례다. 세밀한 선보기는 여러 임금을 모셔서 경험이 많은 상궁들이 맡는다. 심사가 끝나면 간단한 점심식사 후 귀가한다. 이렇게 내정된 후보 이외의 처자들은 들러리면서도 준비하는 비용이 만만치 않았으므로 간택에 참여하지 않으려 했었다.

　혜경궁의 회고에 의하면 당시 자신의 집이 간택준비를 할 형편이 되지 않을 정도로 가난하여 단자하기를 망설이다가 대대로 나라의 녹봉錄俸을 받은 후손으로 임금을 속일 수 없어 단자를 했다고 한다. 그러므로 초간택 준비를 할 때 일찍 죽은 언니의 결혼을 위해 준비해 두었던 천으로 어머니가 직접 만들어 주신 옷을 입고 간택에 참여하였다고 아래와 같이 기술하였다.

구월 이십 팔 일 초간택이 되니 선대왕께서 용열한 재질을 천포가 과히 융중隆重하셔 각별 어여삐 여기시고, 정성왕후께서 가죽이 보시고 선희궁께서 간선揀選하는 보계에 오르지 않으셔 먼저 불러 보시고 화기 만안滿顏하여 사랑하오시고, 궁인들이 다투어 안거늘 내 심히 괴로와하였더니 사물賜物을 내리오시니, 선희궁께서와 화평옹주께서 내 행례行禮하는 거동을 보시고 예모禮貌를 가르치시거늘 그대로 하고 나와 선비 품에서 자더니, 조조早朝에 선인이 들어오셔서 선비께 "이 아이 수망에 들었으니 이 어찐 일인고" 하오시고 근심하시니, 선비 하시되 "한미寒微한 선비의 자식이니 들이지 말았더면" 하시고 양위兩位 근심하시는 말씀을 잠결에 듣고 자다가 깨어 마음이 동하여 자리에서 많이 울고, 궁중이 사랑하던 일이 생각이 나 놀라와 즐기지 아니하니 부모 도리어 위로하시고, "아이가 무슨 일을 알리" 하시나, 내 초간택 후로 심히 슬퍼하기를 과히 하였으니 궁중에 들어와 억만창상을 겪으려 마음이 스스로 그러하던가, 일변 고이하고 일변 인사가 흐리지 아니한 듯하더라. 간택 후, 일가가 찾는 이도 많고 문하 하인門下下人 절적絕跡하였던 것도 오는 이 많으니 인정과 세태를 가히 볼지라.

한중록

인용문에서 영조와 정성왕후, 선희궁(세자의 생모)이 다른 처자들과는 달리 특별히 사랑하고 궁인들도 괴로울 정도로 서로 안으려 한 것을 보면 이미 내정되어 있었음을 알 수 있다. 이튿날 아침 잠결에 아버지와 어머니의 대화를 듣고 울었었는데 궁중에 들어와 수많은 고통을 겪게 되는 것을 예견한 것 같다고 회고한다.

초간택 후 찾아오는 사람들이 많았다. 할아버지 상사 후 아버지

가 벼슬길에 나가지 못하자 발걸음이 뜸하던 사람들까지 찾아오는 것을 보고 약삭빠른 세상인심을 볼 수 있었다고 한다. 세상인심은 예나 지금이나 변하지 않는가 보다.

초간택 다음날『영조실록』에는 임금이 몸소 세자빈을 간택하고 홍봉한洪鳳漢·최경흥崔景興·윤현동尹顯東·정준일鄭俊一의 딸 등 8명의 처자를 재간택再揀擇에 들게 하였다(영조 19년 9월 29일)는 기록이 있다. 이렇게 하여 혜경궁은 궁중과의 첫 인연이 시작되었다.

### 3) 재간택

재간택은 초간택이 있은 지 한 달 후인 10월 28일이었다. 일반적으로 재간택은 초간택에서 뽑힌 5~7명의 처자들을 약 한 달 후에 다시 입궁시켜 초간택과 같은 절차로 선을 본다. 초간택 때와는 달리 성적을 하고, 옷 색깔은 초간택과 같지만 옷감은 규제가 없어 중국비단도 입을 수 있다. 저고리 위에 초록 곁마기를 입는다. 재간택에서 보통 세 사람을 뽑지만 적임자가 내정되어 귀가할 때엔 육인교를 타고 50명의 호송을 받으며 귀가한다. 내정된 처자의 집에서는 처자를 극존칭으로 공대하여 맞이하고 글월비자가 가져온 궁중 편지는 격식에 맞추어(왕비의 글은 네 번, 후궁의 글은 두 번 절을 하고 받음) 받으면서 사실상 혼례 준비에 들어가게 된다. 이때를 작자는 아래와 같이 회고했다.

십월 이십팔일 재간택이 되니 내 심사 자연 놀랍고 부모 근심하셔 들여보

56

내시며 요행 빠지기를 죄여 보내시더니 궁중에 들어오니 궐내서는 완정完定하여 계시던 양하여 의막을 가즉이 하고 대접하는 도리가 다르시니 더욱 심사 당황하더니, 어전御前에 올라가매 다른 처자와 같게 아니하사 염내로 들어오셔 선대왕이 어루만져 사랑하시고, "내 아름다운 며느리를 얻었도다, 네 조부를 생각하노라" 하시고, "네 아비를 내 보고 사람 얻은 줄을 기꺼 하였더니 네 아모의 딸이로다" 하오시며 기꺼하오시고,

한중록

인용문에서 보듯이 법도에 의하면 8명의 후보 중에서 아직 한 차례 더 간택절차가 남았음에도 임금이 직접 "아름다운 며느리를 얻었다"라고 말한 것에서 이미 내정되어 있음을 알 수 있다. 이 날 『영조실록』에는 "홍봉한洪鳳漢·최경흥崔景興·정준일鄭俊一의 딸을 삼간택三揀擇에 들게 하고, 나머지는 모두 혼인을 허락하도록 명하였다"(영조 19년 10월 28일)라고 기록되었다. 이 기록에서 재간택에서는 대체로 3명을 뽑았으며 재간택 후에는 전국에 내려졌었던 금혼령이 해제되는 궁중 풍속을 확인할 수 있다. 〈한중록〉에는 재간택 날 공식 절차 외의 일들을 아래와 같이 기술되었다.

제諸 옹주네 손잡아 귀여워하고, 즉시 내보내지 아니하고 경춘전이라 하는 집에 머무르고 위의를 차리러 갔던지 오래 머무니, 낮것을 보내오시고 내인內人이 견막이를 벗겨 척수尺數를 하려 하거늘 내 벗지 아니하니, 그 내인이 달래어 벗겨 척수를 하니 심사가 경황驚惶하여 눈물이 나되 참고 가마에 들어 울고 나오니, 가마를 액예들이 붙들어내니 그 놀랍기 비할 곳이 없

인용문의 여러 옹주는 영조의 딸들을 말한다. 영조는 정비 소생
의 자녀가 없었으므로 공주는 없다. 옹주는 12명이 태어났으나 어
려서 5명이 죽고 7명만 성장했다. 그 중 화령옹주(11녀)는 영조 29년
(1753)에, 화길옹주(12녀)는 영조 30년(1754)에 태어나니 재간택 당시
에는 5명의 옹주(화순, 화평, 화협, 화완, 화유)가 있었다. 그중에서 화
순, 화평, 화협옹주는 손위고, 화완과 화유는 손아래 시누이였다.

간택 당시 궁궐에서 간단한 점심 식사로 낮것을 먹었다고 회고한
다. 낮것(낮것)은 점심點心을 말하며 평소에는 마음에 점을 찍을 정도
로 가벼운 음식인 옹이, 미음, 죽 등의 유동식이나 간단한 다과상을
말한다. 왕가의 친척이나 손님들이 점심시간에 방문할 때는 국수장
국이나 다과상으로 한다. 면상麵床은 여러 병과류와 생과, 면류, 찬
물饌物을 함께 차린다. 주식으로는 밥이 아니라 온면, 냉면 또는 떡국
이나 만두 중 한 가지로 한다. 찬물로는 편육, 회, 전유화, 신선로 등
이다. 면상에는 반상飯床에 오르는 찬물인 장과, 젓갈, 마른 찬, 조리
개 등은 놓이지 않으며, 김치는 국물이 많은 나박김치, 장김치, 동치

미 등을 놓는다. 인용문으로는 그날 점심으로 나온 음식의 종류를 정확하게 알 수 없어도 오랫동안 궁궐에 머물렀음을 알 수 있다.

또한 옷의 치수를 재기 위하여 견막이(곁마기)를 벗기려 하자 벗지 않겠다고 하니  나인(내인)이 달래어 벗고 척수를 재었다. 곁마기는 겨드랑 아래를 막은 옷이라 하여 붙여진 이름으로 조선시대 부녀자들의 외출복이다. 저고리보다 길고 품이 넓었으므로 정확한 치수를 재기 위하여서는 벗어야만 했다. 그러나 양반가의 처자가 함부로 옷을 벗지 않으려 한 것이나 눈물이 나는 것을 참았다가 가마에서 몰래 울었다는 것으로 보면 요즈음 초등학교 2학년인 9세의 어린 소녀 모습이 아니다.

집에 올 때는 재간택에서 이미 적임자가 내정되었으므로 육인교를 타고 50명의 호송을 받으며 귀가하게 된다. 그때 왕비(정성왕후)와 생모(영빈 이씨)의 편지를 든 글월비자가 흑단장을 한 것을 보고 놀랐다고 한다. 비자婢子는 궁녀의 하인으로 궁중 여인들의 편지 심부름을 하는 직책을 맡는다. 당시 여성들은 외출할 때 얼굴을 가리기 위하여 머리에서부터 길게 내리 쓰던 장옷을 입었는데 글월비자는 검은색 장옷을 입었으므로 놀랐나보다.

집에 와 가마가 대문을 지나 사랑문으로 가니 부모님이 예복을 입고 공경하는 태도로 맞이하시니 참았던 눈물이 흘러 막을 수 없었다고 회고한다. 이어서 글월비자가 가져 온 왕비(정순왕후)의 편지는 네 번, 생모(영빈 이씨)의 편지는 두 번 절을 한 후에 받으면서 사실상 혼례 준비에 들어가게 된다.

이튿날(영조 19년 10월 29일) 세자 보모상궁(세자는 보모상궁이 2명

이다)의 우두머리인 최상궁이 편지를 관장하는 색장色掌 나인 김가
효덕(김효덕을 성과 이름 사이에 '가'를 넣어 부르는 것은 관례 후 상궁이
되기 전에 대우하여 부르던 궁중 풍속이다)을 데리고 나와 옷의 치수
를 재어가더니 삼간택(11월 13일)이 있기 전에 최상궁이 생장 문가대
복과 함께 왕비의 선물을 가지고 방문하는 등 본격적인 혼례준비가
시작된다. 『영조실록』에는 "김재로金在魯를 가례도감 도제조로, 이병
상李秉常 · 민응수閔應洙 · 조관빈趙觀彬을 제조로, 윤심형尹心衡 · 이천보
李天輔를 도청 낭청으로 삼았다"(영조 19년 10월 29일)는 기록이 있다.
궁궐에서도 재간택 다음 날부터 왕세자 혼례를 위한 가례도감嘉禮都
監의 임시기구가 구성되어 본격적인 가례준비가 진행된 것을 알 수
있다.


### 4) 삼간택

삼간택은 재간택을 치른 지 보름 후인 11월 13일이었다. 삼간택
은 재간택에서 내정된 처자에 대하여 재삼 확인하는 절차다. 복장
은 재간택 때와 같이 성적을 하고 귀걸이도 한다. 옷도 재간택 때의
곁마기보다 한 단계 높은 예복인 소례복小禮服 차림인 초록 당의에
중간 크기의 노리개 석줄中三作을 차고 족두리를 쓴다. 삼간택에서는
왕이 이름을 지적하여 영의정을 통하여 공시한다. 삼간택에서 최후
로 뽑힌 처자에게는 다른 후보자들이 큰 절을 하며 왕비 또는 세자
빈의 대우를 받는다. 후보자는 집으로 가지 않고 궁궐 가까운 곳에
있는 별궁別宮에 머물면서 혼례 일까지 궁중법도를 익힌다. 재간택

후부터 부모님과 집안 어른들까지 공경하여 마음이 불안하였고 궁녀들과 친척들의 방문 등으로 정신없이 보름을 보냈을 것이다. 이제 내일이면 영원히 집을 떠나는 전날 밤의 정경을 아래와 같이 회고했다.

삼간이 십일월 십삼일이니 남은 날이 점점 적으니 갑갑히 슬프고 서러워 밤이면 선비 품에서 자고, 두 고모姑母와 중모仲母께서 어루만져 떠나기를 슬퍼하시고 부모께서 주야에 어루만져 어여삐 하오시고 잔잉히 여기오셔 여러 날 잠을 못 자오시니 이제라도 생각하면 흉금이 막히더라. …… 날수가 흘러 삼간 날이 되니 고모네께서 "집이나 다 두루 살피라" 하셔 십 이일 밤에 데리고 다니시니, 월색이 명랑하고 눈 위에 바람이 찬데 손을 이끌고 다니니 눈물이 흐르더라.

한중록

삼간택 날, 전날 밤에 여러 감회가 교차되어 늦도록 잠을 이루지 못하였는데도 이른 아침부터 입궐하라는 재촉을 받으면서 준비하던 때를 환갑이 되어서 아래와 같이 회고한다.

방에 들어와 견디어 잠을 이루지 못하고 이튿날 일찍부터 "입궐하라" 재촉하니 궐내에서 삼간 미쳐 나온 의복을 입으니라. 원족 부녀들이 그날 와 하직하고 가까운 친척은 별궁으로 간다 하고 모였더니 사당에 올라 하직할 새 고유다례를 지내고 축문을 읽으니 선인께서는 눈물을 참사오시고 모두 차마 떠나기 어려워하던 정경이야 어찌 다 이르리오. …… 궐내 들어와 경

춘전에 쉬어 통명전에 올라가 삼전께 뵈오니 인원왕후께오서 처음으로 감하오시고, "아름답고 극진하니 나라의 복이라" 하오시고, 선대왕께서 어루만져 과애過愛하오시고, "슬거운 며느리니 내 잘 가리었노라" 하오시고, 정성왕후께서 기꺼하오심과 선희궁께오서 극진히 자애하오심이 이를 것이 없으니, 아이 적 마음이나 감은感恩하여 우럴잡는 마음이 스스로 나는지라.

한중록

궁궐에 들어와 창경궁 경춘전에서 잠시 휴식한 후에 통명전에서 삼전三殿을 뵙는다. 통명전은 왕비의 침전으로 임금이 임시로 거처하는 곳인 시어소時御所이기도 하여 창경궁에서 가장 중요한 건물이다. 이곳에서 초간택과 재간택 때에도 뵙지 못했던 인원왕후(대왕대비)를 처음 뵙는다. 인원왕후는 숙종 때 장희빈의 저주로 인현왕후(숙종의 계비)가 승하한 후에 왕비로 입궁한 숙종의 제2계비로 영조에게는 법적으로 어머니가 된다. 왕의 어머니가 대왕대비인 것은 아버지 숙종(19대)을 이은 이복형 경종(20대, 장희빈 소생)이 자식이 없어 동생이 왕이 되었기 때문이다. 그때 대왕대비를 뵈었을 때를 혜경궁은 '보다'의 궁중어인 '감하다鑑'라고 표현하였다. 인원왕후(1687~1757)도 "아름답고 극진하니 나라의 복이라"고 덕담을 한다. 궁궐 사람들은 일상의 생활언어에서도 높은 궁중 밖의 사람들과는 다르게 품위 있는 언어를 사용하였음을 알 수 있다.

그날 『영조실록』에도 "세자빈의 삼간택三揀擇의 예禮를 거행하여 세마洗馬 홍봉한洪鳳漢의 딸이 간택되었다"고 기록되었다.(영조 19년 11월 13일) 당시 홍봉한은 세자를 시위侍衛하는 세마로, 정9품의 세자익위사世子翊衛司가 되었다.


### 5) 별궁에서 왕세자빈 수업을 받다

삼간택에서 세자빈 후보로 확정된 후에는 가례嘉禮일인 영조 20년(1744) 1월 11일까지 약 두 달간 별궁생활을 했다. 별궁에서의 첫날밤을 아래와 같이 기술했다.

세소洗梳 고치고 원삼 입고 앉아 상 받고 날이 저물기 재촉하여 삼전께 사배四拜하고 별궁에 나오니 선대왕께서 덩 타는 곳에 친림親臨하오셔 보시고 집수執手하오시며, "조히 있다가 오라" 하오시고, "『소학』을 보낼 것이니 아비께 배우고 잘 지내다가 들어오라" 하오시며 권권연애하오심을 받잡고 나오니 날이 저물어 불을 혔더라. 궁인들이 좌우로 데리고 있으니, 내가 선비를 떠나 잘 일이 악연하여 잠을 못자고 슬퍼하니 선비 마음이 또 어떠하시리오. 보모 최상궁이 성性이 엄하고 사정이 없어, "나라 법이 그렇지 아니하니 내려가소서"하여 모시고 자지 못하니 그런 박절한 인정이 없더니라.

한중록


예비 신부가 된 혜경궁은 별궁에서 세자빈으로서 갖추어야 할 교육을 받았다. 현재 전하는 조선조 『가례도감의궤』에 의하면 조선후기의 별궁은 태평관太平館, 어의궁於義宮, 운현궁雲現宮 세 곳이었다. 그중 인조의 장자 소현세자(1612~1645) 때는 태평관을, 고종 때에는 운현궁이 별궁으로 사용된 것을 제외하면 거의 어의궁이 별궁으로

사용되었다. 태평관은 숭례문 안의 양생방(서울 중구 서소문동)에 있던 중국사신을 접대하던 곳을 별궁으로 사용했으며 운현궁(서울 종로구 운니동)은 고종이 출생하여 12세에 왕이 되기까지 생활했던 곳이다. 어의궁은 현재 종로구 연건동의 기독교회관 부근이다. 혜경궁의 별궁생활을 〈한중록〉을 중심으로 좀 더 만나보자.

이튿날 소학을 보내어 계시니 날마다 선인께 배우고 당숙도 한가지로 들어오시고 중부와 선형이 또 들어오시고 숙계부께서는 동몽으로 들어오시더니라. 선대왕께오서 또 "『훈서訓書』를 보내오셔 『소학』 배운 여가에 보라" 하시니 그 훈서는 효순왕후 들어오신 후 지어 주신 어제더라

한중록


별궁생활의 일과는 교양 기초 과목인 『소학』을 선인(아버지), 당숙(홍상한), 중부(홍인한), 선형(홍낙인)이 번갈아 가르치고 막내 삼촌(홍준한)에게도 가끔 배운다. 삼간택을 마치고 궁궐을 떠나려 할 때 영조가 "조히 있다가 오라"면서 『소학』과 함께 『훈서』를 주었다. 그 중 『훈서』는 영조가 큰며느리(효순왕후)를 위해 직접 지은 책이다.

영조의 장남 효장세자(진종)는 정빈 이씨의 소생으로 숙종 45년(1719) 2월 15일 창의궁 잠저潛邸(지금의 종로구 통의동 부근)에서 태어났다. '잠'은 물속에 몸을 감춘다는 뜻으로 용이 아직 머리를 들어내지 않은 시기로 천자나 왕이 되기 전에 살던 집을 말한다. 효장세자가 태어났을 때 아버지는 왕의 후계자가 아니었다. 어릴 때 이름은 '만복萬福'이었으나 6세(1724)에 아버지가 왕이 되어 경의군敬意君

으로 봉해졌다가 7세(1725)에 왕세자가 되었다. 9세(1727년 9월 29일)에 13세의 조문명趙文命, 1680~1732의 딸과 가례를 올렸으나 10세(1728년 11월 16일)에 창경궁 진수당進修堂에서 승하했다. 시호諡號는 효장孝章이다. 영조 38년(1762) 동생 사도세자가 뒤주에 갇혀 죽은 후에 영조는 왕세손(정조)을 효장세자의 양자로 하여 대를 잇게 하였다.(영조 40년 2월 21일) 정조 즉위 후 효장세자는 진종眞宗으로 추존된다.

진종 비 효순왕후(1715~1751)는 13세에 세자빈이 되었으나 14세에 남편 효장세자가 승하했으므로 청상靑孀이 되었다. 21세에 현빈賢嬪으로 봉해졌고 영조 27년(1751) 11월 14일 창덕궁 의춘헌宜春軒에서 37세로 승하했다. 시호를 효순孝純이라 하였으므로 정조 즉위 후 효순왕후로 추증되었다. 영조는 어린 나이에 혼자된 며느리를 특별히 사랑하면서 자신의 마음을 알아주는 사람은 화평옹주와 함께 현빈이라고 말하기도 하였다.


## 4. 세자와 가례嘉禮를 행하다


'가례嘉禮'는 경사스러운 의례라는 뜻이다. 종묘와 사직, 산천, 기우, 선농先農 등 국가에서 행하는 의례인 길례吉禮, 장례의식의 흉례凶禮, 군사 의식인 군례軍禮, 외국 사신을 접대하는 빈례賓禮와 함께 오례五禮의 하나다. 가례는 왕세자, 왕세손의 관례冠禮, 왕세자, 왕세제, 왕세손, 왕비, 세자빈 등에 작위를 주어 책봉冊封하는 의식, 왕, 왕세자, 왕세손의 혼례婚禮 의식, 왕의 등극의식, 대왕대비, 왕대비, 대비

65

등에 존호를 올리는 의식 등 각종 축하례 및 연향례 의식 등을 말한다. 그 중 왕실의 혼례는 백년대계를 이어갈 경사 중의 경사다.

가례는 납채納采, 납징納徵, 고기告期, 책빈冊嬪, 친영親迎, 동뢰同牢의 의례를 거치면서 진행된다. 세자빈은 별궁에 머물면서 이 중 다섯 가지 절차를 거행하고 마지막 절차인 동뢰는 궁중에 들어와 거행한다. 가례의 절차를 정리하면 아래와 같다.

| | |
|---|---|
| ①납채 | 대궐에서 별궁으로 사자를 보내 결혼을 청하는 의식으로 혼담이 통보된 후에는 예물과 사주를 보낸다. |
| ②납징 | 납폐라고도 하며, 대궐에서 혼인의 징표로 별궁에 예물을 보낸다. 국왕의 가례에서는 속백함(束帛函, 검붉은 비단 5필, 분홍색 비단 4필), 교서, 말 4필을 보내며, 왕세자의 가례에는 속백함과 말 2필을 보낸다. 신부 집에서는 이에 대한 답서를 보낸다. |
| ③고기 | 대궐에서 길일을 택해 가례 일자를 결정한 후 별궁에 알려주는 의식이다. 신랑 측에서 혼인 기일을 정하는 것을 청기(請期)라 하고, 신부 측에서 정하는 것은 고기라 하였으나, 왕실의 가례에서는 이를 구분하지 않았다. |
| ④책빈 | 대궐에서 세자빈을 책봉한 후 별궁으로 사신을 보내 책봉을 받도록 하는 의식으로 이때 별궁에서는 주인이 사신을 맞이한 이후 신부가 북벽 단에 올라서면 상궁이 교명문을 받들어 책봉을 선포한다. |
| ⑤친영 | 왕세자가 별궁에 가서 세자빈을 맞이하여 대궐로 돌아오는 의식으로 이때 왕세자는 부부의 백년해로를 의미하는 기러기를 앞세우고 간다. 친영을 가기 전에 임금이 세자를 불러 놓고 훈계하면서 아내를 맞이하여 오라고 명령하는 의식을 초계례(醮戒禮)라고 한다. 세자의 혼례 때에는 대개 이런 초계례가 따른다. 세자는 임금에게 네 번 절하고 어좌 앞에 꿇어앉으면 임금은 "가서 너의 아내를 맞이하여 나의 종사를 받들게 하되, 엄하게 거느리도록 힘쓰라"고 훈계하면, 세자는 "신 아무개는 삼가 교명을 받들겠습니다"라고 말한 후 다시 네 번 절하고 친영절차를 행한다. |
| ⑥동뢰 | 동뢰는 함께 음식을 나눈다는 뜻이다. '굳게 한결같이 하나가 된다'는 의미로 서민의 혼례에서는 초례에 해당한다. 서민의 초례상에는 절개를 상징하는 송죽(松竹), 다산을 상징하는 쌀과 닭, 의지를 상징하는 밤, 장수를 상징하는 대추와 용떡(가래떡을 굵직하고 길게 비벼서 큼직한 양푼에 용 모양으로 서리어 담은 것), 부부간의 금실(琴瑟)을 상징하는 청홍사, 일심동체를 상징하는 술로 각각 차린다. 이러한 상징물은 혼인 의식의 의미를 보다 강화시킨다. 동뢰연이 끝나면 신랑과 신부는 첫날밤을 치르게 되며, 이때 남은 음식을 싸서 신부의 집으로 보내기도 한다. |

왕실에서 사돈을 맺을 때엔 선대에는 명문 집안이었으나, 당대에는 벼슬을 하지 못한 채 양반의 명맥만 지닌 집안인 경우가 많다. 왕의 두 번째나 세 번째의 계비는 본인은 훌륭한 자질을 지녔지만 집안이 가난하여 당시로서는 노처녀였다. 선조가 51세에 19살 규수(후에 인목왕후)를, 영조가 66세에 15살 규수(후에 정순왕후)를 계비로 맞이한 것이 그 예다. 혜경궁은 자신의 집이 선조의 부마 영안위永安尉 홍주원으로부터 고조 정간공貞簡公 만용萬容, 증조 첨기공僉篹公 중기重篹, 할아버지 정헌공貞獻公 현보鉉輔로 대대로 나라에 벼슬한 집안이지만 청렴하였기에 가난했다고 술회했다. 할아버지 홍현보洪鉉輔는 문과에 장원급제한 인재로 여러 요직을 거쳐 벼슬이 예조판서에 이르렀지만, 아버지 홍봉한洪鳳漢은 딸이 세자빈이 된(1743년) 이듬해에 문과 을과에 급제하여 벼슬길에 나간 것으로 보아 당대엔 문벌이 성하지 않았음을 알 수 있다. 이러한 가문에서 왕통을 이을 배우자를 택하는 것은, 문벌이 성한 외척이 왕권을 위협하는 것을 미연에 방지하기 위해서였다. 만약 외척의 힘이 커지면 그다음 왕비나 세손빈은 반대의 당에서 택하여 외척이 서로 견제하도록 했다.

삼간택 후 별궁생활 동안에는 궁중법도와 교양을 쌓으며 왕세자빈으로서 품위를 지닐 수 있도록 궁중법도를 익히는 수업을 받는다. 해가 바뀌어 영조 20년(1744) 1월 9일 가례에 앞서 빈으로 책봉하는 의식이 있었다. 책빈은 장차 국모가 될 세자빈에게 내명부 최고 품계인 정1품으로 책봉하는 의식이므로 성스럽고 경사스러운 의식이다. 『영조실록』에는 "임금이 인정전仁政殿에 나아가 정사正使 판중추부사 김흥경金興慶, 부사副使 낙풍군洛豐君 이무李楙를 보내어 풍산

홍씨豊産洪氏를 왕세자빈王世子嬪으로 책봉하니, 빈은 세마洗馬 홍봉한洪鳳漢의 딸이었다"는 것과 좌의정 송인명宋寅明이 지은 교명문敎命文이 아래와 같이 기록되었다.

왕은 이르노라. 저사儲嗣는 일국一國의 근본이고 그 배필은 만본의 근원인 것이다. 이처럼 중대한 혼인은 반드시 간택을 신중히 하는 것이 대저 고금의 공통된 의리이고 곧 풍화의 기틀이 되는 것이다. 생각건대 원량元良이 숙성하여 다행히 종조宗祧를 부탁할 수 있게 되었다. 그 지위가 이극貳極에 높았으니 일찍이 역내域內의 민심이 매여 있었고, 예禮는 삼가三加하여 이루어지는 것이니 곤내梱內의 보좌가 바로 시급하게 되었다. 건도乾道는 반드시 곤화坤化의 도움을 받아야 한다乾道必資坤化고 하는데 더구나 나라를 다스리는 것도 또한 가정의 정제整齊에 근본함이겠는가? 이에 훌륭한 원빈媛嬪을 구하기 위해 이름난 가문에서 두루 선발하였노라. 아! 너 홍씨洪氏는 대대로 경복慶福을 누려온 집안에서 태어나 품질稟質이 정숙하고 단아하여 상서로운 화기가 이미 용의容儀에 드러나, 과단성 있게 스스로 살폈으므로 행동이 저절로 규도規度에 맞으니 여스승의 가르침을 번거롭게 하지 않았다. 더구나 출생한 것도 동갑同甲인데 하늘의 배필에 견줄 정도로 아름다워 경사慶土도 모두 가하다 하였고 귀서龜筮도 좋다고 하였다. 이에 정사正使 모관某官 모某와 부사副使 모某를 보내어 부절符節과 예물을 갖추어서 그대를 왕세자빈에 책봉하노니, 그대는 공경히 총장寵章을 입고 아름다운 모범에 힘써서 효경孝敬을 돈독히 하여 삼전三殿을 받들고 자혜慈惠를 미루어 육궁六宮을 화목하게 하라. 그리고 사치가 흉덕凶德임을 알아서 몸소 검소함을 실천하고 연안宴安은 곧 짐독鴆毒이니 반드시 일에 부지런하라. 다스림은 내조로부터 시작되는 것이니 기업基業을 만년토록 공고하게 하고, 복은 하늘이 거듭 명하는 데서 시작되는 것이니 본손本孫과 지손支孫이 백세토록 면면히 이어가게 하라. 영원히 이 훈계를 유념하여 시종 해이하지 않기를 바란다. 아! 나는 이제 부탁할 사람을 얻었으니 끝없는 홍운鴻運을 점칠 수 있다. 너는 주야로 덕을 도와 좋은 모유謨猷를 후손에게 남겨주는 일에 변치 말기 바란다. 그래서 이에 고시하는 바이니, 마땅히 상세히 알아야 할 것이다.

영조 20년 1월 9일

그날 법도에 따라 아버지가 대궐에서 나온 사신 일행을 맞이한 후에 신부(혜경궁 홍씨)가 북벽 단에 올라서자 상궁이 교명문을 받들어 책봉을 선포하였다. 이후부터 정1품의 세자빈으로서 지위가 확고하게 된 것이다. 별궁생활은 어린 소녀가 감당하기에는 어렵고 힘든 일들이 많지만 부모님과 가까운 친척들이 곁에 있어 참고 견딜 수 있었다. 그러나 이제 이틀 후에 대례를 치르게 되면 모든 일들을 혼자 감당해야 한다. 두렵고 불안한 심정을 아래와 같이 기술했다.

정월 초구일 책빈하고 십일일 가례니 초십일일 내가 부모 떠날 날이 박근하니 정리 참지 못하여 종일 호흡號泣하여 지내니, 부모 역亦 인정에 척비하실 것이로되 악연한 정리를 참으시고, 선인이 경계하오시되, "인신人臣의 집이 척리 되면 영총이 따르고, 영총이 따르면 문란이 성하고, 문란이 성하면 재앙을 부르나니, 내 집이 도위都尉 자손으로 국은을 세세로 망극히 입었으니 나라를 위하여 부탕도화를 어이 사양하리오마는 백면서생白面書生이 일조에 왕실에 척련하니, 이는 복의 징조 아니요 화의 기틀이니 오늘로부터

69

삼간택 전날 밤늦도록 잠을 이루지 못하고 달밤을 거닐던 9세의 어린 소녀가 10세에는 장차 국모가 될 세자빈이 되었다. 가례 날 아버지는 10세의 어린 소녀에게 "왕실과 인연하여 외척이 되는 것은 복의 징조가 아니요 화의 시작이라"며 말과 행동에 신중할 것을 당부하고 소녀는 공경하는 마음으로 들으면서도 울음을 그치지 못하였다. 그 말은 훗날 현실이 되어 세자빈으로 간택된 후 약 30여 년간은 가문이 번창하여 영화를 누렸지만 제1편을 쓸 때는 몰락한 후였다. 모든 과정을 몸소 지켜봐 온 혜경궁은 친정 큰조카(홍수영)에게 "오늘 우리 집안이 이렇게 몰락한 것은 부귀에 묻은 화니 벼슬이 어이 두렵지 않겠는가, 너희들이 지금 벼슬을 하지 못하고 있어 마음에 안쓰럽기는 하지만 내 집이 다시 벼슬하기를 바라지 아니한다"는 마지막 말은 오늘날 우리에게도 많은 것을 생각하게 한다.

1월 11일 법도에 따라 친영에 앞서 세자는 궁궐에서 초계례醮戒禮를 행한 후에 별궁으로 나아가 별궁(어의궁)에서 마지막으로 '친영' 의식을 행하였다. 그날 궁궐에서 동뢰(초례)를 행함으로써 10세 동갑의 신랑과 신부는 만백성의 축복 속에 부부의 연을 맺었다. 그날을 『영조실록』에는 아래와 같이 기록하였다.

행한 다음 서계西階로 올라가 자리에 나아가 서남쪽을 향하여 섰다. 사옹원 제조司饔院提調가 술을 술잔에 따르고 사옹원 정司饔院正이 찬탁饌卓을 올리니, 왕세자가 자리에서 내려와 술을 입에 댔다가 떼고 나아가 어좌御座 앞에 꿇어앉았다. 임금이 명하기를,

"가서 너의 아내를 맞이하여 나의 종사를 받들게 하되 엄하게 거느리도록 힘쓰라"

하니, 세자가 말하기를,

"신 모某는 삼가 교명을 받들겠습니다"

하고, 사배四拜를 행한 다음 서계西階로 내려와 어의궁於義宮으로 나아가 빈嬪을 맞이하였고 대내大內로 돌아와 초례醮禮를 행하였다.

영조 20년 1월 11일

이튿날 영조는 인정전에 나아가 백관의 하례를 받는다. 정월 11일 영조는 "초계하여 친영을 마치어 아름다운 세자와 세자빈이 짝을 이루게 되니 어머니(인원왕후)를 기쁘게 해 드리게 된 것은 선대의 은덕이다. 세자빈 홍씨는 공주의 후손으로 덕과 교양을 갖추었으니 군자의 배필이다. 이 기쁨을 온 백성과 함께하기 위하여 잡범들을 사면하고 벼슬에 있는 자에게는 한 직급씩 올려주어 기념하게 하라"고 아래와 같이 교사했다.

왕은 이르노라. 정비鼎比에 상서가 응결되니 일찍이 만백성의 기대가 매일 데가 있게 되었고 진저震邸에서 아내를 맞이하니 비로소 대혼大婚의 의식을 보게 되었다. 이에 십행十行의 윤음綸音을 반포하여 팔방八方에 경사를 알린

다. 생각건대 나는 덕이 부족한 몸으로 늦게 현저賢儲를 얻었는데 면질綿瓞의 노래가 일어나니 본 손과 지손이 성대하기를 기대할 수 있게 되었고, 요도天桃 노래를 전파해 읊으니 항상 실가室家가 화목하기를 바란다. 이것이 어찌 부모의 지극한 마음일 뿐이겠는가? 진실로 종가의 대계를 위한 것이다.

왕세자빈 홍씨는 덕은 규예嬀汭처럼 아름답고 경사롭게 심원沁園에서 자랐으며, 길쌈하고 책 읽는 것은 아보阿保의 아름다운 교훈을 따라 행하였고 금반衿鞶과 환패環珮는 규곤閨梱의 아름다운 용모를 꾸몄다. 군자의 좋은 배필임은 이미 사중四重에 합치하였고 성대한 의식儀式은 이에 백량百兩을 갖추었다. 이미 금년 정월 11일(기축)에 세자에게 초계醮戒하여 친영親迎을 마치었다. 가아佳兒와 가부佳婦가 좋은 짝을 이루니 도道는 인륜에서 시작되는 것이고 영색令色과 영의令儀가 매우 아름답게 빛나니 덕은 곤순坤順에서 도움 받게 되었다. 규도規度는 변조拚棄가 없을 것이니 진실로 만복의 근원을 연 것이고, 장경莊敬은 부계副笄를 게을리 하지 않은 것이니 육궁六宮의 칭송이 높이 오를 것이다. 다행히 원량元良이 아름다운 배필을 두었으니 길이 장락長樂의 융숭한 기쁨을 받들게 되었다. 뇌우雷雨의 은택은 사방으로 흐르는 법이니 잘못된 하자를 깨끗이 탕척하여야 하며, 천지의 인仁은 널리 입게 되는 것이니 가까운 곳에서 먼 곳까지 파급되어야 할 것이다. 이달 12일 매상昧爽 이전의 잡범雜犯으로 사죄死罪 이하는 모두 사유赦宥하여 주고, 벼슬에 있는 자는 각각 한 자급씩 올려 주되 자궁자資窮者는 대가代加하게 하라. 보록寶籙이 크게 응하니 인지麟趾의 교화가 떨치고 순희純禧를 성대히 맞이하니 연익燕翼의 모유謨猷가 양양洋洋하리라. 때문에 이렇게 교시하는 것이니 마땅히 상세히 알아야 한다.

영조 20년 1월 12일

이렇게 만백성의 축복 속에 시작한 궁궐생활이 어린 소녀가 감당하기에는 힘들었음에도  잘 참았던 때를 50년이 지난 후에 돌이켜보아도 대견하였다고 회고했다.


## 5. 궁궐 생활이 시작되다

〈한중록〉에는 정월에 가례를 치른 후에 10세의 어린 소녀가 감당하기에는 너무나 엄격한 궁궐 생활을 아래와 같이 회고한다.

십오일 내 선원전에 전알하옵고 십칠일 종묘에 전알하오니 충년에 대례를 순성順成하고 무거운 수식을 이기어 실조치 않음을 선대왕이 일컫자오시고 선희궁께오서 가열하오시니 더욱 감격하더라. …… 갑자 십월에 등과하오시니, "장인이 과거하시다" 하오셔 기꺼하오시기를 심하오셔, …… 선대왕께서 작년 계해에 과거 못 시킨 것을 애달퍼 하시다가 희열喜悅하오시고, …… 내 들어오며 문안하기를 감히 게으르게 못하며 인원·정성 양 성모께는 오일에 일차씩하고 선희궁께는 삼일 일차씩 하나 날마다 뵈올 적이 잦으니, 그때는 궁금법이 지엄하여 예복을 아니 하면 감히 뵈옵지 못하고 날이 늦게야 못하기, 새벽의 문안 때를 어기지 아니하랴 하기 잠을 편히 자지 못하는지라, …… 아지와 복례를 신칙하여 일찍 깨우기를 큰일같이 하여 감히 태만치 못하게 하니, 융동성서와 풍우대설 중도 문안 갈 날이면 하루도 날이 늦지 아니하기는 차此 양인의 공이라 할 것이오, …… 옛날 궁중법이 어찌 그리 지엄하던지 문안 밖 어려운 일이 많되 내 괴로워하는 일이 없던 것

이니, 또한 옛 사람의 작인이라 능히 당하던가 싶더라. 소고 여럿이 있어 나를 사랑하나 지위 다르니 내 대접할지언정 한가지로 행실 배우거나 하지 못하고, 효순왕후를 따라 몸을 가지니 연치 현절하되 배우고 우애함이 자별하더니라. 제 옹주네 중 화순은 온공하시고, 화평和平은 유순하서 날 대접함이 지극하고 아래로 두 소고는 연기 서로 같고 귀한 아기네로 놀음하는 것이 다 갖되 내 따라 놀지 아니하고, 앞에 유희의 것이 많으나 좋아하는 일이 없으니, 선희궁께서 매양 연애하서, "심중은 유희하고 싶으련마는 아니하니 대궐 들어와 도리를 차리니, 한가지로 유희하고 그리 말라" 하오시고, 사사이 지도하오심이 곡진하오시니 내 어찌 일시나 잊고 지내리오.

한중록

인용문의 첫 번째 내용은 가례 후 선원전과 종묘에서 조상님께 신고하는 의식 때의 이야기다. 당시 세자빈의 복식도 성대하지만 특히 머리장식이 매우 무거워 어린 소녀에게는 무게를 감당하기 힘들었을 것이다. 다행히 넘어지지 않고 무사히 마치자 칭찬을 받아 매우 감격했었다고 한다. 또한 새벽 문안 걱정으로 잠을 제대로 자지 못할 정도로 부담이 되었던 기억 등 어린 소녀가 엄격한 궁중법도에 적응해 가는 내용이다.

또 다른 내용은 아버지가 등과하여 기뻐하였다고 한다. 가례를 치른 그해 10월 19일 영조의 병환이 회복된 것을 축하하기 위한 문과전시에서 아버지가 급제한 것을 말한다. 이에 앞서 8월 19일 영의정 김재로가 "세자빈의 아비가 9품에 있는 것은 미안하다"고 청하여 6품으로 품계가 올려졌으나 정식으로 과거에 급제하지 못했으므로 주요 직책을 맡기는 어려웠다. 과거 급제 후 11월 20일에 정5품의 세자시강원인 문학文學이 되고 이듬해(영조 21년) 4월 6일에는 종2품의 광주부윤에, 9월 10일에는 승지承旨에 임명되는 등 본격적으로 벼슬길에 나서 외척으로서 권력의 핵심에 있게 되었다.

궁중의 일상생활에서 몸가짐은 20살 연상의 손위 동서인 효순왕후(진종 비)를 본받고 나이가 어린 시누이들의 놀이에 함께하지 않았다고 한다. 당시 정빈 이씨 소생인 화순(25세), 영빈 이씨 소생의 화평(18세)과 화협(12세)옹주는 손위 시누이고 작자보다 어린 시누이로는 영빈 이씨의 소생인 화완(7세)과 귀인 조씨 소생의 화유(5세)옹주가 있었다.


## 6. 기사년(영조 25년, 1749)에 관례와 합례를 하고 세자의 대리정사가 시작되다

혜경궁은 15세에 중요한 세 가지 일이 있었다고 아래와 같이 회고한다.

기사에 15세되니 관례를 정월 이십이일에 하고 이십칠일에 합례하기를 정하니, 늦게야 얻자오셔 십오세가 되어 합례까지 하게 되니, 두긋기오셔 종요로이 재미를 보시면 성사로되, 어찌하오신 성의시던지 홀연 대리하실 영을 내오시니, 그날이 내 관례날이라 억만사가 대리 후 탈이니 어찌 섭고 섭지 아니하리오.

한중록

### 1) 1월 22일에 관례를 하다

기사년己巳年은 영조 25년(1749)으로 혜경궁과 세자가 15세였다. 1월 22일에 오늘날의 성인식인 관례를 했다. 조선조는 성인식 후 남자는 상투를 틀고 관冠의 일종인 갓을 썼으므로 관례라 했고, 여성은 머리에 쪽을 찌고 비녀를 꽂았으므로 계례笄禮라고 한다. 혜경궁은 9세에 세자빈으로 간택되어 10세에 가례를 행하였으므로 법적으로는 세자의 아내인 세자빈이었으나 성인이 아니므로 부부가 방을 함께 쓰지는 않았었다. 관례를 함으로써 성인이 된 것이다.

### 2) 세자의 대리청정이 시작되다

많은 연구자들은 영조가 아들을 죽이게 된 것은 대리정사 때의 정치적 견해 차이가 가장 큰 원인이라 한다. 그러나 혜경궁은 대리정사 때의 갈등은 정치적인 견해보다도 영조가 대리정사를 시킨 저의가 제왕답지 못하였으며 그 후에도 일관성 없는 태도가 더 문제였다고 아래와 같이 말한다.

매양 공사公事 중 금부禁府 형조刑曹 살육붙이 그런 공사는 친히 감鑑하오시지 아니하오시고, 안의 옹주들 처소에 계실 제는 내관에게 맡겨 시키오시니, 대리하오실 때 전교傳敎는 무진년 화평옹주 상사喪事 후 설움도 심하오시고 상후上候도 잦으오셔, "정섭靜攝하시려 대리하게 하노라" 하오시나, 실인즉 사외로워 안에 들이지 못하는 공사붙이, 내관 맡기시기 답답하오신 일

한중록

인용문에 의하면 영조는 대리정사 전에도 죄인을 형벌로 다루는 사건에 직접 부딪히는 것을 싫어하여 내관들에게 대신 맡겨왔었다. 사랑하는 따님(화평옹주)의 상사로 슬픈 마음을 가눌 수 없어서 대리를 시킨다고 하였으나 실은 험한 사건들을 내관에게만 맡기려니 답답하여 대리청정을 시킨 것이다. 그렇다면 설사 마음에 흡족하지 않더라도 기다리며 가르쳤어야 했음에도 자신의 감정에 충실하여 세자에게 제왕수업에 대한 부정적인 견해를 갖게 하고 이로부터 부자간의 갈등이 해를 거듭할수록 깊어지게 된다. 그러므로 혜경궁은 '대리'라는 두 글자만 들어도 가슴이 떨린다고 아래와 같이 말한다.

기사년 대리로 말미암아 만사가 다 탈이 났으니 내 마음은 대리를 원수같이 알아 '대리' 두 글자를 들으면 심담이 떨리고,

한중록

영조 51년(1775)인 을미년에 세손(정조)에게 대리정사를 시키려 했을 때 목숨을 걸고 반대한 것은 전일 사도세자가 대리정사를 하게 되면서 영조와의 갈등이 증폭되었기 때문이었다. 그러므로 혜경궁은 아들의 대리정사를 식음을 전폐하며 반대하였었다. 그러나 을미년의 대리 정사를 반대한 이유로 정조 즉위 초에 친정 집안이 화를 당하게 된다.

### 3) 1월 27일에 합례를 하다

관례를 하고 5일 후에 합례를 했다. 합례는 신랑과 신부가 술잔을 서로 바꾸어 합환주合歡酒를 마시는 예를 말하며 그날 처음으로 초야初夜를 치르게 된다. 이렇게 이불을 함께 쓴다 하여 합금례合衾禮라고도 한다. 합례를 함으로써 2남 2녀의 자녀를 두게 된다.


## 7. 2남 2녀를 생산하다

### 1) 첫아들 의소懿昭의 출산과 죽음

혜경궁은 합례 후 얼마 지나지 않아 곧 잉태孕胎하였다. 『영조실록』에는 세자빈을 위한 산실청産室廳을 세우고 원경하元景夏를 권초관捲草官으로 삼았다(영조 26년, 1750년 7월 11일)는 기록이 있다. 산실청이란 장차 왕의 후사後嗣가 될 왕손 출산이 계획되면 임시기구를 설치하는 것을 말한다. 그러나 왕의 자녀라도 적자嫡子와 서자庶子는 엄연히 구별되었기에 왕비나 세자빈이 출산할 때는 '산실청産室廳'이라 하고 후궁들에겐 '호산청護産廳'이라 하여 준비과정에서부터 격이 다르게 했다. 설치시기는 일정하지 않으나 대개 산실청은 출산 예정 3개월 전쯤에, 호산청은 1개월 전에 출산과정을 총괄할 도제조都提調와 권초관捲草官을 임명하면서 시작된다. 이때부터 산모 처소에는 본격적으로 출산을 위한 준비가 시작되어 길한 방향을 골라 여러 가지 부적을 붙이고 출산 때 필요한 준비물을 배치하여 산모의 순산을 기원한다.

영조 26년(1750) 8월 27일 혜경궁은 경춘전에서 첫 아들을 낳았다. 그날 실록에는 "왕세자빈이 원손元孫을 낳았다"라고 짧게 언급되었으나 탄생 2일 후인 29일에는 아래와 같이 기록되었다.

왕은 말하노라. 거듭 아름다운 천명天命이 일어나 하늘의 돌보심을 기대하였는데, 앞서 나타난 상서祥瑞에 이어 또 원손의 출생을 보게 되었다. 이에 온 세상에 알려 기쁜 마음을 밝히노라. 덕이 없는 내가 제왕帝王의 기업基業을 계승한 이후 온갖 어려움을 겪으면서 항상 서업緖業을 실추시키지 않을까 염려했었는데, 다행히 열조列朝께서 오르내리시며 말없이 도와주심으로 본손本孫이 다시 번창할 수 있게 되었다. 태자太子를 늙은 나이에 얻어 어린이일 때 책봉했었는데, 일찍부터 총명한 자질이 있어 대섭代攝하는 초기부터 훌륭한 이름이 나타났다. 후손을 넉넉하게 해줄 계책을 염려하던 터에 다시 손자를 안아보는 길사吉事를 보게 되었는데, 영고寧考께서 탄생하신 달과 같은 달에 태어나서 하늘의 마음을 알 수 있다고 할 것이며, 동조東朝께서 기대하던 마음을 위로해 주었으니, 참으로 내 기쁨이 갑절이나 더하다. 지난 시절의 빛나는 발자취를 더욱 빛내 훌륭한 손자를 보고, 늘그막에 손자를 안는 기쁨이 있으니, 우리 아들이 가상하다. 초저녁에 첫울음 소리를 들은 뒤 만년을 이어 살 것을 기대하였다. 태자가 태어나던 때가 엊그제 같은데, 열성조列聖朝에서도 드물었던 경사를 오늘에 보게 되었다. 앞서는 외로운 내 한 몸이어서 종사宗社의 서업緖業을 실추시킬까 염려했었는데, 지금은 온 백성이 순종하여 국가의 형세가 반석盤石에 얹어 놓은 듯 튼튼하게 되었다. 조정에서 하례를 받고 다시 온 누리에 이 경사를 반포하노니, 뇌우雷雨의 은택이 두루 미쳐 더러운 것들을 모두 씻어 주고, 천지의 조화가 운행하여

만물이 크게 소생하였다. 아! 순수한 복록福祿을 맞이함에 있어 어찌 조심하는 마음을 늦출 수 있겠는가? 하늘의 명命이 새로우니, 보답하고자 하는 생각이 더욱 간절하다. 그러므로 이에 교시教示하노니, 잘 알도록 하라.



〈한중록〉에는 당시의 마음을 아래와 같이 표현했다.

경오 팔월에 내가 의소를 낳으니 영묘 성심이오신들 어찌 두긋겁지 않으시리오마는 무진에 화평옹주께서 해만解娩을 못하고 상사나니 그 잔잉하시고 참석慘惜하오심이 맺히어, 내가 순산 생남하니 두긋겨오신 중도 옹주는 남같이 순산 생육生育 못하신 것이 새로이 애달으셔 옹주 생각하시는 슬프심이 손자 보신 기쁨을 이기오시는지라. 그 아드님께 "네가 어느 사이 자식을 두었구나" 이 한 마디를 일컫지 않으시고, 나를 어여삐 여기심이 바람에 넘으니 내 감격 천은하옵는 중도 나만 홀로 은포恩褒를 입삽는 일이 불안하여 매양 조심하더니, 해산한 후는 "네 순산 생남하니 기특다" 말씀도 일컬으심이 없으니 묘년에 생남한 기쁨을 몰라 도리어 공구한지라. 성심聖心이 비원悲願하심이 새롭사오시니 격노도 하셔 화열和悅치 못하오시고 선희궁께오서는 그 따님 생각이 어이 범연하오시리오마는 나의 생남한 일을 지정至情에 귀하오시고 종사의 큰 기쁨이라, 내 해만 후 칠일까지 산실 근쳐에 머물러 구호하시니, 영묘께오서 "선희궁이 옹주는 잊고 좋아만 하니 인정이 박하다" 미안하시니 선희궁이 웃자오시고 성심이 편벽偏僻하오심을 탄식하오시더니라.

인용문에서 알 수 있듯이 영조는 56세에 처음으로 손자를 보았다. 당시로서는 매우 늦은 나이였음에도 따님의 죽음만을 애석하게 여기는 영조의 모습에서 편벽된 성격을 알 수 있다. 혜경궁은 영조가 아들 세자에게 "네가 어느 사이 자식을 두었구나"라는 한마디의 말도 하지 않았고, 며느리인 자신에게도 "네 순산 생남하니 기특하다"는 말을 하지 않아 마음에 큰 부담을 가졌었다고 한다. 오히려 세자의 생모 선희궁宣禧宮이 산후 조리를 지키고 있는 것을 보고 "옹주는 잊고 좋아만 하니 인정이 박하다"하여 선희궁이 웃으며 성심이 편벽偏僻함을 탄식했다고 회고한다. 당시 첫아들을 갖게 된 아버지의 기쁨을 느끼기에 앞서 부왕인 영조의 태도에 마음을 쓰고 있는 사도세자의 모습은 읽는 이의 가슴을 아프게 한다. 이렇게 사랑하는 따님을 잃은 슬픔으로 귀한 손자에게는 섭섭하리만큼 소홀히 하던 영조는 그 손자가 죽은 따님이 환생한 것으로 느끼고부터는 아래와 같이 태도가 바뀌게 된다.

경모궁께오서 숙성하오심이 어른 같으셔 당신께 아들이 나 국본의 굳음을 기꺼하오시고 부왕이 덜 기꺼하오시는 줄을 감히 이렇다 못하셔도 심중에 슬퍼하오셔, "나 하나도 어려운데 아이가 나 어떨고" 하시니 말씀 듣기가 심히 척연慽然하더니라. 이 사적事蹟을 쓸 사연이 아니로되 마지못하여 쓰며 내가 의소를 잉꾸할 제 화평옹주가 자주 보이며, 내 침방에 들어와 곁에도 앉고 웃기도 하니 내 아이 마음이라, 옹주가 해산하다가 그 지경이 되니 산귀産鬼 악착한데 꿈에 자주 뵈니, 내 몸을 염려하고 의소를 낳으며 씻길 적 보니, 어깨에 푸른 점이 있고 배에 붉은 점이 있기 우연히 보았더니, 그

해 구월 십이 일 온양溫陽 거동하오시는데, 십일 일에 영묘께오서와 선희궁께서 안색이 일변 슬프고 일변 기쁘신 모양으로 두 분이 오셔셔 홀연히 자는 아이를 깃을 끄르고 벗겨 보시더니 과연 표가 있으니 참연慘然하시고, 옹주가 환생한 줄로 분명히 아셔 그날부터 아이를 금시로서 귀중하오셔 화평 형제에게 하시듯이 구오시니, 아이 처음 나실 제는 사외하여 주오시는 일이 없아오셔 인견引見하오신 의대 입으오신 채 들어와 보오시더니 그날부터 사외를 극진히 하오시니, 영묘 성몽聖夢에 뵈오시던지 그 일이 허탄虛誕하고 괴이하여 아올 길 없더니라. 백일 후 당신 인견하오시던 환경전을 수리하여 옮기시고 천만 귀중하여 하오시니, 요행 아들로 인연하여 아버님께 혹 나을까 죽수하나 실인즉 아이는 화평이 재생하온 줄로 알으셔 사랑하오시지 소생부모는 그 아이로 인연하여 더 귀하올 것이 없아오셔, 일향一向 전과 같으오시니 알지 못할 일이러니라. 그 아이 겨우 십삭 된 신미 오월에 세손 책봉하오시니 애중하오신 성심으로 그리하여 계시나 과하오신 일이시더니, 임신 춘에 잃으니 영묘께오서 과히 애통하오심이 이를 것이 없아오시더니라.

한중록

혜경궁은 18세인 영조 28년(1752) 3월 4일 첫 아들을 잃었다. 의소가 죽은 후 영조는 창의궁에 의소 묘를 세우고 생전에 자주 거동했다고 『영조실록』은 전한다. 창의궁은 영조의 잠저潛邸를 말한다. 잠저는 천자나 왕이 되기 전에 살던 집으로 왕이 되면 궁宮으로 승격시켜 나라에서 관리했다. 창의궁은 숙종이 효종의 4녀 숙휘공주淑徽公主 부마 인평위寅平尉 정제현鄭齊賢의 구저舊邸였던 것을 사서 연잉군延仍君에게 하사한 집으로 북부 순화방順化坊(지금의 종로구 통의동 부근)에 있었다. 창의궁은 영조에게는 각별한 곳으로 많은 이야기를 간직한 곳이다. 즉위 초에는 어머니 숙빈 최씨의 묘廟를 모시려 했으나 대신들의 반대로 이루지 못하였고 이곳에서 태어난 장자 효장세자孝章世子를 이곳에 묻었다. 당시 영조는 사랑하는 딸 화평옹주가 환생한 것으로 생각하던 세손 의소懿昭에게 각별한 애정을 쏟았다. 더욱이 몇 달 전에 사랑하던 며느리를(효순왕후) 잃은 슬픔이 가시기도 전에 다시 손자를 잃게 되어 슬픔이 매우 컸었다.

"몇 달 사이에 며느리를 잃고 손자를 잃었으니, 이 마음을 어디에 비유하랴? 세손이 지금 3월 초4일 묘시卯時, 6~7시에 훙서하였다"(영조 28년 3월 4일), "빈청에서 세손의 시호를 의소로 정하였다"(영조 28년 3월 10일), "의소 묘를 창의궁에 세우다"(영조 28년 8월 2일)로 짧게 언급이 되었으나 이 일로 인한 슬픔이 어떠했는가는 그 후 실록의 상당 부분을 채우는 장례 절차를 보아도 알 수 있다. 영조는 두 돌도 지나지 않은 손자의 영혼을 위로하려고 영조에게 특별한 공간인 창의궁에 의소의 묘를 세웠다. 처음에는 아들과 며느리가 불안해할 정도로 애정을 보이지 않다가 화평옹주가 환생한 것이라고 느낀 후에는 각별한 애정을 쏟았음을 알 수 있다. 그 과정에 아들과 며느리, 그리고 선희궁의 마음이 어떠했을까를 충분히 짐작할 수 있다.

### 2) 둘째 아들 정조 탄생

첫아들 의소는 영조 28년(1752) 3월 4일 두 돌이 되기 전에 잃었다. 그러나 다행히도 그해 9월에 다시 아들을 얻는다. 이러한 슬픔

과 기쁨의 순간들이 『영조실록』과 〈한중록〉에도 상세하게 서술되어 있다.



한중록

슬픔 뒤에 맛보는 기쁨이 더욱 값지고 귀하듯이 원손을 잃고 슬픔에 젖었을 때 궁중에서는 가장 귀한 선물을 얻는다. 그분이 후에 영조를 이어 보위에 올라 성군이 된 정조다. 그때의 기쁨을 실록에서는 많은 부분 할애하여 기록하고 있다.

영조는 손자의 탄생을 사직에 고하고 반교頒教 진하陳賀하는 일을 삼가라고 한다. 그것은 전날의 아픔이 되풀이될 것을 두려워하는 마음에서였다. 그날,

원손을 보았는가?

보았나이다. 실로 우리 동방의 억만년토록 끝없는 기쁨입니다.

음성이 크던가?

84

코가 높고 미간이 넓은데다, 눈빛이 사람을 두렵게 하였으니, 비단 음성
이 우렁찰 뿐만이 아니었습니다.

원량의 전형과 흡사하다

영조 28년 9월 23일

라는 할아버지 영조와 외할아버지 홍봉한과의 대화에서 영조의 기
쁨이 얼마나 컸는지 확인할 수 있다.


### 3) 청연과 청선 두 딸을 낳다

혜경궁은 20세인 영조 30년(1754) 7월 14일에 큰딸(청연군주)을 낳
고 22세인 영조 32년(1756) 윤 9월 28일에 둘째 딸 청선군주를 낳았
다. 첫째 딸을 낳았을 때는 영조가 "백여 년 만에 군주가 처음 나니
귀하다"고 하였으나 둘째 딸을 낳을 때는 어머니도 계시지 않고 남
편도 들어와 보지도 않았다고 아래와 같이 회고했다.

그 해(1754) 칠월에 십사 일 청연이 나니, 영묘께서 "백여 년 만에 군주가
처음 나니 귀하다" 하시고 기꺼하시더니 …… 그 해(1756) 윤 구월에 청선을
낳게 되니 해산 적마다 선비 들어오시던 일 생각하니 지통이 잉부孕婦의 보
호함을 돌아보지 못하여 행소도 오래 하니 기운이 늠철한지라. 선대왕께오
서 용려하오셔 선인께 하교하오셔 보제를 많이 써 무사히 해만解娩하니 슬
품이 각골하여 그러하던지 산 후 허약하기 심하니 선인께서 과도 근심하시
더니 그 달에 선인이 평안감사平安監司를 하시니 떠나는 심사 또 오죽하리오.

85

한중록

혜경궁은 아들 둘을 낳았으나 일찍 첫아들은 잃고, 딸 둘을 낳아 1남 2녀를 생장生長 시켰다. 원손元孫이 귀한 궁중에서 그것도 짧은 결혼 생활 중 동궁이 상당 기간을 병으로 고생한 것을 감안하면 자식 운이 없는 것은 아니다. 혜경궁은 〈한중록〉에서 귀한 자녀를 두었음에 감사하고 자랑스럽다고 아래와 같이 회고했다.



한중록

## 8. 혜경궁 홍씨의 한限

### 1) 임오화변의 한

임오년(영조 38년, 1762) 윤 5월 13일 사도세자는 생부인 영조에 의하여 뒤주에 갇힌 지 8일째 되는 새벽에 28세의 청년으로 숨을 거둔다. 혜경궁에게 지울 수 없는 여러 가지 한의 고리가 되게 한 이 사건을 혜경궁은 임오화변壬午禍變이라 한다. 혜경궁은 사도세자 비

86

극의 직접적인 원인인 세자의 병세가 임인년(영조 28년, 1752)과 계유
년(영조 29년, 1753)부터 시작되었다고 아래와 같이 기술했다.

슬프다 예질이 탁월하오시고 학문이 상진하시니 그 기상과 기품이 어디
아니 진취하여 계실것이 아니로되 불행히 임계년간에 병환점이 계시니 내
그음 없는 근심과 우리 부모 심중 초박이 어떠하시리오. 선비께오서 주야로
초조하오셔 몸소 기도하오시고, 명산대천에 정성이 아니 미치오신 데 없으
시며, 밤이면 침수寢睡를 못하시고 손을 묶어 죽천만하시니 이 다 불초不肖를
두오신 연고라. 나라 위하신 지극한 정성이 아니시면 어찌 또한 이대도록
염려하시리오.

한중록

임인년(영조 28년, 1752)과 계유년(영조 29년, 1753)은 세자와 세자
빈이 18~19세로 인생에서 아름다운 시기다. 첫아들을 잃은 슬픔이
컸지만 둘째 아들이 곧 태어났으므로 무엇이 세자에게 돌이킬 수
없는 병이 생기게 했을까?

임인년 12월, 영조는 창의궁에 거처를 옮기고 "30여 년 동안 백
성의 임금 노릇을 잘 못했으므로 세자에게 왕위를 넘기겠다"며 3일
(15일~17일) 동안 전위소동을 일으켰다. 그해 10월 29일 노론 측인
정언 홍준해洪準海가 소론 측 영의정 이종성李宗城이 간교하고 언로가
막히고 있다는 이유로 탄핵을 했다. 당시 대리청정을 하던 세자는
상소를 되돌려주는 것으로 가볍게 처리하였다. 영조는 즉위 초부터
탕평책으로 당쟁의 폐습을 없애려 애썼음에도 다시 악습이 반복되

*87*

자 폐습을 없애려는 계산된 소동이었다.

당시 세자는 홍진紅疹이 완전히 회복되지 않은 몸으로 침식을 전폐하고 눈 속에서 영문도 모른 채 이마에 피가 나도록 꿇어앉아 용서를 빌어야 했다. 영조 자신은 계산된 행동이었지만 대리정사로 모든 책임의 중심에 있던 세자는 마음에 큰 상처를 입는다. 이후부터 세자는 정신이 이상해지기 시작하여 옥추경玉樞經을 읽어 고치려 했다. 소동을 끝낸 후에 영조도 "스스로 처음 생각했던 마음을 돌아보니 나도 모르게 부끄럽다"며 자신도 상식에서 벗어난 행동이었음을 인정하였다. 〈한중록〉은 당시의 상황을 아래와 같이 서술하였다.

그 해 납월에 대간臺諫 홍준해洪準海의 언사상소로 영묘께서 대단히 격노하오셔 선화문宣化門에 부복하오시고 소조에 엄교가 많이 내리오시니, 경모궁께오서 대병환 끝에, 그 때 설한雪寒이 혹독한지라, 그 설雪 중에 대죄하오시니 엎디오신데 눈이 쌓여 엎디신 것을 분간치 못하되 요동치 아니하시니, 인원왕후께오서 "일어나라" 하시되 듣지 아니하오시고 영묘 과거過擧를 진정하신 후 일어나시니 천질이 침중하오심을 아올지라. 그 후 성노聖怒가 그치지 아니하오셔 그 달 십오 일 창의궁에 거동하오시고, 인원왕후께 "전위하려 하옵나이다" 하오시니, 인원왕후 이부耳部가 어두오셔 잘못 듣자오시고 "그리하라" 대답하오시니, 영묘께오서 "자교慈敎의 허락을 얻자왔노라" 하오시고, "전위傳位하려노라" 하오시니, 그 때 동궁께오서 창황망조하오심이 어떠하오시리오. …… 동궁은 시민당時敏堂 손지각遜志閣 뜰 얼음 위에 석고대죄 하시다가 창의궁彰義宮에 행보行步로 가오셔 또 석고대죄 하오시고, 머리를 돌에 부딪히셔 망건이 다 찢어지고 이마가 상하여 피가 나오시니

한중록

이듬해인 계유년에 영조는 60세에 숙의 문씨淑儀文氏에게 정을 쏟아 화령옹주和寧翁主(11녀)를 얻고, 61세에 화길옹주和吉翁主(12녀)를 얻었다. 이 여인은 자신이 아들만 낳으면 왕과 동궁 간 불화의 틈을 이용하여 자신의 소생으로 후사를 삼으려는 계교를 오빠 문성국과 꾸미고 있었다. 그러나 이 계획은 실패로 끝나고 정조 즉위 초에 작위를 박탈당했다.

정조는 할아버지 영조와 아버지 사도세자 사이의 불화뿐 아니라 아버지의 병이 더욱 깊어지게 된 것은 문녀 남매의 이간에 있었다고 확신하였다. 그러므로 "통탄스럽고도 통탄스럽다", "하늘이여! 하늘이여! 어찌하여 나에게 이렇게도 잔인한 것인가? 아! 통탄스럽기만 하다"는 말을 반복하고, "글을 쓰려고 하면 눈물을 금할 수가 없고 말로 하려고 하면 소리를 먼저 삼켜야 하며 차마 붓을 먹에 적시지 못하여 이제까지 입을 다물고 말하지 않았다"고 한다. 이렇게 죽음에 이르게 한 사도세자의 병세는 여러 요인들이 누적되어 깊어진 것을 알 수 있다.

영조 38년 윤 5월 13일 뒤주에 갇혔던 사도세자가 21일 새벽에 한 많은 짧은 생애를 마감했다. 혜경궁은 당시를 아래와 같이 기술했다.

섧고 섧도다. 모년모월 일을 내 어찌 차마 말하리오. 천지 합벽하고 회색하는 변을 만나 내 어찌 차마 일시나 세상 머물 마음이 있으리오. 칼을 들어 명을 결하려 하더니 방인이 앗음으로 인하여 뜻같이 못하고 돌아 생각하니 십일세 세손에게 첩첩한 지통을 끼치지 못하겠고 내 없으면 세손 성취를 어찌 하리오 참고 참아 완명을 보전하고 하늘만 부르짖으니

한중록

89

　　혜경궁은 남편을 따라 죽지 못한 이유를 자식들에게 아버지와 어머니를 동시에 잃는 슬픔을 줄 수 없었으며, 아버지가 보위寶位에 오르지 못한 한을 아들이 이루도록 하기 위해 목숨을 보전했다고 한다. 남편 사도세자의 장례를 치른 후에 작자는 시아버지 영조를 만났을 때를 아래와 같이 회고하였다.



한중록

　　아들을 죽인 아버지와 시아버지에 의해 남편을 잃은 며느리는 차마 만나기 어려웠을 것이다. 8월에서야 처음으로 대면한 장면이다. 이때 자신의 감정은 접어 두고 오직 아들의 앞날만을 염려하는 마음을 아는 영조는 "네 효심을 오늘날 갚아 써 주노라"며 며느리가 거처하는 집에 '가효당嘉孝堂'이라는 현판을 친히 써 주었다. 뒤주에 갇혀 죽은 사도세자의 아들은 훗날 영조의 뒤를 이어 숭정전의

정문인 숭정문에서 보위에 오르게 된다. 이로써 혜경궁은 남편이 이루지 못한 한을 아들이 이루게 하였다.


### 2) 갑신처분甲申處分의 한

작품 전체를 통하여 볼 때 작자가 가장 애정을 쏟은 사람은 아들 정조였다. 어머니가 아들에게 쏟는 사랑이야 동서고금의 모든 어머니가 다 그러하겠지만 혜경궁에게 아들 정조는 삶의 원동력이고 존재 이유였다. 이러한 마음은 남편인 사도세자가 죽은 후에 시작된 것이 아니라, 정조를 낳은 직후부터 줄곧 갖게 된다. 전일 혜경궁은 첫아들을 봄에 잃고 그해 가을에 이 아들을 낳았다. 원손이 귀한 궁중에서 세손을 잃었을 때는 궁중의 근심은 보통 사가私家와는 비견될 수 없는 슬픔이다. 이러한 때 다시 왕손을 낳았으니 정조는 탄생할 때부터 작자의 정이 유달랐으리라 짐작할 수 있다. 더욱이 10세의 어린 나이에 생소한 궁궐에 들어와 아무것도 모르는 시기를 제외하면, 사도세자와 부부의 정을 나눈 시간은 불과 몇 년밖에 되지 않는다. 그것도 죽기 10여 년 전부터 병세가 있었으므로 부부의 정을 운운할 마음의 여유가 없었다. 그 후 정조가 11세 되는 해에 임오화변을 함께하면서 모자간의 정이 다를 수밖에 없었다. 그러나 작자에게 있어 목숨과 같은 아들이지만 법적으로는 어머니가 아니다. 갑신년인 영조 40년(1764) 2월 20일 왕세손을 사도세자의 이복형인 효장세자孝章世子의 후사로 하였기 때문이다. 혜경궁은 이 일을 갑신처분甲申處分이라 한다. 〈한중록〉에서 참담했던 심정을 아래와 같

이 기술했다.



혜경궁은 이 일이 나라의 귀중한 일이므로 처분 전후에 감히 말할 수 없었지만 그 사건은 잊을 수 없었다. 이때 영조는 삼사三司의 관원을 모두 불러 모아놓고 "내가 종국宗國을 위하여 처분할 일이 있어 이미 진전에 아뢰었다"며 글을 신하들에게 보여 준다.

그 내용인 즉 "신은 지금 두세 자를 두었는데 효장이 아무리 형이라 하더라도 사도가 무고하였더라면 효장은 순회세자順懷世子(명종의 장자)와 소현세자昭顯世子(인조의 장자)가 됨에 지나지 않았을 것이다. 이제는 사세가 이러하니 충자冲子로 하여금 효장을 이어 장통長統을 순승順承하는 것이 의리에 당연한 것이다" 그러므로 본인은 꿈속에서 받은 하교를 입을 다물고 말하지 않으면 불효가 된다. 이 문제는 신하에게 순문詢問할 것이 아니고, 고례古例를 널리 상고한 것도 아니기 때문에 동궁과 함께 행례한 사실을 알린다. 그러나 이러한 처사가 마음 한구석에 거리낌이 있었는지 왕은 세손에게, "일후에 여러 신하들이 혹 이 일로 말하는 자가 있다면 이는 옳은 일이냐, 그른 일이냐?"라고 묻자, "그른 일입니다"라고 답을 한다.

다시 "그렇다면 군자냐, 소인이냐?"라고 하자,

"소인입니다"라는 대답을 받아내고 사관들을 돌아보고

"너희들이 상세히 기록하는 것이 좋겠다"고 하자, 홍봉한이 "하늘이 우리나라를 도우사 충자의 마음이 변하지 않는다면 종사의 복입니다"라는 대답도 받아 낸다.(영조 40년 2월 20일)

그러나 당시의 상황에서 어느 누구도 거역할 수는 없었지만 이 사건이 작자에게 또 다른 한으로 남게 된다.


### 3) 친정집안의 몰락

#### (1) 아버지 홍봉한洪鳳漢과 어머니 한산 이씨韓山李氏

혜경궁의 아버지 홍봉한은 숙종 39년(1713) 2월 23일에 태어났다. 정명공주는 고조할머니가 된다. 15세인 영조 2년(1727)에 관찰사 이집李集, 1670~1727의 1남 3녀 중 막내딸인 동갑 한산 이씨韓山李氏, 1713~1755와 결혼했다. 어머니도 임금의 사위(영조 3녀 화평옹주)와 의인왕후(선조 비), 인현왕후(숙종 계비)의 집안과 혼인하는 대대로의 명문가였다. 아버지 이집은 영조 3년(1727) 4월 4일 대사간에 임명되었으나 한양으로 돌아오지 못하고 4월 8일 황해도 관찰사 임소에서 58세로 졸卒했다. 〈한중록〉에는 그때의 일을 아래와 같이 기술했다.

선비께서 정미에 해영서 혼례를 행하시고 외조 상사喪事를 즉시 만나오셔

홍봉한은 17세에 첫아들 홍낙인(1729~1777)을 낳았다. 23세인 영조 11년(1735) 4월 20일에 생원生員 시험에 합격하고 약 두 달 후인 6월 18일에 딸(혜경궁 홍씨)을 낳았다. 당시 아버지는 출산 전날 밤 꿈에 흑룡을 보았던 태몽을 이상하게 여겼으나 그 딸은 장차 정명공주 이후 홍씨 가문에 가장 큰 영향을 미치는 인물이 된다. 〈한중록〉에는 혜경궁이 21세 때 돌아가신 어머니先妣에 대한 이야기가 많다. 입궐 전 어렸을 때지만 검소하면서도 품위를 지녔던 어머니 모습을 아래와 같이 회고했다.

매 옷도 굵을지언정 매양 더럽지 아니하니 검박하심과 정결하심이 겸하오신 줄 이런 데도 아올 일이 있더라. 선비께서 상시常時 희노가 경輕지 아니하시고 기상氣像이 화기和氣를 여오시나 엄숙하시니 일가 우러러 성덕을 일컫고 어려워하지 않는 이 없는지라. 시절지회時節之會에 선비께서 상승하접上承下接하오셔 언소言笑가 간간하시고, 정의 관관하오셔, 옥리제사 사이에 애연한 화기 일실에 가득하니, 내 비록 유충幼沖한 땐들 어찌 알음이 없으리오.

한중록

인용문에서 어머니가 '외출복이 한 벌밖에 없었다', '밤에 직접 빨아서 밤새 바느질을 하였다'는 것은 과장이라 생각된다. 그러나 재상가의 맏며느리로서 언어와 행동에서 품위를 지키며 동기간도 화목하도록 처신을 잘하였음을 알 수 있다. 그러므로 어머니를 보며 자란 자신도 자연스럽게 몸에 배었다면서 입궁 전의 일화를 아래와 같이 술회했다.

이종 김이기金履基는 혼인을 신유 춘하 간春夏間에 외가에서 지내니 선비께서도 본가에 가 계오시더니, 이모 송참판댁 장녀는 우리 계모시니, 아시兒時에 매양 외가에 가 한가지로 노더니 계모께서는 김종金從 혼인에 자장을 빛나게 하고 참례하니, 내 나이 그때 복 입을 나이에 맞지 않았으되 순색純色을 입었더니, 선비 나더러 "아무는 저리 고이 입었는데 너는 곱지 못하니 저 아이와 같이 하자" 하오시니, 내 대왈對曰 "나는 한아바님 복服이 있으니 아모씨와 같이 입지 못하리라" 하고, 선비를 모시어 지게밖에 나지 아니하니, 내 어려 지각이 없을 때로되 그 대답을 능히 한 일을 생각하니 이도 부모 교

95

이종 김이기는 큰 이모의 딸이다. 큰 이모부 김달행金達行, 1706~1738의 5대조는 인조와 효종 때 좌의정 등 주요 관직을 역임하고 많은 문집을 남긴 김상헌金尙憲, 1570~1652이다. 증조부는 숙종 때 영의정 등 주요 관직을 지내다가 기사환국 때 서인의 거두로 남인에 의해 사사된 김수항金壽恒, 1629~1689이다. 조부 김창집金昌集, 1648~1722은 좌의정 등 주요관직을 하고 경종 즉위 후 연잉궁(영조)을 왕세제로 옹립하는데 주도적인 역할을 한 후 대리청정을 주도하다가 소론에 의해 사사되었다. 영조의 즉위 후 복관작되고 영조의 묘정에 배향되었다. 아버지 김제겸金濟謙, 1680~1722은 예조참의, 승지 등을 역임하다가 아버지와 함께 신임사화 때 사사되었다. 이렇게 혜경궁의 큰이모도 명문대가와 혼인하였음을 알 수 있다. 작은이모는 송재희宋裁禧와 혼인하고 그 딸(혜경궁의 이종사촌)이 막내삼촌 홍용한洪龍漢과 혼인하여 작은어머니가 되었다. 이렇게 외가도 명문가로 여러 대에 걸쳐 노론 집안과 혼인한 노론의 세력가였음을 알 수 있다.

혜경궁이 7세(1741)때 외가에서 아버지(김달행)와 어머니(작자의 큰이모)가 계시지 않는 이종의 혼례가 있었다. 어머니와 함께 외가에 갔을 때 작은이모의 딸(송재희의 장녀)은 예쁜 옷을 입고 있었으나 혜경궁은 순색을 입고 있었다. 어머니가 보시기에 어린 나이에 이종이 입은 옷을 부러워하지는 않을까 하여 "아무는 저리 고이 입었는데 너는 곱지 못하니 저 아이와 같이 하자"고 하였을 때 "나는 할아

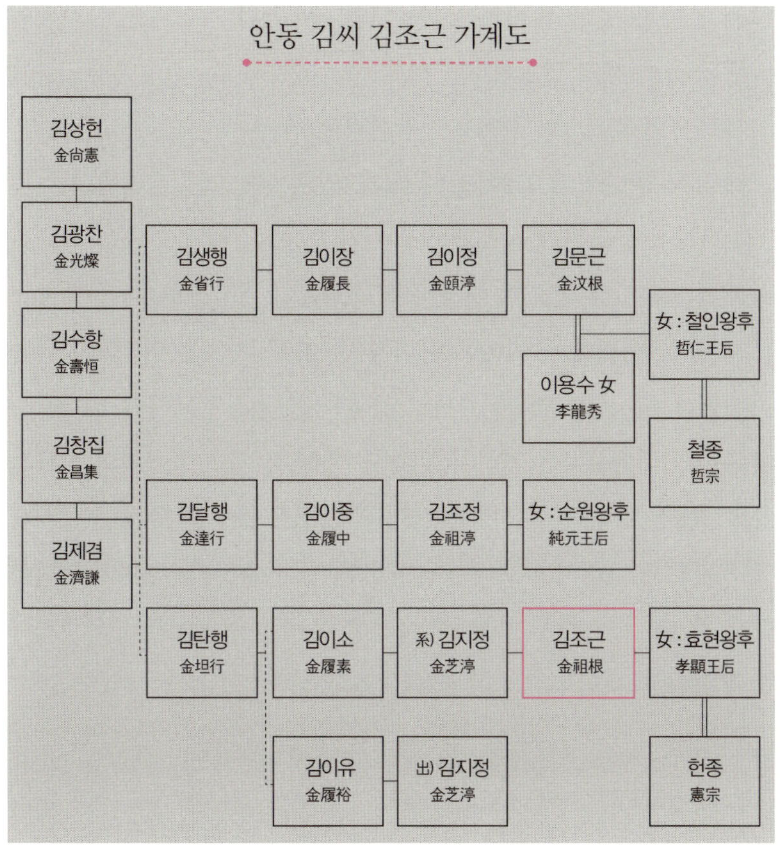



버지 복이 있으니 아모씨와 같이 입지 못하리라" 대답하였다고 회
고한다. 당시는 할아버지(홍현보)가 돌아가신(1740) 다음해였으므로
삼년상이 끝나지 않은 때였다. 어린 아이는 굳이 상복을 입지 않아
도 되지만 어머니와 함께 문밖을 함부로 나가지 않으며 근신했었음
이 다 명문가의 가풍에서 은연중에 몸에 배었음을 상기시킨다. 훗
날 예쁘게 입었던 이종 언니는 막내삼촌(홍용한)의 아내가 되었고

딸에게 예쁜 옷을 입히지 못해 마음이 아팠던 어머니는 삼간택을 앞두고 옷을 해서 입힌다.

계해년인 영조 19년(1743)은 왕실과 풍산 홍씨 가의 중요한 해다. 그해 세자의 나이가 9세이므로 3월 17일에 성인식인 관례를 치르고 3월 23일에 성균관에 참배했다. 윤 4월 7일에는 세자 관례와 성균관 참배를 경축하는 활쏘기 행사大射禮 등 중요한 행사를 치른 후에 수고한 자들을 배려하는 의미에서 비정기적으로 치르는 알성시謁聖試를 거행했다. 당시 홍봉한은 31세로 성균관 장의로 수고하였으므로 온 가족이 기대했으나 합격하지 못했다. 이튿날(4월 8일) 95명의 성균관 유학생들은 창경궁 숭문당에서 5명씩 영조를 알현한 후에 다시 시험을 치렀는데 아버지는 또다시 낙방했다. 당시 홍봉한은 3명의 예비합격자 중 1등이었으나 시골에서 올라온 유생들을 배려하느라 합격하지 못했다. 당시의 서운함이 〈한중록〉에는 아래와 같이 기술되었다.

계해 삼월에 선인이 태학 장의로 숭문당에 입시하시니, 그때 춘추 삼십 일 세신데 자질이 금옥金玉같으시고 의표儀表는 난봉같으셔 여러 유생 중 뛰어나시고 응대하심과 절선하오심이 규구에 맞으시니 성의聖意 경향傾向하오셔 알성 후 과거를 베푸오사 유생들이 "다시 보라" 하니, 성의 선인께 분명히 계오시다 하여 당숙까지 집에 오셔 대방하더니 못하시고 돌아오시니 내가 기다리다가 실망하여 울었더니라.

한중록

이렇게 과거에는 오르지 못하였으나 이 일로 영조에게 발탁되는

계기가 된다. 이날 영조는 홍봉한에 대한 인상을 선희궁에게 이야기
한 것을 시어머니께 들었다면서 〈한중록〉에 아래와 같이 기술했다.

계해년 봄에 선친이 관 장의로 숭문당崇文堂에 입시하오셔, 주대奏對 진퇴
하오시는 것을 보오시고 크게 기이히 여기오셔 들어와 선희궁께 하오시되
"오늘 세자를 위하여 정승政丞 하나를 얻었노라" 하오신데, 선희궁이 "누구오
니이까" 묻자오니 "장의 홍洪아무라" 하시고, "이 사람을 위하여 뒤 알성을
보니 혹或 이 과거에 할까 졸이노라" 하시더라. 선희궁께오서 나더러 전하시
니 이로 보면 선친의 제우際遇가 선비 적에 나오셔 정승으로 허許하오시고,
간택 적 의망하는 처녀도 있던가 싶고, 내 비록 재상의 손녀나 조부께서 아
니 계시고 한 선비 딸이니 간택에 빠이기 의외로되, 성의聖意가 나를 사랑하
실 뿐 아니라 우리 선친을 대용大用할 신하로 아오셔 내가 선친 딸인고로 더
욱 완정하오신 일이시니 선친이 비록 척리 아니시라도 당신 지망과 재국을
겸하여 제우가 이러하오시니 어찌 치위를 못하여 계오시리오.

한중록

이날 홍봉한의 인물됨을 선희궁(세자의 생모)에게 이야기했듯이
자신이 세자빈으로 간택된 것은 아버지가 세자를 보필할 수 있는
자질을 지녔기 때문이라고 상기시키고 있다. 영조가 선희궁에게 말
한 내용은 『승정원일기』(영조 20년 3월 4일)에도 있다. 이를 보면 영
조는 세자를 가까이에서 보필할 수 있는 외척으로 홍봉한을 지목
하고 그 딸을 며느리로 점찍었었나보다. 그러므로 가을에는 홍봉한
에게 의릉(경종과 계비 선의왕후의 능)을 관리하는 참봉(종9품)의 벼

슬을 내렸다. 당시 할아버지 이후 집안에 다시 녹봉을 받은 것을 기뻐했던 일을 아래와 같이 회고했다.



홍봉한은 32세(영조 20년, 1744)에 딸이 세자빈이 되어(1월 9일) 왕실과 사돈이 되고 10월 19일 영조의 병환이 회복된 것을 축하하기 위한 문과 전시文科殿試에 급제하였다. 그 후 11월 20일에 정5품의 문학文學으로 세자시강원世子侍講院을 시작으로 33세인 영조 21년(1745) 4월 6일에 광주부윤, 9월 10일 승지承旨, 34세인 영조 22년(1746) 3월 25일 공홍감사公洪監司, 35세인 영조 23년(1747) 9월 26일에는 이조참의吏曹參議, 36세인 영조 24년(1748) 4월 26일 경기감사京畿監司, 37세인 영조 26년(1749) 4월 21일 병조참판, 9월 14일 예조참판, 38세인 영조 27년(1750) 1월 5일에 어영대장이 되었다. 이렇게 승승장구하자 본인의 능력보다는 왕실의 측근이기 때문이라는 등 말들이 있었나 보다. 아래 인용문은 영조가 아버지의 능력을 일찍이 알고 준비된 수순이었다고 말하고 있다.

여 갑자 십월에 등과하시니, 대조께서 기다리오시다가 다행하여 하오시고 소조께서 충년이오시나 "장인이 과거하다" 기꺼하오시고 …… 등과하신지 칠년 만에 장임까지 하오셔 공명이 혁연하시니, 남은 "폐부지친으로 이렇다" 하려니와

한중록

### (2) 어머니 한산 이씨 상사喪事

불행히 임계년간에 병환점이 계시니 내 그음 없는 근심과 우리 부모 심중 초박이 어떠하시리오. 선비께오서 주야로 초조하오셔 몸소 기도하오시고, 명산대천에 정성이 아니 미치오신 데 없으시며, 밤이면 침수寢睡를 못하시고 손을 묶어 축천만 하시니 이 다 불초不肖를 두오신 연고라. 나라 위하신 지극한 정성이 아니시면 어찌 또한 이대도록 염려하시리오.

한중록

〈한중록〉에는 사도세자의 병이 임인년(영조 28년, 1752)과 계유년(영조 29년, 1753) 사이에 시작되었다고 여러 차례 언급했다. 어머니는 사위의 병을 고치기 위하여 몸을 돌보지 않고 명산대천에 기도를 시작한다. 약 3년이 지난 영조 31년(1755)은 혜경궁이 21세고 아버지와 어머니가 43세가 되었다. 그해 더위를 무릅쓰고 밤낮을 가리지 않고 기도하다가 8월 30일 어머니 한산 이씨가 졸卒하였다. 당시 혜경궁은 어머니를 잃은 슬픔이 지나치다 하여 어른들께 걱정을 들을 정도로 슬퍼했다. 〈한중록〉에는 당시의 슬픔이 아래와 같이 기술되었다.

101

결혼한 여자가 남편과 자식, 그리고 고단한 시집살이의 세밀한
정서를 교환할 수 있는 사람이 어머니인 것은 예나 지금이나 다름
이 없다. 더욱이 층층시하(대비, 왕, 왕비, 선희궁, 옹주들)와 주변의 많
은 궁녀와 환시(내시)들 사이에서 언어와 행동을 절제하며 살아야
했던 세자빈으로서는 어머니와의 교감은 절대적이었을 것이다. 〈한
중록〉에는 중요한 사건 때마다 어머니를 그리워하는 마음이 곳곳
에 기술되었다. 그 중 어머니가 돌아가신 이듬해에 둘째 딸(청선군
주)을 해산할 때를 아래와 같이 회고한다.

그 해 윤 구월에 청선을 낳게 되니 해산 적마다 선비 들어오시던 일 생각하니 지통이 잉부孕婦의 보호함을 돌아보지 못하여 행소도 오래 하니 기운이 늠철한지라. 선대왕께오서 융려하오셔 선인께 하교하오셔 보제를 많이 써 무사히 해만解娩하니 슬픔이 각골하여 그러하던지 산 후 허약하기 심하니 선인께서 과도 근심하시더니 그 달에 선인이 평안감사平安監司를 하시니 떠나는 심사 또 오죽하리오.

한중록

이렇게 〈한중록〉에는 어머니가 사위의 병이 낫도록 기도하다가 돌아가셨으므로 자신은 어머니께 지울 수 없는 죄를 지었다면서 가슴 아파하는 내용을 작품의 여러 곳에서 발견할 수 있다.

홍봉한은 44세인 영조 32년(1756) 2월 25일 예조판서에 임명된 후에 선혜청 당상(윤 9월 22일)에 임명되고 평안도 관찰사(10월 3일)에 임명되었다. 45세인 영조 33년(1757) 4월 26일 총융사摠戎使에 이어 5월 16일에는 판의금부사로 임명되는 등 주요 관직에 나아가게 되었다. 그 후 47세인 영조 35년(1759) 2월 12일 왕세손(정조)의 세손사世孫師에 임명되고, 49세인 영조 37년(1761) 3월 28일 우의정이 된 후에 많은 일들이 있었다.

### (3) 은언군恩彦君과 은신군恩信君에 관련되어 귀양 가다

영조 47년(1771) 1월 29일 영조는 창의궁에 거동하여 기강을 엄정히 할 것을 아래와 같이 하교하였다.

103

아! 늘그막에 명분을 바로잡고 기강을 엄정히 하는 것을 먼저 할 일로 삼
았기 때문에 근수跟隨에 대하여 신칙하였다. 근장군近仗軍이 앞에서 인도하
는 것은 바로 왕자王子나 대신大臣·기당騎堂 외에는 없었던 바로서 이것도 오
히려 의문儀文 사이의 일인데도 평상시에 모두들 초헌軺軒과 교자轎子를 탄다
고 하는데, 옛날에 젊은 종반宗班은 타지 않았던 바이다. 그리고 심지어 남
여籃輿는 곧 늙은 재상宰相이 타는 것인데, 어찌 10여 세가 된 사람이 탈 수
있는 것이겠는가? 그가 나이가 어려서 조심할 줄 몰랐다면 자중自重은 했어
야 한다. 그런데 또 들으니 겸종傔從과 복예僕隸가 지나친 것이 많다고 하니,
어찌 상전을 따라다니는 하인뿐이겠는가? 근신謹愼을 잘못하는 것 또한 많
을 터인데, 더구나 다른 종친宗親과 다름이 있음이겠는가? 은언군恩彦君·은
신군恩信君의 자사子師인 두 사람과 임장任掌 가운데 가장 용사用事한 황성黃姓
의 사람을 해조該曹로 하여금 당일當日로 남쪽 바닷가 지역에다 정배定配하
며, 그 나머지 임장은 호서湖西에다 정배하고, 사나운 종과 교만한 하인 30
여 명은 모두 방축放逐하여 감히 경기京畿 근처에서 생활하지 못하게 하고,
은언군과 은신군에게는 서용敍用하지 못하게 하는 법을 시행하도록 하라.

영조 47년 1월 29일

인용문은 왕세손의 이복동생으로 당시 18세의 은언군 이인李裀과
17세 은신군 이진李禛이 참람하게 초헌軺軒과 교자轎子를 타고, 그들
이 부리는 청지기와 종들이 지나치게 많다고 하였다. 그러므로 은언
군과 은신군은 용서하지 말고 주변에서 가장 권세를 부린 황씨 성을
가진 자를 남쪽 바닷가로 귀양 보내고 교만한 하인들은 경기 근처
에 살지 못하도록 했다. 2월 1일 가장 권세를 부린 황경룡을 잡아와

문초하자 자신은 홍봉한에 의해 임장을 하게 되었다고 하였다. 또한 황경룡을 문초하는 중에 이흥록李興祿의 비리기 밝혀지게 되었다. 이흥록은 은언군 형제에게 학문을 가르친다는 핑계로 황경룡의 뇌물을 받아 은언군에게 그를 임장으로 추천하도록 하였고 여러 시민들의 재물을 침탈하였다. 그리고 입전立廛, 면주전綿紬廛의 부채負債는 모두 왕손방王孫房에 달려 있다는 것을 알게 되었다. 그 부채가 몇 백량에 이른다고 하여 영조는 전례에 의하여 해청으로 하여금 판비하여 지급하도록 하였다. 홍봉한이 양인 출신의 여자를 은신군의 유모로 삼게 하는 등 만고에 없는 일을 하였다고 하여 그를 서용(벼슬자리에 다시 등용함)하지 말도록 하였다. 은언군과 은신군은 다 제주도에 정배된다. 당시 『영조실록』에는 "세자빈의 아버지 홍봉한과 세손빈 아버지 김시묵에게 죄를 주었다는데 간혹 초헌軺軒을 빌려 주기도 하고 간혹 교자轎子를 만들어 인䄙과 진禛에게 주었기 때문이었다"(영조 47년, 1771년 2월 5일)라고 기록되었다. 〈한중록〉에는 아버지가 은신군과 은언군을 도와준 이유를 아래와 같이 기술했다.

신묘 이월 당하신 소조는 또한 천만 몽상지외夢想之外라. 귀주의 숙질이 가만히 도모하여 합문閤門을 침멸하려 하니 선대왕이 지극히 성명聖明하오시나 춘추 높자오시니 어찌 미처 살피오시리오. 화기 박두하야 청주淸州에 부처하셔 어느 지경에 이를 줄 모르더니 세손이 외가를 보호하려 중궁전에 말씀을 많이 하시고 그날 한기漢耆가 후겸더러 한 자리에서 침멸키로 정하여 아뢰자 하니 후겸 뜻이 전일 같다면 어찌 되었을는지. 숙제 사김을 인하였던지 즉석에 한가지로 해할 의논을 그치고 그 모도 나갔더니 들어와 풀

어 아뢰었던지 화색禍色이 적이 침식하니 목전 고마움을 은인으로 일컬었으나 당초에 아니 일 없음만 같으리오. 이 때 귀주 숙질의 무함함이 다름이 아니라 인禃의 형제 연하여 나니 선왕께오서 화근이 될까 근심하오시니 선인의 마음에 어이 우려 아니 계오시리오마는 드러난 죄가 없으면 은원恩怨을 먼저 부를 것이 아니기 아뢰시되, "신의 터에 세손께 지극한 몸이오니 신이 좋은 색으로 저희를 대접하여 원을 부르지 말게 하는 것이 좋사오시다" 하시고 저희들을 잡것에 반하는 일이나 없게 하오신 뜻이시나, 그것이 위인이 잘못 나 가르침도 받지 아니하고 상없는 일이 많으니, 선인이 불행히 여기오시고 염려함이 측량없아오시니 그 후 가르쳐 감동할 인물이 아니기 인하여 신信을 둔 일이 없아오시고 당신 고심으로 나라에 무사코자 하시던 일이 뜻같지 못함을 한탄 하오시더니. 경인 후 귀주네가 이 일로 무함하다가 못되니, 또 저 일로나 무함할까 하여 이 때 화기가 위급하였더니 세손의 덕으로 적이 진정하였으나 인정 천리天理가 당신 외손 세손께 위하신 정성이 어떠하실 것이 아닌데 이理 밖의 일로 해하려 하니 인정의 흉험兇險함이 무섭고 무섭도다. 청주 부처하여 계시다가 즉시 몽방하심을 입사오시나 계사가 그치지 아니하니 과천 촌사村舍에서 대죄待罪하오시다가 사월에 서용敍用하오시고 육월에 입시入侍하오시니 부녀 서로 만나 반기옵고 설원雪冤하였더니, 팔월에 한유의 흉소가 다시 나니 이 또 귀주의 흉모라. 부운이 백일옹폐하여 엄교 내리오셔서 죄명이 중하시오니 문봉 묘하文峯墓下로 병칩하시고 선형 내외 뫼셔 가 지내니 그 때 정이 어떠하리오.

한중록

홍봉한은 외손자의 이복동생들이 장차 세손(정조)에게 화를 부를 것을 염려하여 세손의 장인 김시묵과 함께 인과 진의 형제를 잘 돌보아주었던 것이 화근이 된 것이다. 이 일을 문제 삼은 사람은 정순왕후의 작은아버지 김한기金漢耆와 오빠 김귀주金龜柱였다. 그들은 인䄄과 진禛에게 편의를 보아준 것은 세손(정조)께 이심二心이 있기 때문이라고 몰고 갔다. 영조도 처음에는 오해하여 2월 5일에 벼슬을 깎아 낮추어 2월 9일 청주목淸州牧으로 부처府處하였다. 이심이란 홍봉한이 세손과는 정치적으로 뜻이 맞지 않아 세손을 폐하고 인과 진의 형제 중에서 영조의 후사를 삼으려 했다는 것이다. 당시 세손의 장인도 함께 화를 당한 것으로 보아 홍봉한과 김시묵이 인과 진의 형제를 도운 것은 〈한중록〉에 기술된 것과 같이 두 사람 모두 다른 뜻이 있는 것은 아니었다. 외손자와 사위를 보호하기 위한 행동이 오해를 불러온 것으로 생각된다. 이 사건은 이후에도 혜경궁 홍씨 집안이 몰락하는 한 요인이 된다.

### (4) 임오화변과 뒤주

주상을 간신히 길러 구오에 오르시는 양을 보니 어미의 지정으로 어찌 귀하고 두굿겁지 아니 하리오마는 지통이 재심在心하고 집안 화색禍色은 천만 가지로 박두하여 중부 죄만이 망극하올 뿐 아니라 흉소가 이어 일어나 선인 소조所遭 더욱 망극하시니, 내 어리석으나 주상 어미로 앉았는데 엄친을 부디 해하려 하니 이는 내 없고자 한 뜻들이니, 내 몸이 없어 이 경상을 보지 말고자 하되 주상을 버리지 못함은 또한 인정의 당연함이라. 지통을 서리 담고 하늘만 바라더니 칠월에 중부의 당하심을 보니 문호 망한지라. 내 지처에 이 어찐 일이며 이 어찐 일인고. 통곡하며 통곡하나 또한 사정私情이

정조는 보위에 오르자마자 외가인 풍산 홍씨豊山洪氏 집안을 치기 시작하여 혜경궁에게 깊은 상처를 남긴다. 그것은 외할아버지(홍봉한)가 사도세자가 갇혀 죽은 뒤주를 들여왔다는 것과 작은아버지 홍인한이 을미년(영조 51년 11월)에 대리정사를 반대했다는 이유다. 대리정사는 뒤의 정조 편에서 살펴보고 이곳에서는 뒤주와 관련된 부분을 살펴보도록 하겠다.

임오화변 당시 뒤주를 들여 온 사람이 사도세자의 장인 홍봉한이라는 설은 거의 정설로 굳어진 듯하다. 그러나 임오년인 영조 38년(1762) 윤 5월 13일자의 실록에서 홍봉한이 뒤주를 들여왔다는 기록은 없다. 그날 실록의 첫머리에 "임금이 창덕궁에 나아가 세자世子를 폐하여 서인庶人을 삼고, 안에다 엄히 가두었다"라고 한 후 세자가 죽음에 이르게 되는 과정을 간략하게 서술하였을 뿐이다. 그 후 어디에도 뒤주에 갇히는 장면이 묘사된 기록은 없다. 그러나 영조가 처음부터 뒤주에 가두려고 한 것은 아니고 자결하라고 하였음을 아래 기록으로 확인할 수 있다.

땅에 조아리게抑頭 하고 이어서 차마 들을 수 없는 전교를 내려 자결할 것을
재촉하니, 세자가 조아린 이마에서 피가 나왔다.

영조 38년 윤 5월 13일

당시 승정원의 정7품인 주서注書 벼슬에 있던 이광현李光鉉, 1732~?이
그날 현장에 있었던 일을 기록한 〈임오일기〉는 좀 더 자세하게 전
한다.

세자가 드디어 진현문으로 나가서 영조를 맞이하고, 이어서 휘령전徽寧殿
(정성왕후 서씨의 사당)으로 걸어서 따라 들어갔다. 영조가 전상에 올라갔다. 전
정에 판위板位를 설치하자 세자가 그 위에서 네 번 절을 올리는 예를 행하고
부복하였다. 세자시강원의 관료들, 승지들, 사관들도 따라서 부복하였다.
영조가 시위 병사들을 들어오라 명령하자 시위 병사들이 즉시 들어왔다. 영
조가 칼을 뽑으라고 명령하니 시위 병사들이 주저하였다. 영조가 칼을 뽑아
들고 노한 목소리로 "어찌하여 칼을 뽑지 않는가?" 하니 시위 병사들이 일
시에 칼을 뽑았다. 영조가 연이어 선전관을 불러 계속해서 명령을 내렸는
데, 대개 궁성을 호위하는 일이었다. 때는 사시巳時, 오전 9~11시초에 가까워 햇
볕이 불처럼 뜨거웠다. 세자는 판위에서 피곤함을 이기지 못해 숨을 헐떡거
렸다. 세자시강원 관료들이 승지에게 세자의 병세가 심하다는 뜻으로 말하
여 영조에게 보고하게 하였다. 그러자 영조가 몇 마디 명령을 내렸는데, 여
러 신하들 중에 듣지 못한 사람들도 있었다.
세자가 관을 벗고 판위에서 내려와 땅에 부복하였다. 세자시강원 관료들
이 "대조께서 무슨 명령을 내리셔서 저하께서 갑자기 관을 벗으셨습니까?"

하고 묻자, 세자가 답하기를 "이런 명령을 듣고 무슨 마음으로 관을 쓴단 말인가?" 하였다. 세자시강원 관료들이 다시 묻자 "차마 말 못하겠다"라고 하였다. 영조가 칼을 두드리며 노한 목소리로 "네가 만약 스스로 죽는다면 조선 세자의 이름을 잃지 않을 것이다. 너는 속히 죽으라" 하였다. 이에 전정에 가득한 사람들이 모두 통곡하였다. 세자가 대답하기를 "부자 관계는 천륜입니다. 군부 앞에서 차마 자결할 수 없으니 밖에 나가서 자결하고자 합니다" 하고는 외정 남쪽 끝으로 가서 부복하였다. 세자는 곤룡포도 벗고 북쪽을 바라보고 땅에 머리를 조아렸다. 세자시강원의 관료들과 승지, 사관도 모두 관을 벗고 따라서 부복하였다. 영조가 전殿에서 내려와 월대로 가서 명령하기를 "내가 죽으면 300년 종묘사직이 망한다. 네가 죽으면 종묘사직은 오히려 보존할 수 있으니, 네가 죽어야 한다"하고 또 말하기를 "내가 너 하나를 베지 않고 종묘사직을 망하게 해야 하느냐?" 하였다. 세자가 머리를 조아리고 통곡하였다. 시위하는 여러 신하들, 병조판서 이하가 모두 관을 벗고 통곡하며 말하기를 "전하, 이 어인 일입니까?" 하였다. 영조가 더욱 노하여 칼로 세자를 찌르려 하였다. 시위하는 여러 신하들이 깜짝 놀라 일어났으나 아무 말도 하지 못하였다. 영조가 연이어 명령하기를 "너는 속히 죽으라"하니 세자가 대답하기를 "전하가 칼로 저를 찔러도 놀라지 않을 것이니 이제 죽이십시오" 하였다. 영조가 가슴을 치고 대성통곡하며 말하기를 "저 말하는 것 좀 보아라. 얼마나 흉악한가" 하였다. 세자가 또 말하기를 "저의 마음에는 지극한 원통함이 있습니다" 하였다. 영조가 대답하지 않고 말하기를 "어째서 죽지 않느냐?" 하였다. 세자가 말하기를 "이제 죽겠습니다"하고는 허리띠를 풀어 목을 매었다. 세자는 숨이 막혀 땅에 엎어졌다. 세자시강원 관료들이 좌우에서 번갈아 말하며 그 허리띠를 풀고 통곡하였다.

임오일기

『영조실록』과 〈임오일기〉에서 영조가 처음부터 뒤주에 가두지 않았음을 알 수 있다. 〈한중록〉에도 영조가 칼을 두드리며 자결하기를 재촉하는 부분이 아래와 같이 기술되었다.

대조께서 휘녕전에 좌하시고 칼을 안으시고 두드리오시며 그 처분을 하시게 되니, 차마차마 망극하니 이 경상을 내 차마 기록하리오. 섧고 섧도다. 나가시며 대조께서 엄노嚴怒하오신 성음이 들리오니, 휘녕전이 덕성합과 멀지 아니하니 담 밑에 사람을 보내어 보니, "벌써 용포를 벗고 엎디어 계시더라" 하니, 대처분이오신 줄 알고 천지 망극하여 흉장이 붕열하는지라. 게 있어 부질없어 세손 계신 델 와 서로 붙들고 어찌 할 줄 몰랐더니,

한중록

이러한 상황에서 대신들은 어디서 무엇을 하고 있었을까? 당시 대신들이 감히 접근할 수 없었던 상황을 아래 기록들은 전하다.

협련군挾輦軍에게 명하여 전문殿門을 4, 5겹으로 굳게 막도록 하고, 또 총관摠管 등으로 하여금 배열하여 시위侍衛하게 하면서 궁의 담 쪽을 향하여 칼을 뽑아들게 하였다. 궁성문을 막고 각角을 불어 군사를 모아 호위하고, 사람의 줄입을 금하였으니, 비록 경재卿宰라도 한 사람도 들어온 자가 없었는데, 영의정 신만申晚만 홀로 들어왔다.

영조 38년 윤 5월 13일

이때 합문閤門은 결진結陣으로 엄히 막혀 대신이 모두 들어오지 못했다. 세

자시강원 관료들이 의논하기를, 급히 대신에게 알려야 한다고 하고는 주서로 하여금 나가서 고하게 하였다. 이광현은 주서였으므로 합문 밖으로 나갈 수 있었다. 합문 밖의 계단 위에 있던 영의정 신만이 말하기를 "합문 안으로 들어간다 한들 어쩐단 말인가?" 하였다. 좌의정 홍봉한이 가슴을 두드리며 말하기를 "이렇게 들어가 구하지 못하니 어쩐단 말입니까?" 하였다. 정휘량은 말이 없었다. 이광현이 말하기를 "대신이 이때에 면담을 요청한다면 문졸<sup>門卒</sup>이 어찌 감히 막겠습니까? 문에 가면 분명 들어갈 방도가 있을 것입니다" 하였다.

영의정이 드디어 일어나자 두 사람이 따랐다. 문에 다다르자 과연 문졸이 막았다. 이광현이 먼저 들어가서 문졸에게 말하기를 "이때에 대신이 면담을 요청하려 하는데 너희들이 감히 막고도 살고자 하는가?" 하였다. 문졸이 모두 통곡하며 말하기를 "주상의 명령입니다. 우리들이 어찌합니까?" 하였다. 이광현이 드디어 문졸들을 밀치고 대신들에게 속히 들어오도록 요청했다. 세 대신이 드디어 들어왔다. 이광현이 세자시강원 관료들에게 세 대신이 들어온 사실을 알리다가 뒤돌아보니 영의정이 문밖으로 나가고 있었다. 이광현이 급히 따라가서 "대감은 어째서 서둘러 물러가십니까?" 하였다. 답하기를 "엄한 명령을 들었다"라고 하였다. 또 그 뒤를 좌의정 홍봉한이 따라서 나갔다. 이광현이 또 말하기를 "명령이 지엄하니 어찌한단 말인가?" 하였다.

임오일기

당시 대신들은 영조의 엄명으로 감히 들어오지 못하고 문밖에 있는 것을 이광현이 데리고 들어왔으나 다시 문밖으로 나갔다고 기술했다. 『영조실록』은 이때 세 사람이 나가게 된 것은 영조가 관직을 파직했기 때문이라며 당시의 상황을 아래와 같이 기록했다.

임금이 세자에게 명하여 땅에 엎드려 관冠을 벗게 하고, 맨발로 머리를 땅에 조아리게抑頭 하고 이어서 차마 들을 수 없는 전교를 내려 자결할 것을 재촉하니, 세자가 조아린 이마에서 피가 나왔다. 신만과 좌의정 홍봉한, 판부사 정휘량鄭翬良, 도승지 이이장李彝章, 승지 한광조韓光肇 등이 들어왔으나 미처 진언陳言하지 못하였다. 임금이 세 대신 및 한광조 네 사람의 파직을 명하니, 모두 물러갔다.

영조 38년 윤 5월 13일

이광현은 다시 세자시강원 관료들에게 돌아와 세 대신이 엄한 명령 때문에 물러갔다고 말하였다. 시강원 관료들은 세 대신이 물러간 것을 보고 의논하기를, 세손을 불러오면 취소할 방도가 있으리라 하였다. 사서 임성이 나가 보니 필선 홍술해가 세손을 모시고 들어왔다. 세손은 문에 들어오자마자 곧 관을 벗고 손을 모아 애걸하였다. 영조가 멀리서 세손을 보고는 진노하여 말하기를 "어찌 세손을 모시고 나가지 않는가?" 하였다. 세자가 이광현의 손을 잡고 세손을 가까이 데리고 오라 명령하였다. 세손은 문에 들어와 땅에 엎드린 후 세자에게로 점점 가까이 기어왔다. 영조가 별군직에게 명령하여 즉시 세손을 안고 나가라 명령했다. 별군직이 세손을 안고 나가려 하자 세손이 저항했다.

임오일기

임금이 칼을 들고 연달아 차마 들을 수 없는 전교를 내려 동궁의 자결을 재촉하니, 세자가 자결하고자 하였는데 춘방春坊의 여러 신하들이 말렸다. 임금이 이어서 폐하여 서인을 삼는다는 명을 내렸다. 이때 신만·홍봉한·정휘량이 다시 들어왔으나 감히 간하지 못하였고, 여러 신하들 역시 감히 간쟁하지 못했다.

영조 38년 윤 5월 13일

세자가 곡하면서 다시 들어가 땅에 엎드려 애걸하며 개과천선改過遷善하기를 청하였다.(영조 38년 윤 5월 13일) 이러는 사이 시간은 벌써 저녁으로 가고 있었다. 이때 영조는 갑자기 뒤주를 들이게 했다. 아래의 인용문을 좀 더 보자.

임금의 전교는 더욱 엄해지고 …… 드디어 세자를 깊이 가두라고 명하였는데, 세손世孫이 황급히 들어왔다. 임금이 빈궁嬪宮·세손世孫 및 여러 왕손王孫을 좌의정 홍봉한의 집으로 보내라고 명하였는데, 이때에 밤이 이미 반이 지났었다. 임금이 이에 전교를 내려 중외에 반시頒示하였는데, 전교는 사관史官이 꺼려하여 감히 쓰지 못하였다.

영조 38년 윤 5월 13일

날은 이미 신시申時, 오후 3~5시 초였다. 영조가 계속해서 명령하기를 "너는 끝내 죽지 않을 것이냐?" 하였다. 세자가 갑자기 곤룡포를 집어서 한 폭을 찢어 목을 맸다. 세자시강원 관료들이 또 구하였다. 이때 한광조는 약방제조로서 파직되어 합문 밖에 있었다. 이광현이 가서 약을 구하니 청심환 서너

개를 주었다. 이렇게 받아와서 세자에게 드리기를 세 번이나 했는데, 이때 갑자기 큰 뒤주를 뜨락 가운데에 놓았다. 높이는 3척 반쯤 되었고 넓이도 그와 비슷했다. 영조가 노한 목소리로 "너는 속히 이 안으로 들어가라" 하였다. 세자가 뒤주로 가서 막 들어가려 하자 세자시강원 관료들이 만류하며 눈물을 흘렸다. 세자는 그대로 뒤주 아래에 부복하였다.

임오일기

신시申時 전후 즈음에 내관이 들어와 "밧소주방 쌀 담는 궤를 내라 한다" 하니, 어쩐 말인고. 황황하여 내지 못하고, 칼을 들어 명을 그치려 하니 방인傍人의 앗음을 인하여 뜻같지 못하고, 다시 죽고자 하되 촌철寸鐵이 없으니 못하고, 숭문당崇文堂으로 말미암아 휘녕전 나가는 건복문建福門이라 하는 문 밑으로 가니, 아무 것도 뵈지 아니하고 다만 대조께서 칼 두드리시는 소리와, 소조께서 "아바님, 아바님, 잘못하였으니 이제는 하라 하옵시는 대로 하고 글도 읽고 말씀도 다 들을 것이니 이리 마소서" 하시는 소리가 들리니, 간장이 촌촌이 끊어지고 앞이 막히니 가슴을 두드려 아무리 한들 어찌하리오.

한중록

**숭문당**
영조의 엄명으로 사도세자는 대죄를 청하고, 이를 지켜보던 혜경궁 홍씨는 숭문당에서 휘녕전으로 가는 길에 들었던 마음을 〈한중록〉에 자세히 서술하고 있다.

이때 영조는 세자를 보호하려고 애쓰던 사람을 모두 내쫓는다. 〈임오일기〉는 당시를 아래와 같이 기록했다.

한림 한덕제가 또한 합문 밖으로 잡혀 나왔는데, 세자가 따라서 문밖으로 나왔다. 날은 이미 캄캄해져서 횃불을 밝히고 금군禁軍은 좌익左翼과 우익右翼으로 결진結陣했다. 휘령전 안에서 연이어 호령하기를 “세자시강원 관료는 속히 세자를 모시고 다시 들어오라. 그렇지 않으면 모두 극형에 처하리라” 하였다. 세자시강원 관료들은 모두 합문 밖에 쫓겨나 있었는데, 세자가 나오는 것을 보자 모두 나아가 말하기를 “저하는 어찌하여 나오십니까?” 하였다. 세자는 대답하지 않고 그저 “애고애고” 할 뿐이었다. 세자는 합문에서 곧바로 수십 보를 걸어가 담장 아래에 이르러 소변을 보고는 자리에 앉았다. 세자는 목이 말라 마실 것을 찾았다. 환관이 청심환을 푼 물 한 그릇을 드렸다. 세자가 다 마시고 묻기를 “어떻게 해야 하는가?” 하였다. 세자시강원 관료들이 모두 고하기를 “오늘 저하께서 하실 일은 그저 대조의 처분을 공손히 기다리는 것뿐입니다. 비록 밤이 새는 한이 있어도 대조께서 명령을 취소하신 다음에야 나올 수 있습니다” 하였다. 세자가 말하기를 “그렇군” 하고는 드디어 일어나 다시 들어갔다.

세자가 합문 안으로 들어가자 세자시강원 관료들과 한림, 주서도 따라 들어가려 했는데, 문졸이 막아서 들어가지 못했다. 때는 밤 초경初更, 저녁 7~9시이었다. 이때 문틈으로 엿보니 멀어서 자세히 들리지는 않았다. 세자가 옷 뒷자락을 직접 들어 올리고 양손으로 뒤주의 양쪽을 잡고 영조를 우러러 슬피 울며 말하기를 “부주父主여! 살려주소서” 하고는 몸을 올려 뒤주 안으로 들어갔다. 영조가 직접 뒤주의 뚜껑을 덮고 자물쇠를 채웠다.

임오일기

116

혜경궁은 당시 급박하던 상황을 〈한중록〉에서 아래와 같이 기술했다.

선형이 들어오서 "폐위 서인하여 계시니 '대궐 있지 못할 것이니 본집으로 나가라' 하오시니 가마를 들여오니 나가시고, 세손은 남여를 들여오라 하였으니 나가시오리이다" 하시니, 서로 붙들어 망극통곡하고 업히어 청휘문淸輝門으로서 저승전儲承殿 차비에 가마를 놓고, 윤상궁尹尙宮이란 내인이 안타고 별감이 가마를 메고 허다 상하 내인이 다 뒤를 따라 좇으며 통곡하니, 만고 천지간에 이런 경상이 어디 있으리오. 당신 용력과 장기壯氣로 "궤에 들라" 하신들 아무쪼록 아니 드오시지 어이 필경에 들어가시던고. 처음엔 뛰어나오려 하시옵다가 이기지 못하여 그 지경에 미치오시니 하늘이 어찌 이대도록 하신고. 만고에 없는 설움뿐이며, 내 문 밑에서 호곡하되 응하심이 아니 계신지라. 소조가 벌써 폐위하여 계시니, 그 처자가 안연晏然히 대궐 있지 못할 것이오,

한중록

그 후에도 사도세자의 죽음에 대하여 설왕설래하는 말은 끊이지 않았다. 혜경궁은 임오화변의 가해자인 영조의 며느리며, 피해자 사도세자의 아내로 비극의 사건을 아래와 같이 결론짓는다.

"경모궁께오서 본디 병환 아니오신데 영묘께오서 참언讒言을 듣자오시고 그 과거過擧를 하여 계오시니 복수설치를 하자" 하니, 경모궁 위하여 신설伸雪하는 말인 듯하나, 영묘께오서 무죄한 동궁을 뉘 참언을 듣자오시고 그

처분을 하오신 과에 돌아가게 하니, 이리하면 영묘께오서 또 어떠하오신 실덕失德이 되시리오. …… 영묘께오서 애통 망극하오시나 만만 박부득이迫不得已하오셔 그 처분 하오시고, 경모궁께오서도 본심이오실새 짐짓 누덕累德이 되실까 근심하고 갑갑하지, 병환에 천성을 잃사오셔 당신 하오시는 일을 다 모르시는지라, 병환도 드오신 것이 망극하지, 병환은 성인도 면치 못한다 하니 경모궁의 일호 누덕이 어이 되리오. …… 한편 의논이 "영묘 처분이 거룩하시다"하여 선친만 죄를 삼으랴 하여 일물 들였다 하니, 일물 아니 들이신 곡절은 다른 기록에 올렸으니 여기는 또 아니 쓰며 …… 일물은 선조께서 스스로 생각하신 것이오, …… 모년 되어 가던 일을 내 차마 기록할 마음이 없으나 다시 생각하니 주상이 자손으로 그때 일을 망연히 모르는 것이 망극하고, 또한 시비를 분변치 못하실까 민망하여 마지못 이리 기록하나, 그 중 차마 일컫지 못할 일 중 더욱 차마 못 일컬을 일은 빠진 조건이 많으며, 내 백수잔년에 이를 능히 써내니 사람의 흉완궁독함이 어이 이에 이르뇨. 호천 통읍하여 명수를 한탄할 뿐이로다.

한중록

이후 홍봉한은 세자를 가둔 뒤주를 들여오게 한 인물로 지목되어 수난을 겪는다. 이에 대하여 혜경궁은 여러 곳에서 아버지의 결백을 주장하였다. 그 중 아들 정조가 일물에 대한 정의를 아래와 같이 하였음을 강조하고 있다.

"모년某年 오월 삼십일 신시申時에 망극지물을 밧소주방에 들이라 하신다 하기 망극한 것도 있는 줄 알고 문정전文政殿에 들어가니, 자상으로서 '나가라' 하오시기 나와 왕자 재실王子齋室 첨하에 앉았더니, 그 때 신시申時 지난 지 오랜 후, 그제야 봉조하께서 궐하에 와 기운이 막히시다 하기 내 먹으려 하던 청심환을 보내었으니, 일물을 자상으로 생각하오신 일이요, 봉조하께서 여쭙지 아니한 줄이 이 시각의 선후로 보아도 가히 소연하고, 또 그날 처분이 자상으로 종사를 위하노라 하셔 성심으로 결단하여 계시기, 자식 된 터에도 의리는 의리요 애통은 애통인고로 지금 살아 지탱하였지, 만일 춘간春間 하교 같자오셔, 신하가 일물을 드리고, 자상으로 계오셔 신하의 말을 들으시고 처분하여 계신즉, 성상의 겸덕이 되실 뿐 아니라, 대의리大義理가 또한 엄휘할 것이니, 대의리가 엄휘하면 내가 세상에 살아 있는 것이 또한 의義가 없으니 이 아니 망극치 아니하냐” 하시고, “김한기더러 일렀노라”하여 계시니, 선왕이 당신 목도한 일로 시각 선후를 인증하여 이리하여 계시니, 이 한 장이 있는 후는 선친의 일물 드리지 아니한 줄이 명백하니, 일물을 아니 드렸으면 무슨 일로 죄를 삼으리오. 향곡우맹들은 상없는 소문만 듣고 의심하기 괴이치 않다 하려니와, 귀주네는 가까운 척리요, 한기에게 하신 예교가 이리 정녕하오신데 종시 알며 무함을 하니 귀주의 화심禍心 곧 아니면 어이 이대도록 하리오.

한중록

인용문에서 일물은 뒤주를 말한다. 정조는 후일 어머니께 “뒤주는 자상(영조)이 생각해 낸 것이며 봉조하(홍봉한)께서 영조께 여쭙지 않은 것은 그날 사건의 전후로 보아 알 수 있다” 또한 “그날 처분은 영조가 종사를 위하여 의리로 하여 결단할 때 신하의 말을 듣고 뒤주에 가두었다면 선왕의 덕이 손상될 뿐 아니라 대의리大義理도 가

119

려지고 내가 지금 살아있는 것도 의義가 아니다"라고 말했다고 한다. 작자는 이러한 처분들이 고모 화완옹주和緩翁主와 할머니 정순왕후貞順王后 측의 이간 때문이라 생각했지만 당시의 상황에서는 고스란히 당할 수밖에 없었다. 인용문에서 김한기는 정순왕후의 작은아버지고 김귀주는 정순왕후의 친정 오빠를 말한다. 당시 정순왕후 측은 벽파의 거두고 혜경궁 홍씨 집안은 시파의 거두로 두 외척간의 갈등의 골이 매우 깊었다. 그 후 정조는 전날의 처분들을 후회하면서 어머니에게 지극한 효성을 다하였다.

정조는 재위 24년(1800) 6월 18일 49세 장년의 나이에 갑자기 승하한다. 혜경궁은 28세의 젊은 나이에 남편을 잃고 오직 이 아들만 바라보고 모든 슬픔을 억누르고 살았는데 일흔을 바라보는 노년(66세)에 다시 아들과 영원히 이별하게 된다. 이후 손자(순조)가 왕위를 계승했으나 11살의 어린 나이었기에 관례에 따라 대왕대비를 모시고 수렴청정을 하였다. 권력을 다시 잡은 정순왕후 측의 벽파 세력은 천주교 금지를 명분으로 남인계 중심의 시파세력과 실학자들에게 일대 숙청을 가하였다. 이때 혜경궁의 동생 홍낙임洪樂任, 1741~1801이 시파의 거두로 지목되어 혜경궁의 친정이 다시 몰락하게 된다. 혜경궁은 음식을 전폐하고 자결을 시도하면서 항변하지만 복수의 칼날을 비켜갈 수는 없었다. 다만 어린 왕에게 아버지 정조가 어머니인 자신에게 행하던 효심을 상기시키면서 친정과 관련된 여러 사건의 진실을 밝히는 글을 해를 이어서 (67세 2편, 68세에 3편) 쓰게 된다. 그 후 시어머니 정순왕후가 승하한 71세(1805)에 다시 붓을 들었다. 4편에서는 임오화변의 원인을 밝히고 친정의 억울함을 손자가 풀어주기를 소망한다.

9세에 세자빈으로 간택되면서 처음 궁중과 인연한 혜경궁은 순조 15년(1815) 12월 15일 신시(오후 3시~5시)에 경춘전에서 81세로 승하했다. 61세에 쓴 첫 번째 작품에서 "내 초간택 후로 심히 슬퍼하기를 과히 하였으니 궁중에 들어와 억만창상을 겪으려 마음이 스스로 그러하던가, 일변 고이하고 일변 인사가 흐리지 아니한 듯 하더라"라고 한 후에도 세 편(67세, 68세, 71세)의 작품을 더 남겼다. 그 모든 일들을 감내하며 여든이 넘도록 살아야 했던 혜경궁의 삶 자체가 한恨이라 생각된다.

영조에겐 제1후궁 정빈 이씨(靖嬪李氏)의 소생인 효장세자가 있었는데 영조 4년(1728) 11월 10일에 10세의 어린 나이로 세상을 떠났다. 그 후 오랫동안 국본이 비어, 온 나라가 후계자 탄생을 간절히 기다리고 있었다. 이러한 때에 제2후궁인 영빈이 연이어 딸만 다섯을 낳아 많은 사람의 애를 태우더니, 영조 11년(1735) 1월 21일 창경궁 집복헌(集福軒)에서 원자가 탄생했다. 바로 그가 사도세자이다.

정조는 영조 28년(1752) 9월 22일 창경궁 경춘전(景春殿)에서 장헌세자와 혜경궁 홍씨의 둘째 아들로 태어났다. 정조는 10세인 영조 37년(1761) 3월 10일에 입학(入學)하고 3월 18일에 경희궁 경현당(景賢堂)에서 관례(冠禮)하여 형운(亨運)이라는 자(字)를 받았다.

왕조사회인 조선조는 왕의 자녀 중 적자(대군)와 적녀(공주), 서자(군)와 서녀(옹주)의 구분이 있듯이 세자의 자녀도 구분이 있다. 세자의 아들은 적자와 서자 구분없이 군(君)이라 하지만 딸 중 적녀는 군주(君主)로 외명부의 정2품이고, 서녀는 현주(縣主)로 외명부의 정3품이다. 혜경궁은 의소와 정조 두 아들 밑에 청연과 청선 두 군주를 두었다.

# 제2부

# 혜경궁 홍씨의

# 직계가족 直系家族

# 사도세자 가계도

숙종 肅宗
영조 英祖
숙빈 최씨 淑嬪崔氏
영빈 이씨 暎嬪李氏
사도세자 思悼世子
혜경궁 홍씨 惠慶宮 洪氏
숙빈 임씨 肅嬪林氏
경빈 박씨 景嬪朴氏
서1남 은언군 인 恩彦君 䄄
송낙휴 女 宋樂休
상계군 담 常溪君 湛
신오 女 申璵
出) 풍계군 당 豊溪君 瑭
전계대원군 광 全溪大院君 㼅
철종 哲宗
서2남 은신군 진 恩信君 禛
홍대현 女 洪大顯
系) 남연군 구 南延君 球
初名 채중 采重
生父 이병원 李秉源
인평대군 麟坪大君 5대손
흥선대원군 興宣大院君
서3남 은전군 찬 恩全君 禶
조성 女 趙峸
系) 풍계군 당 豊溪君 瑭
1남 의소세손 정 懿昭世孫 琔
2남 정조 正祖
1女 청연공주 清衍公主
김기성 金箕性 初名 金斗性
2女 청선공주 清璿公主
정재화 鄭在和
서1女 청근옹주 清瑾翁主
홍익돈 洪益惇

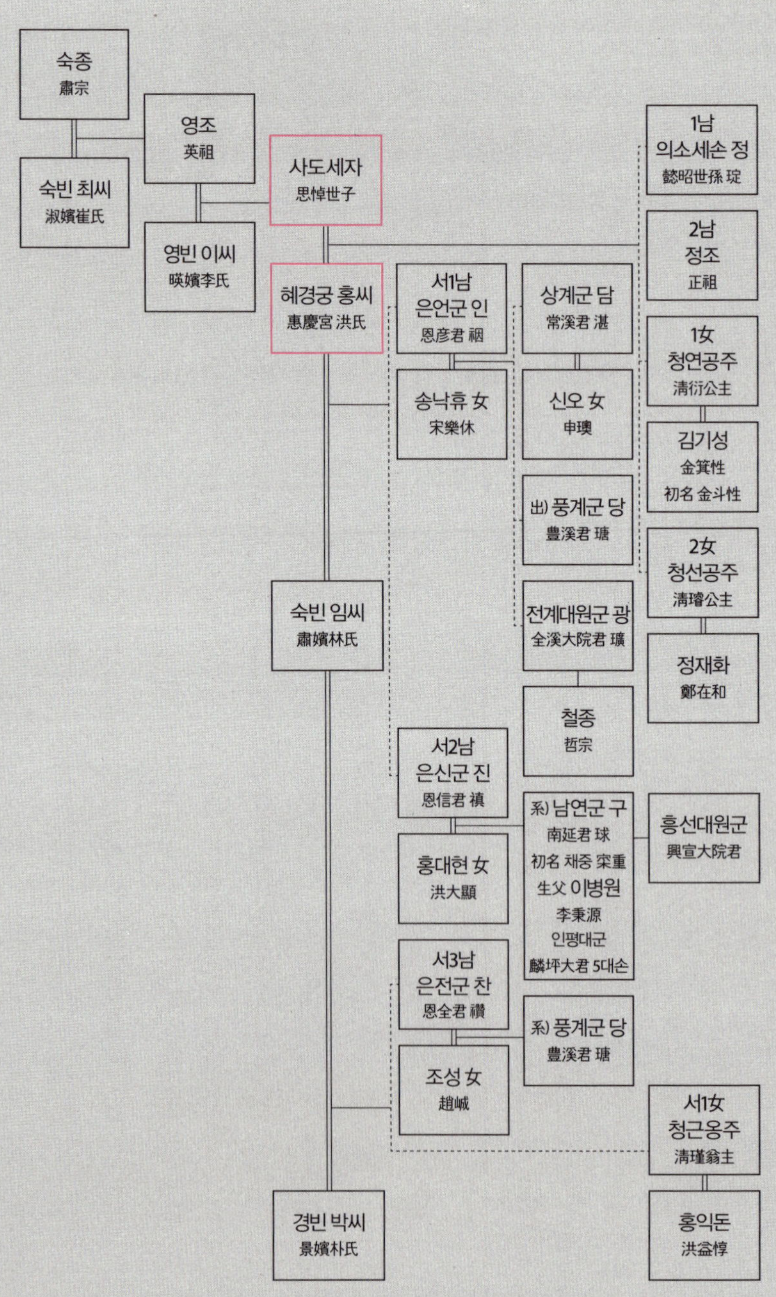

# 3장
# 소천<sup>所天</sup> 사도세자

## 1. 탄생 시에 예견된 비극

〈한중록〉의 작자 혜경궁은 임오년에 사도세자가 뒤주에 갇혀 죽은 사건을 임오화변이라 한다. 1~3편에서는 남편의 비극적인 죽음에 대하여 구체적으로 언급하지 않았다. 그러나 네 번째 붓을 들어서는 첫머리에 "임오화변壬午禍變이 천고에 없는 변變이라"고 시작하여 사건의 원인과 결과를 매우 구체적으로 서술한 것은 임오화변의 진실은 자신이 지금 말하지 않으면 영원히 밝힐 수 없다고 생각했기 때문이다. 그것은 선왕(정조)이 효심으로 할아버지(영조)가 위독하던 병신 초(영조 52년 2월 4일)에 『승정원일기』에서 아버지의 죽음과 관련된 사건의 기록을 세초洗草해 줄 것을 청하여 창의문 밖 차일암遮日巖에서 세초하여 아버지의 비행이 후세에 전하지 못하게 했기 때문이다. 또한 세월이 흘러 자신이 아니면 그 누구도 자세히 알지

못하고 감히 말할 수도 없으니 작자는 이 일을 주상(순조)이 모르게 하고 죽을 수 없다고 생각하여 피눈물을 흘리며 기록한다. 그러나 "차마 쓰지 못할 것은 뺀 것이 많고 지리한 것은 다 쓰지 못했다. 임술년(순조 2년, 1802) 봄에 초를 잡아두고 미처 보이지 못하였는데 가순궁(순조 생모)이 자손이 알게 하는 것이 옳다고 쓰기를 청하여 내가 글자 한자 한자를 써 내려 갈 때마다 놀라 심장이 떨리고 눈물을 흘리며 이 글을 썼으니 세상에 내같은 사람이 어디 있겠는가 원통하고 원통하도다"라고 마지막 작품의 창작동기를 밝힌 다음 아래와 같이 사도세자의 탄생에서부터 이야기를 시작한다.





당시 영조는 정궁(정성왕후)이 생존해 있었지만 왕의 사랑을 받지 못했음인지 아니면 그녀 자신에게 문제가 있었음인지는 알 수 없으나 소생이 없었다. 앞서 영조에겐 제1후궁 정빈 이씨靖嬪李氏의 소생인 효장세자가 있었는데 영조 4년(1728) 11월 10일에 10세의 어린 나이로 세상을 떠났다. 그 후 오랫동안 국본이 비어, 온 나라가 후계자 탄생을 간절히 기다리고 있었다. 이러한 때에 제2후궁인 영빈이 연이어 딸만 다섯을 낳아 많은 사람의 애를 태우더니, 영조 11년(1735)

1월 21일 창경궁 집복헌集福軒에서 원자가 탄생했다. 〈한중록〉에는 부왕 영조를 비롯한 모든 궁중인과 백성들까지 크게 기뻐했다고 추상적으로 언급했지만 『영조실록』은 매우 구체적으로 기록하였다.

> 영빈 이씨가 원자를 집복헌에서 탄생하셨다. 그때 나라에서 오랫동안 저사儲嗣가 없으니 사람들이 모두 근심하고 두려워하였는데, 이때에 이르러 온 나라에서 기뻐하고 즐거워하였다. …… 임금이 말하시기를 삼종의 혈맥이 장차 끊어지려고 하다가 비로소 이어지게 되었으니, 지금 다행히 돌아가서 열성조에 배알할 면목이 서게 되었다. 즐겁고 기뻐하는 마음이 지극하니, 그 감회 또한 깊다.
>
> 영조 11년 1월 21일

탄생 직후 사관은 위의 인용문 외에 왕과 신하들의 대화를 상세하게 기록하고 있다. 장황하지만 정리하는 것은 공교롭게도 이날 임금과 신하들이 주고받은 대화가 세자의 앞날을 예견한 것처럼 생각되기 때문이다.

즉 민진원閔鎭遠·서명균徐命均·이광좌李光佐·박문수朴文秀·조현명趙顯命 등이 "원자를 보양하는 데에 극진하게 해야 하지만 석복惜福의 도리는 검약에 있다", "원자궁에 종사하는 궁인과 내관은 물론이고 근후한 자를 골라 좌우에 두어야만 습관과 성격이 잘 이루어지는 효과가 있을 것이다", "당론黨論은 망국의 기초가 되는데 전하께서는 이미 탕평을 이루었다고 하지만 아직은 가짜 탕평에 지나지 않는다"는 내용을 아뢴다.

이에 영조는 "삼종三宗(효종·현종·숙종)의 혈맥血脈을 부탁할 데
가 있으니 즐겁고 기쁜 마음을 어찌 말하랴? 내전에서 아들로 취하
고 원자의 호를 정하는 일을 어찌 조금이라도 늦출 수가 있겠는가?
즉시 이를 거행하여 위로 종묘와 사직에 고하고 아래로 8도에 반사
하도록 하라" "원자를 도와주어서 나라를 편안하게 하는 것은 오
로지 경들이 협조하는 데에 달려 있다"라고 한다. 이때 박문수는
"내전에서 아들로 취하는 것은 사체가 매우 중하니, 마땅히 화기가
궁궐에 넘치도록 해야 하는데 여러 번 권면했으나 효과가 없다"면
서 내전을 중심으로 한 여인들의 화합을 강조한다. 이에 영조는 "효
과가 있는지 없는지 어떻게 아는가?"라고 반문하면서 권면하기를
더하겠다고 마음의 여유를 보이기도 한다.(영조 11년 1월 21일) 탄생 3
일 후인 24일은 원자궁의 공상供上을 세자궁의 예에 의하여 거행하
라고 명하였다. 이를 보면 탄생 3일 만에 이미 세자의 예를 받은 것
을 알 수 있다. 25일은 임금이 인정전에서 백관들의 하례를 받고 다
음과 같은 교문을 선포하였다. 아래 교문은 당시 영조의 마음을 헤
아리게 한다.

동궁의 자리가 오랫동안 비어 있어서 바라는 마음 간절하였는데 일월의
빛이 거듭 밝았으니, 이에 넉넉함을 주는 아름다움을 기쁘게 여기노라 ……
과덕한 내가 왕위에 올라 어려운 일이 많았다. 내 한 몸으로 홀로 중책을 받
들었으니 언제나 두려운 마음으로 후사를 계승할 걱정이 있었는데 집안과
나라가 외롭고 위태로우니 여러 사람의 마음을 메어 둘 데가 없을까 염려되
었고, 내 나이 점점 늙어 가니 선조의 대통을 전할 데가 없음이 두려웠었다.

태자의 궁문이 닫힌 지 거의 10년의 나머지에 다행히 하루아침에 아들을 점지하는 길사를 얻었다. 삼종의 혈맥을 잇게 되었음으로 내가 종묘에 배알할 면목이 서게 되었고 팔도의 온 백성이 모두 기뻐하니 종묘에 제사를 드리는 의식을 거행하게 되었다. …… 원자를 중궁에서 기르게 되었으니 밝은 부덕의 고사를 이에 따랐다. 마침내 원량에게 명호名號를 더하였으니 …… 이 달 25일 새벽 이전부터 잡범雜犯으로서 사죄死罪이하는 모두 용서하여 죄를 면제하고 관직에 있는 자는 각기 한 자급을 더하며, 자궁資窮인자는 대가代加하게 한다. 지금에야 나라의 근본이 길이 굳어졌으니 오히려 지나간 일을 생각하매 감격과 기쁨이 아울러 일어난다.

영조 11년 1월 25일

이와 같이 세자의 탄생은 삼종의 혈맥을 보호할 수 있게 되어 종묘에 배알 할 면목이 서게 한 온 나라의 경사였다. 그러나 이 기쁨을 영원히 간직하기 위해서는 아래의 충언이 잘 지켜져야 한다.

1) 석복惜福의 도리에 힘써야 한다.
2) 교육에 참여할 자를 신중히 뽑아야 한다.
3) 당론의 폐습에 유의해야 한다.
4) 화기가 궁궐에 넘쳐야 한다.

중신들의 충언은 지켜지지 않았고 축복 속에 태어난 세자는 비극의 주인공이 된다.

### 1) 석복惜福의 아쉬움

작품에는 비극의 원인 중 하나를 부자간 사랑의 결핍에서 비롯되었다고 보았다.

영묘께오서 동궁이 오래 빔을 염려하시다가 원량元良을 얻자 오시고, 가열흔희嘉悅欣喜 하오신 성심으로 멀리 떠나는 사정을 돌아보지 아니하시고, 어서 동궁의 주인 계신 것만 두긋기셔 급히 법法만 차리려 하시고 나신지 백일만에 탄생하오신 집복헌集福軒을 떠나

한중록

영조는 오랫동안 비었던 동궁 처소를 주인이 지켜야 한다는 생각에 세자 탄생 백일 만에 부모 곁을 떠나 보모에게 양육을 맡긴다. 처음에는 영조와 생모인 선희궁이 추위와 더위도 마다 않고 자주 동궁 처소를 찾았다. 그러나 "아무려면 아침, 저녁으로 보고 가르치는 것만 같았겠는가?"라고 혜경궁은 〈한중록〉에서 기술하였다. 실록에는 석복 이유를 좀 더 구체적으로 제시한 부분이 있다. 이듬해 1월 1일, 임금이 인정전에서 백관의 하례를 받을 때, 좌의정 김재로金在魯 등이 왕세자를 일찍 세우도록 청하자, 봉조하奉朝賀 민진원이 반대한다.

영조 12년 1월 1일 "현종 때 숙종이 탄생했을 때 허목許穆이 상소하여 국본이 정해지지 않았다는 말을 하자, 대신 정태화鄭泰和가 '원자가 탄생한 날은 바로 국본이 이미 정해진 날이니, 어찌 정해지지

않았다고 말할 수 있겠는가?' 하였는데, 당시 그것을 격식이 될 만한 의논으로 여겼으며, 6~7년이 지나서야 책례를 행하였는데 이는 복을 아끼는 의미에서 온 것이었다. 그 후 숙종은 50년 동안 왕위에 있으면서 태평한 정치를 이룰 수 있었다. 모든 예를 상고하여도 말을 못하고 밥도 먹지 못하는 어린 때에 어떻게 책례를 행할 수 있겠는가?"라고 현종조의 고사를 의거하여 천천히 시행하도록 말렸다.

그러나 영조는 원자의 이름을 '선愃'으로 하고 영조 12년 3월 15일에 왕세자로 삼았다. 이튿날 영조는 "존귀함을 표지하여 맏아들로 삼아 그 호칭을 달리하는 것은 민심을 매이게 하는 것이며, 책봉을 내리고 저궁에 올려 일찍 세운 것은 종묘를 소중히 여기는 데에서이다. 다행스럽게도 작년 봄에 원자가 태어나 용모가 뛰어나고 키가 자라서 이미 옷을 입히게 되었으며, 말을 배우고 걸음을 배워 일주년의 돌잡이를 하기에 이르렀으니, 어찌 한갓 자정慈情을 날마다 모이게 할 뿐이겠는가? 참으로 특이한 자질은 하늘에서 타고 났도다. 복스러운 이마의 중앙에 해 모양의 뼈가 튀어나온 모습은 내가 진실로 모든 근심이 없음을 알겠고, 산같이 높고 못같이 깊어 보이는 자태는 사람들이 모두 한번 보면 결정지을 수 있다"(영조 12년 3월 16일)며 자신의 결정은 원자의 비범한 자질과, 민심과 조상의 염원을 소중히 여김이라며 어린 세자 책봉을 합리화했다. 〈한중록〉에 "체모가 웅장 석대하오시고 천성이 효우 총명하였다"는 구절이 있다. 『영조실록』에도 "겨우 3세인데도 체도가 아주 뛰어났다"(영조 13년 9월 22일)는 기록으로 보아 늦은 나이에 얻은 세자가 일찍 잃은 첫 아들과는 달리 총명할 뿐 아니라 건강하였으므로 영조의 기쁨

이 어떠했는가를 짐작케 한다. 그러나 "귀한 것일수록 아껴야 한다"
는 성현들의 지혜를 외면한 대가는 너무나 큰 비극을 초래했다.

### 2) 교육의 중요성

혜경궁은 세자의 성장 시기에 부모가 가까이 두고 교육만 제대로
이루어졌다면 성군이 될 자질을 지녔었는데 그렇게 하지 못한 것이
한이라고 여러 차례 기술했다.

경모궁께서 나오시며 예질이 기억비범하오시기 특이하오신지라 궁중에
기록하여 전하는 말을 보니 나신지 백일 안에 기이한 일이 많사오시고, 사
삭에 걸으시고, 육삭에 영묘 부르심을 응대하오시고, 칠삭에 동서남북을 가
리키오시고, 이세에 글자를 배우셔 육십 여자를 성자하시고, 삼세에 다식
을 드리니 수복자 박은 것은 잡사오시고, 팔괘八卦 박은 것은 따로 놓사오시
고 잡숫지 아니하오시거늘 모신이 "잡사오소서" 권한데 "팔괘니 아니 먹을
것이라 싫다" 하시고, 그 후 태호복희씨 그린 책을 높이 들라 하오셔 절하오
시고, 천자를 배우시다가 사치 치侈 가멸 부富에 이르러 사치 치侈를 짚으시
고 입사오신 바 의대를 가리키시오며 이것이 사치라 하오시고, 영묘 유시에
어御하오시던 감토에 칠보 얽힌 것이 있어 쓰오시게 하니 이도 사치라 하오
시고 아니 쓰시고, 주세에 입어 계오시던 의대를 입으시게 하려 하니 사치
하니 남부끄러워 싫하오시니, 삼세 유년에 기이하오신 일이니 모신 이 시험
하여 명주와 무명을 놓고 어느것이 사치요 어느 것이 사치 아니오니이까 하
니, 명주는 사치라 하오시고 무명은 사치 아니라 하오시니, 또 하시는 양을

132

보오려 어느 것을 의대를 하여 드려 입사오시면 좋사오리까 하온즉 무명을
가리키시며 이깃이 좋으니라 하시니 이 일로 보아 탁월하시던 줄을 거의 알
지라.

한중록

작품을 보면 거의 신동에 가깝다. 『영조실록』에도 이를 뒷받침
할 수 있는 일화가 여러 곳에 발견된다. 하루는 동궁의 경선당에서
세자가 금사관金紗冠과 청도포靑道袍 차림으로 임금의 오른쪽에 있었
는데 세자가 처음으로 대면하는 사람이 많은 것을 보고서 싫어하
는 기색이 있자, 임금이 웃으면서 도로 들어가게 하였다. 세자가 걸
음을 재촉하여 들어가니 여러 신하들이 모두 무엇을 잃은 것 같이
섭섭한 기색이 있었다. 조금 있다가 세자가 다시 서실西室로 와서 다
시 창문을 열고 서니, 임금이 여러 신하들에게 명하여 다시 보게 하
였다. 그제야 엄연한 자세로 빙 둘러보았는데, 얼굴빛에 웃음을 띠
고 있었다. 중관中官이 문방 도구를 봉진奉進하니, 세자가 종이를 펴놓
게 하고는 나아가 글씨를 쓰고 그림을 그렸는데, 붓대를 놀리는 것
이 매우 익숙해 있었고 획을 긋는 것이 매우 힘이 들어 있었다. 붓
이 마르면 붓을 중관에게 주어 먹물을 묻혀서 가져오게 하여 또 휘
둘러 글씨를 써 내려갔는데, 거의 종이에 꽉 찰 정도가 되자, 중관이
이를 궁관에게 봉전奉傳하였으며, 대신과 여러 신하들이 차례대로
돌아가면서 보았다. 검열 이성중에게 이르자 이를 가지고 가서 보장
하게 할 것을 청하니, 임금이 옳게 여겼다. 이어 이르기를, "조금 전
에 칭얼댄 것은 사람들이 저를 안는 것을 싫어해서이다. 지난번 부

채를 보고서 잡으려고 하기에 내가 이르기를, 내 손이 부채에 다쳤다고 했더니, 그 뒤로는 부채를 보고서도 잡으려 하지 않았다"고 말한다.(영조 12년 9월 25일) 두 돌 전 아이라고 믿기 어려울 만큼 영리했음을 알 수 있다.

이듬해 정월에는 승지 유엄柳儼이 "저궁의 위호를 정한 지 이미 1년이 되었으니, 의당 수시로 궁료들을 접견하여 덕성을 훈도하는 효험이 있게 해야 합니다" 하니 임금이 "날씨가 화창해지기를 기다려야 한다. 동궁의 성품이 책을 좋아하고 자못 글자의 뜻을 아는 능력이 있다. 처음 문왕세자편文王世子篇을 배울 적에 '왕王'자는 나를 가리켰고, '세자世子'자는 자신을 가리켰는데, 지식이 점점 통달하여 가고 있다"(영조 13년 1월 2일)는 기록이 있다.

또한 임금이 약원에 명하여 양정합에서 동궁을 진찰하게 하였다. 임금이 당중에 평좌하니, 세자가 관복을 갖추고 서안書案 아래에 시좌하였다. 이때 세자의 나이 3세였는데, 행동거지가 의젓하였다. 임금이 궁관에게 책자를 올리도록 명하여 읽기를 권하니, 한참 있다가 효경孝經을 펴고 '문왕文王'이란 글자를 낭랑하게 송독하였다. 내시가 지필을 내오니 큰 붓대를 잡고 '천지춘왕天地王春'이란 글씨를 썼다. 여러 신하들이 다투어 앞으로 나와서 하사하여 줄 것을 청하니 임금이 이르기를 "네가 주고 싶은 사람을 가리키라"하니 세자가 도제조 김흥경을 가리켰다. 임금이 웃으면서 이르기를, "세자도 대신을 아는구나"(영조 13년 2월 14일)라고 말한 기록도 있다.

"연석에서 임금이 세자를 보도하는 일에 대하여 말하기를 궁중의 다식반茶食板에 팔괘八卦를 그려 새긴 것이 있는데, 내가 항상 어찌 먹을 수 있겠는가 여겨 일찍이 먹지 않았었다. 근래 세자 역시 그것을 먹지 않으므로 유모가 그 까닭을 물었는데 답하기를 팔괘는 먹을 수 없는 것이라고 하였으니 그 영리한 자품이 이와 같다"(영조 13년 8월 11일)는 일화도 실록에서 찾아볼 수 있다. 이를 보면 세자는 비범한 자질을 타고난 징후가 여러 곳에서 발견되어 2세에 이미 글을 알고, 3세에는 팔괘를 구분할 정도로 우수하였음이 〈한중록〉과 『영조실록』의 기록에서 거의 일치되고 있다.

위와 같은 세자의 어린 시절 일화들이 작자가 입궁 후 들은 지 60년이 지난 후인 71세에 쓴 마지막 작품에서 언급했음에도 기록과 일치된다. 당시 궁중에는 사도세자와 관련된 일화가 오랫동안 회자되었음을 알 수 있다.『영조실록』에는 다음과 같은 기록도 있다.

밤에 소대하였다. 유신인 검토관 오수채가 대학연의大學衍義를 읽었다. 임금이 말하기를, "연전에 보양관 이진망李眞望이 소학에 있는 성현의 아름다운 말을 초록하여 올렸으므로 원량에게 읽혔다. 지난번 원량이 저녁밥을 먹을 때에 내가 마침 원량을 불러오게 하였는데, 입안의 음식을 뱉어 내므로 옆에 있던 자가 물으니, 음식이 입에 있으면 뱉는다고 대답하였다. 능히 소학의 말을 거론하였으니, 참으로 기특하다"하자, 오수채가 말하기를, 동궁의 나이가 이제 겨우 다섯 살인데 이미 글을 읽고 몸소 행하는 보람이 있으니, 예지가 보통보다 뛰어남을 상상할 만합니다.

영조 15년 1월 6일

인용문에서 보듯이 세자는 훌륭한 성군이 될 자질을 지녔었다.

135

그러나 너무 어린 나이에 부모 곁을 떠나 나인들에게 맡겨짐으로써 긍정적인 자질을 개발하지 못하고, 오히려 부정적으로 변모하게 되어 그를 아끼는 많은 사람들을 안타깝게 한다.





동궁의 주변 여건이 비교육적이었다는 것은 작자만의 생각이 아니었다. 당시 뜻있는 자들도 걱정하고 있었다. 세자가 5세가 되었을 때, 지평 유언협俞彦協의 상소를 봐도 알 수 있다.



136

났으므로 몽양蒙養의 공을 번거롭게 하지 않아도 절로 청명하고 순수한 지경에 이를 수 있겠습니다마는 …… 대저 간사하게 아첨하는 말을 잘하여 응대에 막히지 않는 행동과 자신을 낮추어 순종하는 꼴이 눈과 귀에 익숙해지면 뜻과 생각이 아직 굳게 정해지지 않은 때에는 그 유인을 받게 될 것입니다. 무릇 궁인 내시로서 저궁儲宮에 근친한 자도 살펴 가려야 할 것인데, 더구나 주연의 선택을 어찌 천박하게 화려하고 착실하지 않은 무리로 구차하게 채울 수 있겠습니까? 바라건대 전하께서는 경서에 통하고 행실이 있는 선비를 찾아서 경연에 갖추고 나서 그대로 춘방의 직임도 겸하게 하여 우리 저궁이 늘 바른 말을 듣고 바르지 않는 말을 듣지 못하게 하여, 늘 바른 일을 보고 바르지 않은 일을 보지 못하게 하여 만년토록 그지없는 복을 열게 하소서.

영조 15년 3월 11일

또한 한익모도 상소하여 정자程子가 '궁인과 내신은 선발하여 가려야 한다'는 말에 의거하여 동궁을 보호할 방도를 세울 것을 아래와 같이 청하였다.

"궁료宮僚들이 진현하는 것에 대해 기일을 미리 정하지 말고 맑고 화창한 때에는 즉시 불러서 접견할 것을 허락하소서"하니, 비답하기를 "진달 한 내용이 모두 옳다. 마땅히 유념하겠다." 했다.

영조 16년 10월 16일

이를 보면 교육에 문제가 있음이 걱정의 차원을 넘어섰고 부왕도

137

그것을 인지하고 있었음을 알 수 있다. 그러면 왜 이러한 사태가 발생하게 되었을까? 작자는 그 원인을 영조의 등극 과정에 얽힌 원한으로 이해하고 있다. 이렇게 교육의 중요성을 제대로 인식하지 못한 결과는 엄청났다. 아무리 귀하더라도 복을 아껴 세자 책봉을 미루고 부모 곁에서 올바른 교육을 받았더라면 하는 안타까움을 금할 수 없다.

### 3) 당론黨論의 폐습弊習

영조는 탕평책을 쓴 임금으로 기억된다. 그 자신도 당론에 힘입어 왕이 되었지만 당론의 폐습을 누구보다도 잘 알고 있었다. 그러므로 노론과 소론 중에서 완화론을 주장하는 사람들을 중용하여 조정책을 썼었다. 그러나 도리어 부귀만 탐내고 염치도 없을 뿐 아니라 절조도 없고 비속한 자들이 조정을 차지하는 결과가 되었다. 그러므로 사류의 기풍은 저하되고 그 뒤에도 탕평이란 말은 있었으나 노론 정권하에서 이름만 탕평이 되고 말았다고 후세의 사가들은 평한다. 혜경궁은 이러한 폐습의 여파가 세자의 유년 시절 교육에서 자행되었다고 통분했다.

> 동궁 내인들이 다 경묘 내인인데 보모 최상궁은 잡념 없고 굳세어 충성이 있으되 성품이 과격 시험하여 옹용치 못한 사람이요, 지차 한상궁은 간능하고 계휼하여 시기 많은 인물이니 비록 동궁 내인이 되었으나 본디 옛적 대전 내인이니 영묘께 어찌 극진한 정성이 있으리오
>
> 한중록

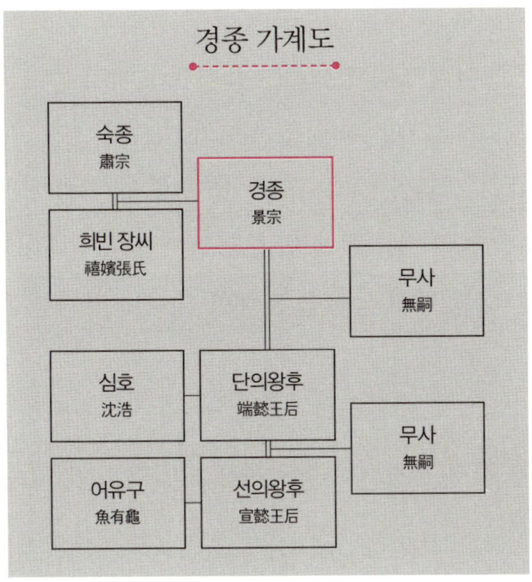



즉 동궁 처소의 나인들이 모두 경종과 그의 계비인 어대비를 모시던 사람들로 구성되어, 전일에 모시던 상전의 원한이 은연중에 반영되었다고 갈파하고 있다. 이러한 생각은 유독 혜경궁만의 생각은 아니었다.

전일 경종은 숙종을 이어 보위에 올랐으나 오랫동안 병중에 있어 후사가 없었다. 즉위 초부터 후사後嗣 문제가 거론되자 경종의 계비 어씨(선의왕후)는 소론을 배경으로 양자를 정하여 후사를 삼으려 하였다. 그러나 세제世弟 편인 김대비(숙종의 제2계비, 인원왕후)를 중심으로 한 노론 측과 맞서고 있어 그 아래의 내시와 상궁들도 양파로 갈려져 있었다. 경종은 세제 편인 내시 장세상張世相을 귀양 보내고 김일경金一鏡과 결탁한 내시 박상검朴尙儉과 문유도文有道 등에게

궁중 일을 맡긴다. 세제는 고립되어 궁중 문안의 길도 막히자 새벽에 세제빈世弟嬪 서씨와 함께 샛길로 대비에게 가서 울며 박상검 등의 죄상을 아뢰었다. 대비는 머리를 빗다가 바르게 쪽도 찌지 못한 채 급히 뜰에 내려 세제를 따라나오자 궁녀가 급히 김대비를 업고 대조전에 이르러 닫혀 있는 문을 박차고 들어갔다. 김대비는 대신에게 언문교서諺文敎書를 내려 동궁을 모해한 내시와 궁녀를 처단하게 하였다.

후사 문제는 노론이 승리함으로써 영조는 30세에 세제로 책봉되고, 이듬해에 21대 제왕으로 등극하게 되었다. 그러므로 경종과 그의 비를 모셨던 궁인들도 자연 영조에게 적대감을 품고 있었다. 영조 6년(1730) 6월 29일 어대비(경종의 계비 선의왕후)가 승하한 후에 공교롭게도 선의왕후를 모시던 궁인들이 세자 처소에 배속되었다. 이것이 훗날 영조와 사도세자에게 지울 수 없는 슬픔을 안겨 주게 된 것이다.

또한 〈한중록〉에는 영조와 생모(선희궁)가 동궁 처소를 자주 찾지 않게 된 이유를 동궁 처소의 궁인들에게 있다고 했다. 동궁 처소의 궁인들 입장에서 보면 선희궁이 시샘의 대상이 되었을 것이다. 선희궁 자신도 괴로웠겠지만 영조도 그 마음을 누구보다 이해할 수 있었다. 이러한 일들로 영조와 선희궁이 동궁 처소를 찾는 기회가 줄어들게 되었고 부모 자식간의 정도 왕래가 잦아들자 키울 기회가 없었음을 알 수 있다. 더욱이 동궁 처소의 나인들이 전일 영조와 등극 과정에 갈등을 빚었던 어대비를 모셨던 궁인들이라 교육이 제대로 이루어지지 않았다.

그렇듯 삼사년을 지내고 칠세 되시던 신유에 영묘께오서 한가의 심술을 깨닫자오셔 영출☆하오시고 다른 내인도 죄 입은 이 많으니 그 처분이 지극히 옳으신지라. 그때 인하여 내인들을 다 내치시고 징계를 깊이 하셔 두 분이 떠나지 말으시고 곁에 두오시고 가르치오시면 그 효심에 어찌 아니 좇아 계오시리오마는, 그 내인만 내어 보내오시고 다른 내인은 다 두어 거룩히 받들고 아기네를 넓은 집에서 어른이 검찰檢察치 아니하고 임의로 자라시게 하니 보시는 것이 궁인과 환시宦侍 뿐이니 무엇을 배우시리오.

한중록

그때 관련된 나인들을 다 내쫓고 곁에 두고 교육했으면 좋았으련만, 여전히 전일의 궁인들에게 양육을 맡겨 행동의 큰 변화를 가져오지 못했다. 그러므로 아버지 영조에게 비친 아들은 항상 마음에 차지 않았으므로 만나면 칭찬과 사랑을 주기보다는 꾸중과 화를 내는 날이 많았다. 그러므로 동궁에게 영조는 자애로운 아버지이기 전에 자연 두려움의 대상이었다. 어린 시절 형성된 부자간의 부조화는 해가 거듭될수록 그 골이 더욱 짙게 되어 훗날 크나큰 비극의 한 요소가 되었다.

### 4) 여인들의 불협화음

세자 탄생 당시 중신들은 "이 기쁨을 오래 간직하기 위해서는 궁중에 화기가 넘치도록 각별히 유념해야 한다"고 임금에게 충고했다. 즉, '수신제가 치국평천하修身齊家 治國平天下'의 성현의 진리는 군주라고

예외는 아니라는 것이다. 오히려 그릇되었을 때 파장의 여파는 일반 사대부가와는 비견될 수 없게 된다.

영조는 생전에 2명의 왕후(정성, 정순)와 4명의 후궁(정빈 이씨, 영빈 이씨, 귀인 조씨, 숙의 문씨)을 두었다. 혜경궁은 세자가 죽게 된 원인 중의 하나를 영조가 환갑 무렵에 정을 쏟은 숙의 문씨가 영조와 세자 사이를 이간하였기 때문이라고 아래와 같이 기술했다.

대저 부자분 사이가 중간에 더 가이없기는 곡절이 있으니, 이 다름이 아니라 신미 중동에 현빈궁 상사喪事 나오시니, 영묘께오서 효부를 상하오시고 애통하오셔 상장喪葬에 친림하사 곡진하오심이 아니 밎자오심이 없던지라. 그렇듯 하오신 중 그 곳 시녀 내인이 있으니 소위 문녀라. 상사 후 가까이 하오셔 수태受胎하고 그 오라비는 문성국文性國이란 놈이니 그것을 별감으로 사랑하오시고 누이도 총행하여 계유 삼월에 옹주를 낳으시니 그 때 인심이 소요하여 들리는 말이, "그것 남매가 아들을 못 낳아도 다른 자식이라도 아들을 낳았노라 하려 한다" 고이한 말이 낭자하고, "그 어민 즉 승僧 환속한 것인데 딸의 해산에 들어오다" 이르더라. 성국이 제 무삼 심장으로 동궁에 그리 흉한 뜻을 먹었던지 요악 간흉한 놈이 아니리오. …… 누이는 신미辛未 동冬부터 승은하여 남매 총寵이 극한지라, 영묘 어려 계오실 제부터 계오시던 집이 건극당이니, 효장세자를 주오셔 현빈賢嬪이 게 머물러 신미辛未 상사도 게서 나시고, 그 아래 고서헌古書軒이라 하는 데 문녀를 두오셔 게서 해산하고 갑술에 또 생녀하니라. 국운이 불행하여 요녀와 간적奸賊 이는 일이 섧도다.

한중록

142

숙의 문씨는 영조의 첫째 며느리 현빈(효장세자 비) 처소의 궁녀로 현빈 상사 때(영조 27년 11월 14일) 영조가 현빈 처소를 자주 찾는 중에 승은을 입었다. 영조는 60세(영조 29년, 1753)에 그녀가 화령옹주和寧翁主를 낳자 2월 8일 소원昭媛의 작위를 주고 이듬해(영조 30년, 1754)인 61세에 화길옹주和吉翁主를 낳자 숙의淑儀로 봉하여 주는 등 만년에 얻은 후궁에게 정을 쏟고 있었다. 이 여인이 세자의 일거수 일투족을 영조에게 낱낱이 고해바치고 부자간의 갈등을 증폭시켜 세자를 아끼는 많은 사람들의 마음을 졸이게 했다. 뿐만 아니라 문녀는 자신이 아이를 가지자 자신과 출산일이 비슷한 양인을 몇몇 물색해 두었다가 해산 일에 아들을 몰래 들여와 딸을 낳으면 바꾸려는 계교를 오빠 문성국과 꾸미고 있었다. 그러나 이 계획은 실패로 끝나고 정조 즉위 초에 작위를 박탈당해 〈한중록〉에 문녀로 등장한다. 『정조실록』에는 그녀의 계책과 당시의 긴박한 상황을 다음과 같이 적고 있다.

윤음을 내려 문녀의 죄악을 포고하기를 …… 문성국은 천한 복예로서 살무사 같은 성질을 가지고, 안으로는 요망한 누이를 끼고 밖으로는 반역한 재상과 결탁하여, 낮이나 밤이나 주무하는 것은 찬탈하려는 흉계가 아니면 곧 시역하려는 음모였다. 계유년 이래로는 그의 뜻이 더욱 방자해지고 그의 음모가 더욱 다급해져 후정의 깊은 곳에 난여가 행차하면 문성국이 그의 누이와 함께 양궁을 참소하여 이간하였는데, 하는 말이 망극하여 '아무 날에는 아무 일을 하게 되고 아무 시에는 아무 일을 시행한다.'고 하여 참소하여 이간하지 않은 때가 없었다. 이때는 춘궁이 날로 어진 소문이 나고 있

정조는 할아버지 영조와 아버지 사도세자 간의 불화가 심해지고 아버지의 병이 더욱 깊어지게 된 것은 문녀 남매의 이간에 있었다고 확신하고 있었다. 정조는 즉위년(1776) 3월 30일에 숙의 문씨의 작호를 삭탈하고 대신과 삼사의 청에 의하여 그해 8월 10일 사약을 내려 자진하게 했다. 이렇게 궁중여인들의 불협화음은 사도세자 탄생일에 대신들이 우려하던 대로 비극의 한 요인이 되었다.


## 2. 갈등의 원인과 그 증세

### 1) 기사년의 대리정사

영조 25년(1749) 1월 22일, 세자빈 홍씨는 성인식인 관례를 했다. 관례는 성인식 때 남자가 상투를 틀고 관을 썼으므로 붙여진 이름이다. 그러나 조선시대 여성의 성인식은 쪽을 찌고 비녀를 꽂았으므로 계례笄禮라고도 했다. 성인이 되었으므로 술잔을 맞춘다는 뜻을 지닌 합례合禮를 함으로써 실질적인 결혼식을 하게 된다. 혜경궁은 10세에 가례를 하여 동궁과 같은 처소에 거처했지만 나이가 어렸으므로 방은 따로 썼었다. 15세에 관례를 함으로써 합환주를 나누고 초야初夜를 치르면서 같은 방에 거처하게 되었다. 이때부터 이불을 함께 쓴다는 뜻으로 합금례合衾禮라고도 한다. 혜경궁은 이날을 아래와 같이 회고했다.

기사에 15세 되니 관례를 정월 이십이일에 하고 이십칠일에 합례하기를 정하니, 늦게야 얻자오셔 십오 세가 되어 합례까지 하게 되니, 두긋기오셔 종요로이 재미를 보시면 성사로되, 어찌하오신 성의시던지 홀연 대리하실 영을 내오시니, 그날이 내 관례날이라 억만사가 대리 후 탈이니 어찌 섧고 섧지 아니하리오.

한중록

많은 연구자들은 영조가 아들을 죽이게 된 것은 대리정사 때의 정치적 견해 차이가 가장 큰 원인이라 한다. 그러나 혜경궁은 대리정사 때의 갈등은 정치적인 견해보다도 영조가 대리정사를 시킨 저의가 제왕답지 못하였으며 그 후에도 일관성 없는 태도가 더 문제였다고 아래와 같이 기술했다.

매양 공사公事 중 금부禁府 형조刑曹 살육붙이 그런 공사는 친히 감鑑하오시

한중록

인용문에 의하면 영조는 대리정사 전에도 죄인을 형벌로 다루는
사건에 직접 부딪히는 것을 싫어하여 내관들에게 대신 맡겨왔었다.
사랑하는 따님(화평옹주)의 상사로 슬픈 마음을 가눌 수 없어서 대
리를 시킨다고 하였으나 실은 험한 사건들을 내관에게만 맡기려니
답답하여 대리청정을 시킨 것이다. 그렇다면 설사 마음에 흡족하지
않더라도 기다리며 가르쳤어야 했음에도 자신의 감정에 충실하여
세자에게 제왕수업에 대한 부정적인 견해를 갖게 했다고 아래와 같
이 기술했다.

쓺으로 일러도 품우대조稟于大朝 하오시면 "그만 일을 결단치 못하여 내게 번품煩稟하니 대리시킨 보람이 없다" 하시며 꾸중하오시고, 품치 아니하오시면 "그런 일을 내게 품치 않고 자단하리" 하오셔 꾸중이오시고, 저리한 일은 이리 아니하였다 꾸중이시고, 이리한 일은 저리 아니 하였다 꾸중하오셔, 이일 저일 다 격노 불여의不如意하시고, 지어至於 동뇌凍餒하거나 한재旱災나 천변재이天變災異가 있으면 "소조에서 덕이 없어 이러하다" 꾸중이 나시니, 이러하기 소조께서 날이 흐리거나 겨울 천둥을 하거나 하면 또 무슨 꾸중이 나실까 근심하시고 염려하사, 사사事事이 황겁 공구하오셔 인하여 사사망념이 다 나오셔 병환이 점점 드시는 싹이 있으니, 영묘께오서 성덕지인 하오신 밖 영명총찰英明聰察하오셔 범연하오신 성품과 다르오신데, 이 만금소탁 춘궁에 병환이 드시는 줄을 깨닫지 못하오시니 어찌 섧지 아니하리오. 한 번 꾸중에 놀라시고 두 번 격노에 용려用慮하셔 웅위雄偉하오시고, 영장英壯하오신 기품에 아무리 한들 일사一事를 자유로 하지 못하시고 무슨 정시 알성붙이나 시사試射 관무재같은 호화로이 구경하실 때는 일생 부르지 아니하시고, 동 섯달 계복에나 시좌를 시키시니 어이 마음이 편하시며 서러워하시지 아니하시리오. 설사, 아버님께오서 혹 과하오셔도 아드님이 다음다음 효도를 힘쓰시거나, 아드님이 혹 못 믿으오셔도 아버님이 갈수록 은애를 드리워 계오시면 할 때 연고 없이 절로 전전하여 이러하였으니, 이것이 천의시고 국운이니 인력으로 용납지 못할 배런가 싶으나, 나의 본 것은 목하에 벌고 지통至痛은 가슴에 박혔으니 이제 써내랴 하니 영묘와 경모궁 하오시던 일이 상하에 겸덕謙德이오신 듯 죄롭되 실상을 아니 기록치 못하니 종이를 임하여 흉격이 막힐 뿐이로다.

한중록

　대리정사를 시킬 당시, 영조는 어떤 문제로 당론이 대립되면 신하를 조화치 못했다고 격노하고, 중요 의제를 의논하면 "그만 일도 결단하지 못하여 나를 번거롭게 하니 대리시킨 보람이 없다"며 꾸중하오시고, 묻지 않고 처리하면 "그런 일을 내게 말하지 않고 혼자 처리 했다"고 꾸중을 했다고 한다. 그러니 이래도 꾸중이요, 저래도 꾸중하고 심지어는 천재지변도 세자의 덕이 없기 때문이라 하니 세자는 날이 흐리거나 겨울에 천둥이 치면 또 무슨 꾸중이 나실까 근심하였다. 모든 일에 항상 두렵고 염려되어 온갖 잡념이 생기어 병이 되었다고 한다. 그러므로 세자의 병은 하루아침에 생긴 것이 아니라 탄생 직후부터 있었던 여러 가지 사건들이 복합적으로 누적된 것이다. 병이 그토록 깊어지게 된 또 하나의 이유는 두 사람의 판이한 성격이 불난 집에 기름을 부은 격이 되었음을 아래와 같이 갈파했다.

　부자분 성품이 다르오셔, 영묘께오서는 영명英明 인효하오시고 상찰민숙하신 성품이시고, 경모궁께서는 언어 침묵沈默하셔 행동지간行動之間에 날래지 못하오시고 민첩치 못하시니 덕기德器는 거룩하오시나 범사에 부왕의 성품과는 다르오신지라, 상시에 물으오시는 말씀이라도 즉시 응대치 못하오셔 머뭇거려 대답하오시고, 문의하실 즈음이라도 당신 소견이 없아오신 것이 아니로되, "이리 대답하여 어떠할꼬" "저리 대답하여 어떠할꼬" 하오셔 즉시 대답치 못하셔 매양 영묘께오서 갑갑하게 하시니 이 일이 또 큰 마디가 되었는지라. …… 갑갑하고 애닯을 손 부왕을 모시옵곤 두렵고 어려워 응대를 민첩히 못하오시니 영묘께오서 한 번 갑갑하오시고 두 번 갑갑하오

인용문을 보면 두 사람의 성격은 돈키호테와 햄릿만큼이나 차이가 있어 비극의 큰 요인이 되었음을 알 수 있다. 28년의 짧은 생을 살았던 사도세자는 철들면서부터 자신과 판이하게 다른 성격의 아버지에게 수많은 상처를 받으며 살았다. 변덕스럽고 균형을 잃은 아버지가 사사건건 잘못을 추궁할 때마다 섬세하고 사색적인 세자는 얼마나 괴로웠을까. 심지어 비가 오지 않거나 폭우가 내리는 천재지변도 자신의 책임으로 꾸중을 들을까 두려워했다니 병의 원인 중 상당 부분은 부왕인 영조에게 있다고 볼 수 있다. 그러므로 세자의 병적인 행동은 하루아침에 형성된 것이 아니라 오랜 세월동안 여러 가지 일들이 복합적으로 누적되었다고 생각된다.


### 2) 사랑하는 여인을 때려서 죽인 의대증衣襨症

혜경궁은 세자가 죽음에 이르도록 행동한 일들을 차마 입에 담을 수가 없어서인지 언급을 회피하다가 71세에 쓴 마지막 편에서야 병으로 나타난 사건의 상황과 자신의 심정을 기술했다. 세자가 뒤주에 갇혀 죽기 보름 전인 영조 38년(1762) 5월 22일, 액정 별감 나상언羅尚彦의 형 경언景彦이 형조刑曹에 동궁의 허물 10가지를 열거한 상소로 정국이 크게 요동하게 된다. 당시 상소 내용을 본 사람은 영조와 시임대신侍任大臣 홍봉한洪鳳漢과 윤동도尹東度 뿐이었고 홍봉한

의 건의로 불태웠으므로 자세한 내용은 알 수 없다. 또한 영조 52년 (1757) 2월 4일, 왕세손(정조)이 『승정원일기承政院日記』에서 임오년壬午年과 관련된 내용을 처분하게 해 달라고 상소하여 세초하였으므로 나경언을 문초할 때의 내용을 기록한 『승정원일기』에서도 확인할 수 없다.

다만 그날 영조가 세자에게 직접 확인하는 과정에 "네가 왕손의 어미를 때려죽이고, 여승을 궁으로 들였으며, 서로西路에 역행하고, 북성北城으로 나가 유람했는데 이것이 어찌 세자로서 행할 일이냐? 왕손의 어미를 네가 처음에 매우 사랑하여 우물에 빠진 듯한 지경에 이르렀는데, 어찌하여 마침내 죽였느냐? 그 사람이 아주 강직하였으므로 반드시 네 행실과 이를 간諫하다가 이로 말미암아서 죽임을 당했을 것이다. 또 장래에 반드시 여승이 아들을 왕손이라고 일컬어 데리고 들어와 문안할 것이다"라고 추궁하자, 세자가 울며 대답하기를 "이는 신의 본래 있었던 화증火症입니다"하자, "차라리 발광하는 것이 어찌 낫지 않겠는가?"라는 내용 중에서 세자가 때려죽였다는 왕손의 어미는 은전군恩全君, 1759~1778과 청근옹주淸謹縣主, 1758~?의 생모 양제 박씨良娣朴氏다. "왕손의 어미를 네가 처음에 매우 사랑하여 우물에 빠진 듯한 지경에 이르렀는데"라는 내용과 관련된 사건이 〈한중록〉에는 아래와 같이 기술되었다.

그 해 구월에 경모궁께서 인원왕후 전 침방 내인 빙애를 데려오오시니,
그 내인인즉 현주의 어미니 해포 그 내인을 마음에 두어 계오시다가 화증
은 점점 나오시고 마음 붙일 데 없으시고, 인원왕후 아니 계오시니 당신 말

누가 여쭈우랴 하오셔, 데려다가 방 꾸미고 기용집물器用什物이며 아니 갖춘 것이 없으니, 그 사이 내인들 가까이 하오시나 순종치 아니하면 쳐서 혈육이 임리한 후라도 가까이 하시니 뉘 좋아하리오. 가까이 하신 것이 많되 일시 그리 하시고, 대사로이 하시는 일이 없고, 자식 낳은 양제良娣라도 일호 가차假借하심이 없더니, 이것에게는 그리 대사로이 구오시니 그것의 인물이 또 요약한지라, 동궁에 무슨 재력이 있으리오. 그 때부터 내사 쓰기를 비로소 하시니 민망하기 이르리오. …… 구월에 데려와 계오신데 지월至月에 아오시고 그 날이 동지날이러니, 대노 대노하오셔 동궁 부르오셔 "네 감히 그리하랴" 하오시고, 드러난 허물이 아니 계오실 적도 엄책이 그치지 아니하여 계오시거든 하물며 오죽하시리오. 성노가 진첩하오셔 "그 내인을 잡아내라" 하오시니, 그 때 경상이 그것에 혹하오셔 한사限死하고 못 나가게 하오시니, "어서 잡아 오라"는 하시고, 소조께서는 내려 보내지 않고 사생으로 저혀 아니 보내시니 일이 급한지라. 그 내인의 얼굴을 모로오시니 여기 침방 내인 연상약年相若한 것을 "빙애로소이다" 하여 내어 보내시고, …… 시봉侍奉 십사 년에 내게 처음으로 꾸중이 지엄하오시니, 꾸중 조건이오신 즉 "세자가 빙애를 데려올 제 네 알았으려든 내게 고하지 않을까 싶으니, 너조차 나를 기이니 그럴 데 어디 있으리" …… 그리할 즈음에 그 내인을 감추어 다른 내인과 안동하여, 정처가 나간 때라, 그 집으로 내어 보내어 "감추어 두라" 하였더니, 그 밤에 대조께서 거려청 공묵합으로 동궁을 부르오셔 또 꾸중을 많이 하시니, 섧사와 그 길로서 양정합 우물에 빠지오시니 그런 망극한 광경이 어디 있으리오. 방직이 박세근이라 하는 것이 업어내니, 우물가에 얼음이 그득하고 마침 물이 많지 아니하여 무사히 모셨으나 막히오시고 상하시기도 하여 계오시니, 점점 이러하오시니 무슨 말이 있으리오. 대조께

영조 33년(1757) 3월 26일, 숙종의 제2계비 인원왕후가 승하하여
7월 11에 장례를 치렀다. 세자는 인원왕후 장례준비를 하는 동안 인
원왕후 처소의 침방나인針房內人 빙애를 마음에 두었다가 9월에는 데
려와 살림을 차렸었다. 영조가 두 달쯤 지난 후인 동짓날에 알게 되
어 한바탕 소동이 벌어졌다. 그때 세자가 영조의 꾸중을 듣고 서러
워 양정합 우물에 빠졌던 사건을 말한다.

그 후 그녀는 아들(은전군)과 딸(청근현주, 고종 36년에 옹주로 추봉
되었다)을 낳은 후 영조 37년(1761) 1월에 사도세자에게 맞아 죽었다.
영조 37년은 육십갑자六十甲子의 신사辛巳년으로 임오화변壬午禍變 1년
전이다. 당시는 사도세자가 죽기 1년 전이라 병세가 아주 깊었었다.
〈한중록〉에는 이 사건이 아래와 같이 기술되었다.

**강녕전 어정**
〈한중록〉에는 사도세자가 영조의 꾸
중을 듣고 서러워 창덕궁 양정합 우물
에 빠졌던 사건을 기록하여 사도세자
가 당시 성격상의 문제가 있었음을 드
러내고 있다. 이 우물은 현재 위치한
곳을 알 수는 없으나 이곳 강녕전의
어정으로 상상해 볼 수 있을 것이다.

의대 시종을 현주의 어미가 들더니 병환이 점점 더 하오셔 그것을 총애 하시던 것도 잊으신지라, 신사辛巳 정월에 미행하려 하시고 의대를 가오시다 가, 증이 나셔서 그것을 죽게 치고 나가오셔 즉각에 대궐서 그릇되니, 제 인 생이 가련할 뿐 아니라 제 자녀가 있으니 어린 것들 정경이 더 참혹한지라. 어느 날 들어오실 줄 모르고, 시체를 한 때도 못 둘 것이니 그 밤을 겨우 새 워 내녀고 용동궁으로 호상소임을 정하여 상수喪需를 극진히 하여 주었더 니, 오셔서 들으시고 어떻다 말씀을 아니 하시니 정신이 다 아니 계시니 사 사事事에 망극하도다.

한중록

세자의 의대 시중은 우물에 빠질 정도로 사랑하던 은전군의 생모 빙애가 했었나보다. 그녀가 의대 시중을 도맡아 했던 것은 사랑하는 여인이기도 하지만, 세자의 사랑을 받기 전에 현빈궁(효장세자 비)의 궁에서 의복과 이불을 만들던 침방針房 처소에서 근무했기 때문이기 도 하다. 그러나 이 사건에 대한 구체적인 기록은 『영조실록』 어디에 서도 찾을 수 없다. 인용한 〈한중록〉에서만 전후 사정을 알 수 있다.

이렇게 세자는 사랑하는 여인을 때려서 죽일 정도로 옷을 입기 가 힘들었다. 〈한중록〉에는 세자의 병증을 천하에 희한한 병이라 며 의대증衣襨症이 처음 나기 시작한 것이 정축년丁丑年이였다고 한 다. 정축년은 영조 33년(1757)으로 2월 15일에 정성왕후가 승하하 고, 3월 26일은 숙종의 제2계비 인원왕후가 승하한 해다. 영조 33년 (1757) 2월 13일 정성왕후가 승하하기 이틀 전, 세자는 눈물로 밤을 지새우며 지키고 있었다. 그러나 이튿날(2월 14일) 왕후의 병세가 위

독하다는 말을 듣고 영조가 왔을 때는 고개도 들지 못한 채 웅크리고 있었다. 그때 영조는 밤새 왕비 곁을 지키며 울던 세자에게 의대 입은 것, 행전 친 모양까지 걱정하며 "내전 병환이 이러하신데 몸을 어이 저리 가지리"하며 야단을 친다. 함께 있던 생모(선희궁)와 아내 혜경궁은 지금까지 지극하였던 모양을 다 감추었으므로 "아까 저렇지 아니하시옵더이다"라 할 수도 없고 영조가 계속 야단만 쳐서 애가 쓰여 속이 탔다고 한다. 그 후부터 세자는 옷 입기를 두려워하는 병이 시작되었다고 아래와 같이 기술하였다.

정축년부터 의대의 탈이 나시니 그 말이야 어찌 다 하리오. 오삭 가운데 지극히 어려움을 지내오시고, 육월에 정성왕후 인산因山이 되오시니 서러워하심이 초상과 다르지 아니하오셔 성외까지 나가오셔 대여를 곡송哭送하오신데, 호곡號哭 애통하오시니 백관군민百官軍民이 뉘 아니 감읍하였으리오. 본 마음이 나오시면 이러하오시건마는 대조께서는 모르오시고 곡송하고 들어오실 제와 반우의 영곡迎哭하러 나가실 즈음에 무슨 탈이나 조건은 다 생각지 못하되, 그때 한재旱災는 있고 격노가 장하오셔 엄교가 많사오시니, 그 밤에 덕성합 뜰에서 휘녕전徽寧殿을 바라보시고 호곡하오셔 삶이 없고자 하오시던 일을 어찌 다 적으리오. 그 육월부터 화증이 더하사 사람 죽이시기를 시작하오시니, 그 때 당번 내관 김한채라는 것을 먼저 상하오셔, 그 머리를 들고 들어오셔서 내인들에게 효시하오니, 내가 그때 사람의 머리 벤 것을 처음 보았으니 흉하고 놀랍기 이를 것이 어이 있으리오. 사람을 죽이고야 마음이 조금 풀리시는지 그 때 내인 여럿이 상하니

한중록

혜경궁이 전하는 의대증의 증세는 아래와 같다.

의대병환의 말씀이야 더욱 형용 없고 이상한 괴질이시니, 대저 의대 한 가지나 입으려 하오시면, 열 벌이나 이삼십 벌이나 하여 놓으면, 귀신인지 무엇인지 위하여 놓고, 혹 소화燒火도 하고 한 벌을 순히 갈아입으시면 만행萬幸이요, 시종 드는 이가 조금 잘못하면 의대를 입지 못하셔 당신이 애쓰오시고 사람이 다 상하니, 이 아니 망극한 병환이냐. …… 의대를 입지 못하여 애를 쓰시다가 어찌하여 좀 짓이 나아 한 벌 천행으로 입으시면 당신도 다행다행하야 이러듯 입으시면 더럽도록 입으시던 것이니 그 무슨 병환이런고. 천백 가지 병 중 옷 입기 어려운 병은 자고로 없는 병이니 어찌 지존하신 동궁이 이런 병을 들으신고, 하늘을 불러 알 길이 없더니라.

한중록

이렇게 영조 33년부터 시작된 의대증衣襨症은 해를 거듭할수록 심하게 되어 사랑하는 여인을 때려죽이는 지경에까지 이르도록 병이 깊어지게 되었다.

### 3) 임오화변壬午禍變의 비극

실록에는 "임금이 창덕궁에 나아가 세자를 폐하여 서인을 삼고 안에다 엄히 가두었다"라고 간략하게 기록되었다. 나경언의 상소 후 세자는 뒤주에 갇힐 때까지 "시민당 월대時敏堂 月臺에서 대명하였다"는 기록이 있다. 이후 세자는 예측불허의 행동을 하는 날들이

155

이어졌다. 아래 인용문은 세자가 뒤주에 갇히기 이틀 전인 윤 5월 11일에 있었던 일이다.



영성위永城尉는 사도세자와 함께 영조의 사랑을 받지 못한 화협옹주의 남편으로 당시 영상 신만申晚의 아들 신광수申光綏다. 세자는 옹주의 시아버지가 미워 그 아들인 영성위를 죽이려 하였다. 이미 여러 사람을 죽인 전력이 있기에 으름장으로 쉽게 넘길 사안이 아니었다. 비극의 전날 밤, 세자는 영조 처소가 있는 웃 대궐(경희궁)로 남몰래 가기 위하여 수챗구멍水口으로 빠져나가려 하다가 실패했다. 날이 밝자 체격이 큰 세자가 수챗구멍으로 경희궁으로 가려다 실패

156

**통명전**
수구로 빠져나가려다가 몸에 많은 상처를 입은 세자는 통명전의 대들보가 부러지자 불길한 징조라 말했는데 아마도 자신의 비극적인 죽음을 예견한 것 같다.

한 일이 세자가 임금을 죽이려 한다는 소문으로 바뀌어 더욱 무성하게 된다. 평소에 정신을 차리지 못하도록 화가 나면 "협검狹劍하고 가 아무리 하고 오고 싶다"라는 말도 하곤 했다. 즉 칼을 가지고 가서 아버지를 죽이고 싶다는 것이다. 작자는 "한 순간이라도 제 정신이면 어찌 이런 말을 할 수 있는가? 하늘아, 하늘아 어찌 이런 일을 만드시뇨"라고 한탄한다. 이렇게 12일 새벽에 수구로 빠져나가려다 몸에 많은 상처를 입은 세자는 12일 통명전의 들보가 부러지자 불길한 징조라면서 아래와 같이 말한다.

소조께서 십일일 야夜는 수구水口로 다녀오셔서 몸을 빠치오시고 식하시되 "내 죽으려나 보다. 그 어인 일인고" 하시고 그때 선친이 재상으로서 첫 오월에 엄지嚴旨를 만나서 파직하시고 동교東郊에 달작시나 나가 계시니 소조께서 당신이 스스로 위태하셨던지, 조재호가 원임대신原任大臣으로 춘천 있으니, 계방 조유진으로 하여금 말을 통하여 올라오라 하신다 하니, 이런 일을 보면 병환 계신 이 같지 아니하니 이상한 하늘이로다.

한중록

당시 아버지 홍봉한은 재상이었으나 파직되어 동교에 한 달이 넘도록 나가 있었다. 세자는 자신을 비호할 사람이 없어 당황하며 세자를 시위하던 조유진에게 춘천에 있는 효순왕후의 오빠 조재호趙載浩를 불러오도록 한다. 조유진은 조재호의 조카로 당시 세자를 시위하는 세자시위사였고 조재호는 세자시강원으로 세자를 가르친 후 우의정을 지낸 인물로 자신을 보호하리라 생각했기 때문이었다. 이렇게 일을 처리할 때에는 병이 없는 듯하니 오직 하늘만 알고 있을 것이라고 회고한다. 윤 5월 13일 아침, 동궁의 생모(영빈 이씨)가 며느리에게 아래와 같은 편지를 보낸다.

작야昨夜 소문이 더욱 무서우니 일이 이리된 후는 내가 죽어 모르거나, 살면 종사를 붙들어야 옳고 세손을 구하는 것이 옳으니 내 살아 빈궁을 다시 볼 줄 모르노라

한중록

그날 아침 선희궁은 경현당景賢堂 관광청觀光廳에 있는 영조를 찾아가 울면서 어머니로서는 차마 할 수 없는 말을 아래와 같이 한다.

"병이 점점 깊어 바라는 것이 없아오니 소인이 차마 이 말씀을 정리에 못하올 일이오되, 성궁을 보호하옵고 세손을 건지와 종사를 평안히 하옵는 일이 옳사오니 대처분을 하오소서" 하시고, 또 하시되 "부자지정父子之情으로 차마 이리하시나 병이니, 병을 어찌 책망하오리이까. 처분은 하오시나 은혜는 끼치오셔 세손 모자를 평안케 하오소서"

한중록

158

영조는 그 말을 듣자 조금도 지체하지 않고 경희궁에서 창덕궁으로 이어移御하여 갑자기 손뼉을 치면서 "여러 신하들 역시 신神의 말을 들었는가? 정성왕후께서 나에게 이르기를 변란이 호흡 사이에 달려 있다"고 하였다면서 협련군挾輦軍에게 명하여 전문殿門을 4~5겹으로 굳게 막도록 하고 총관總管 등으로 하여금 배열하여 시위하게 한다. 이어서 궁의 담쪽을 향하여 칼을 뽑아 들게 하여 세자가 곧 반란이라도 일으키려 한 것처럼 말했다. 그러나 혜경궁은 세자가 반란을 계획하거나 행동으로 옮긴 일도 없었음에도 그런 말이 나오게 된 것은 밤에 몰래 칼을 들고 수구로 웃 대궐로 가려 한 것도 한 요인이지만 아래와 같은 행동이 오랫동안 계속되어 오해의 소지가 있었다고 기술하였다.

돌아간 사람의 빈소한 모양도 같고, 다홍으로 명정銘旌 모양 같은 것을 하여 세우고, 영침靈寢하는 형상처럼 하여 놓고, 그 속에서 침수하시고 …… 홀연 오월에 땅을 파고 집 삼간을 짓고 사이 장자하고 마치 광중같이 만드오시고 나드는 문은 위로 내어 널 두에를 사람이 용신하여 다닐 만하게 하고 그 널 위에 피를 입혀 덮으니 집 지은 흔적도 없는지라. "묘하다" 하시고 그 속에 옥등玉燈을 달아 놓고 앉아 계시니, 그는 대조께서 거동하오셔 당신하시는 것을 찾으셔도 군기붙이 말까지 다 감추려 하오시는 일이지 다른 일이 없건마는, 그 집일로 더욱 망극한 말이 있었으니 다 흉한 징조를 귀신이 시키는 듯이 그리하시니 인력으로 어찌하리오.

한중록

생모인 영빈 이씨도 '아들을 죽이라'고 말할 수밖에 없는 이유를 "첫째, 성궁聖躬을 보호해 종사宗社를 붙들어야 한다. 둘째, 삼종혈맥 三宗血脈(효종, 현종, 숙종)이 세손에게 있으니 세손을 구해야 한다"고 했지만 그것은 지나친 기우였다고 생각된다. 세자의 상식을 벗어난 행동은 오랜 병이 누적되어 나타난 행동이었지 역모나 그 밖의 어떠한 행동을 준비했다고는 볼 수 없다.

그날 『영조실록』에는 임금이 세자에게 명하여 땅에 엎드려 관을 벗게 하고, 맨발로 머리를 조아리게 하였다. 이어서 전교를 내려 자결할 것을 재촉하니. 세자와 세손이 대죄를 청하자 임금이 세손(정조)을 안아다가 시강원으로 보내 다시는 들어오지 못하게 하라고 명한다. 임금이 또다시 동궁의 자결을 재촉하자, 세자가 자결하고자 하였는데 여러 신하들이 말렸다. 이에 임금이 세자를 폐하여 서인으로 삼는다는 명을 내린 후 세자를 가두라고 명하였는데 세손이 황급히 들어왔다. 그러자 임금이 빈궁과 세손 및 여러 왕손을 좌의정 홍봉한의 집으로 보내라고 명하였는데 이미 한밤중이었다. 그후 영조는 다시 뒤주를 밧줄로 엮고 풀 더미로 덮었다고 기록되었다. 그때의 상황을 작품에는 다음과 같이 기술하였다.

나 미음이나 먹은 일이 없되 능히 지탱하여, 염일念日 밤에 "하릴없어 계시다" 하니 비 오던 때가 수진하시던 때런가 싶으니 차마차마 어찌 견디어 그 지경이 되오신고. 그저 혼신渾身이 비원悲冤하니 살아난 줄이 흉완兇頑하다.

한중록

위의 인용문에서 15일에는 굳게굳게 하고 깊이깊이 하여 놓사오시고는 뒤주 위에 띠를 덮어 음식이나 물을 넣지 못하게 한 것이다. 7일째 되는 밤부터 폭우가 내려 평소 그토록 무서워하던 천둥소리를 밤새 들으며 8일째 되는 새벽녘에 숨을 거두었다. 영조 38년 윤 5월 13일인 비극의 날, 『영조실록』에는 세자의 일생이 아래와 같이 기록되었다.

임금이 창덕궁에 나아가 세자를 폐하여 서인으로 삼고 안에다 엄히 가두었다. 처음에 효장세자가 훙하였는데, 임금에게는 오랫동안 후사가 없다가 세자가 탄생하기에 미쳤다. 천자天資가 탁월하여 임금이 매우 사랑하였는데, 10여 세 이후에는 점차 학문에 태만하게 되었고, 대리 한 후부터 질병이 생겨 천성을 잃었다. 처음에는 대단치 않았기 때문에 신민臣民들이 낫기를 바랐었다. 정축년, 무인년 이후부터 병의 증세가 더욱 심해져서 병이 발작할 때에는 궁비宮婢와 환시宦侍를 죽이고, 죽인 후에는 문득 후회하곤 하였다.

임금이 매양 엄한 하교로 절실하게 책망하니 세자가 의구심에서 질병이 더하게 되었다. 임금이 경희궁으로 이어 하자 두 궁 사이에 서로 막히게 되었고, 환관 기녀와 함께 절도 없이 유희하면서 하루 세 차례의 문안도 모두

사관은 사도세자의 탄생에서 죽음에 이르기까지의 과정을 간략
하지만 객관적으로 기술하였다. 혜경궁도 〈한중록〉 마지막 4편에
서 비극의 원인들을 매우 섬세하고 치밀하게 분석하고자 했다. 『영
조실록』과 〈한중록〉을 중심으로 아래와 같이 정리해 본다.

① 사도세자의 탄생은 모든 사람에게 큰 기쁨이 되었다.
② 자질이 출중해 부왕이 매우 사랑하였다.
③ 10여 세부터 학문을 게을리하였다.
④ 대리정사 후부터 질병이 생겨 천성을 잃었다.
⑤ 병세가 더욱 심해져 발작하면 사람을 죽였다.
⑥ 임금이 자애에 앞서 미워해 병이 더욱 깊어졌다.
⑦ 나경언의 상소로 임금이 폐하기를 결심하였다.
⑧ 유언비어가 안에서 나왔다(세자의 생모 영빈 이씨).

이렇게 비극적으로 생을 마감한 사도세자였으나 탄생 때에는 누
구보다도 많은 축복을 받았다. 그러나 성군의 자질을 지녔음에도
여러 가지 요인들로 인하여 그 뜻을 펴지 못하였다. 또한 죽기 2~3

년 전부터는 병세가 악화되어 정상인의 모습이 아니었음을 알 수
있다. 석복惜福의 지혜를 외면한 대가는 희생자인 사도세자는 물론
그를 아끼는 많은 사람들을 가슴 아프게 했다. 비극의 날, 사도세자
의 생모 영빈은 효종·헌종·숙종으로 이어지는 삼종의 혈맥을 보존
하기 위해 극단의 처분을 단행할 것을 아뢴다. 그 고변은 윤 5월 13
일 당일에 실행에 옮겨지고 윤 5월 21일, 사도세자는 삼종의 혈맥을
보존하기 위해 이승에서의 짧은 삶을 비극적인 죽음으로 마감했다.
그러나 조선조가 멸망할 때까지 생명력을 지녀 왕족의 혈통이 끊어
질 위기 때마다 그가 이 세상에 남긴 세 아들로 대통을 이었다.

영조 승하 후 적자 정조가 왕권을 이어받아 순조, 익종, 헌종으로
전해졌고, 헌종에게 후사가 없어 왕통이 위기에 처하였을 때는 그
의 서손庶孫 사도세자의 2남 은언군恩彦君 인裀의 손자인 철종哲宗이 왕
권을 이었다. 사도세자의 3남 은신군恩信君 진禛은 제주도에 유배되었
다가 병사했으므로 후사가 없었지만, 인조의 3남인 인평대군의 6대
손인 남연군南延君 구球를 양자로 삼았었다. 남연군은 4남을 두었는
데 철종이 후사 없이 승하하자 4남 흥선군興宣君 하응昰應의 둘째 아
들이 대를 이었다. 그분이 고종이다. 사도세자는 역사에서 그리고
〈한중록〉에서 생생하게 살아 오늘 우리와 만나고 있다.

# 4장
# 정신적 지주인 아들 정조正祖

## 1. 원손元孫 탄생의 기쁨

정조는 영조 28년(1752) 9월 22일 창경궁 경춘전景春殿에서 장헌세자와 혜경궁 홍씨의 둘째 아들로 태어났다. 이날의 기쁨을 실록은 아래와 같이 기록하였다.

왕손王孫이 탄생하였다. …… 올해 안에 어찌 다시 왕손을 볼 줄 생각했으랴? 슬픔과 기쁨이 마음속에서 엇갈린다. 지금부터 이후로 국본國本이 다시 이어지게 되었으나, 경오년과는 차이가 있으니, 이름을 지은 뒤에라야 이에 능히 국본을 공고히 하고 인심을 안정시킬 수 있을 것이다. 빈궁嬪宮에게서 탄생한 아들을 원손이라 정호하고, 고묘告廟·반교頒敎하는 등의 일을 7일이 지난 이후에 거행토록 하라.

영조 28년 9월 22일

또한 〈한중록〉에도 정조 탄생 시의 기쁨과 일화가 아래와 같이 기술되었다.





『영조실록』이나 〈한중록〉에 묘사된 정조는 체격이 크고 음성이 우렁찬 건강한 모습이다. 영조 27년(1751) 겨울 어느 날 밤, 잠에서 깨어난 세자는 귀한 아들을 낳을 징조라면서 흰색 비단에 꿈에서

본 용을 그려 침실 벽에 붙였었다. 몇 달 후 꿈은 현실이 되었다고
혜경궁은 아래와 같이 기술했다.

신미 시월에 경모궁 꿈에 용이 침실에 들어 여의주를 희롱하는 거동을
보오시고 깨오셔 이상한 징조라 하오셔 그 밤에 즉시 백릉 일 폭에 몽중에
뵈던 용을 그려 벽상에 붙이니, 그때 춘추를 헤아려 십 칠세오시니 이몽異夢
이 있으나 우연히 생각하실 때, "아들 얻을 이징異徵이라" 하오시기 노성老成
한 어른 같자오시던 일 이상하고 화법畵法이 비상하시더니 과연 주상을 응
한 이몽이런가 싶으며

한중록

세자가 태몽을 꾸었을 때는 17세로 용꿈을 꾸었더라도 태몽이라
고 생각하기가 쉽지 않았을 나이다. 그럼에도 귀한 아들을 얻을 태
몽인 줄 알고 그 밤에 즉시 그림을 그렸다는 것으로 보면 사도세자
는 매우 조숙했나보다. 세자의 아내 혜경궁은 그 꿈이 주상(정조)을
얻으려는 징조였다고 회고한다. 첫아들을 잃은 후 온 궁중을 슬픔
에 놓이게 한 것이 불효라 생각되어 죄스러웠는데 다시 아들을 낳
아 떳떳하고(쯘덥고) 기뻤었다고 아래와 같이 기술했다.

"네 정명공주 자손으로 나라의 빈이 되어 네 몸에 이 경사 또 있으니 네
나라에 유공타" 하시고, "충자沖子를 부디 잘 기르되 검박히 하는 것이 복을
아끼는 도리라" 하시니, 내 성교를 받자와 각골천은하니 어찌 복응服膺치 않
으리오. 경모궁께오서 기희 환행奇喜歡幸하시기는 이를 것이 없고, 거국 신민

167

당시 말수가 적고 행동에 가볍지 않던 세자는 어린 아들을 볼 때
마다 항상 웃으면서 혜경궁에게 "이런 아들을 두었으니 무슨 근심
이 있으리오"라고 말했다고 한다. 혜경궁도 이 아이에게 장차 효도
를 받을 것이라 생각하였던 것이 현실이 된 것으로 보면 마음이 영靈
하던가 싶었다고 회고했다. 이 아들이 바로 정조다.


## 2. 관례와 가례


정조는 10세인 영조 37년(1761) 3월 10일에 입학入學하고 3월 18일
에 경희궁 경현당景賢堂에서 관례冠禮하여 형운亨運이라는 자字를 받
았다. 입학례는 공자를 모신 대성전에서 공자의 신위에 술잔을 올
리는 작헌례酌獻禮를 마친 후에 박사에게 예물을 바치고 가르침을 청
하는 속수례束脩禮를 거행하는 것을 말한다. 관례란 오늘날의 성년
식으로 왕세자의 관례는 통상 왕세자 책봉식을 전후하여 거행되었
다. 따라서 관례를 올리는 나이는 일정하지 않지만 대체로 10세에
서 12세 사이였다.

**경희궁**
역대 왕들이 가장 사랑한 궁궐은 창
덕궁이었으나 영조는 경희궁을 법궁
처럼 사용하여 왕세손(정조)의 관례와
가례를 이 궁해서 거행했다.

관례를 치르던 해는 사도세자가 죽기 일 년 전이므로 이때에는 병이 상당히 깊었음이 〈한중록〉 여러 곳에 서술되었고 『영조실록』에도 "왕세자가 덕성합德成閣에 좌정하니, 약방에서 입진入診하였다"는 기록이 2월과 3월 여러 차례 나타난다. 역대 왕들이 가장 사랑한 궁궐은 창덕궁이었으나 영조는 경희궁을 법궁처럼 사용하여 왕세손(정조)의 관례冠禮와 가례嘉禮를 이 궁에서 거행했다. 엄숙하고 경사스러운 날, 주인공 정조와 아버지 사도세자와 어머니 혜경궁 홍씨가 받은 상처를 〈한중록〉에는 아래와 같이 짧게 표현했다. 아들의 관례에 참석하지 못하는 부모의 심정이 어떠했으리라는 것을 짐작할 수 있다.

삼월에 세손이 입학하시고 그 달에 관례를 경희궁慶熙宮에서 하시니 내 정리 어이 아니 보고 싶으리오마는 소조께서 가실 모양이 못되시니 내 무슨 낯으로 혼자 가보리오. 병을 일컫고 못 가보니 그런 정리 어디 있으리오.

한중록

169

관례 후 그해 10월 29일 초간택이 시작되어 12월 22일 삼간택에서 김시묵金時默의 딸을 세손빈으로 간택했다. 그날 『영조실록』에는 "왕세자는 세자비보다 먼저 창덕궁으로 돌아갔다"고 간략하게 기록되었다. 〈한중록〉에는 세자가 먼저 자리를 떠난 이유를 아래와 같이 기술했다.

삼간에는 부모를 아니 뵈지 못 하오셔 소조와 나를 오라 하시니 세손 빈궁 볼 일 기쁘고, 또 소조께서 어찌 다녀오실꼬 갑갑 조이더니 염려에 어긴 일이 어이 있으리오. 소조께서 의대 병환으로 일습을 다 여러 번 가오시니 망건도 그대로 여러 번 가시는지라, 도리 옥관자를 지당치 못하여 그날 공교히 통정 옥관자를 붙이고 가 계시더니, 사현합에서 대소조가 만나오시니, 어찌 순히 감鑑하오실 성념聖念이 계시리오마는 이미 자식의 대사를 보이려 데려와 계시니, 그 통정 옥관자가 호반의 관자같이 크고 고이하여 저 군다오섬작지 아니하오시나, 그에서 더한 일이 많은데 그 관자일이 무슨 그대도록 대사관데 미처 처녀가 들어오지 못하여서 그 관자일로 기노起怒하오셔 보지 말고 돌아가라 하시니, 그 일은 실로 하 섧고 아니 하심직한 일로 차마 어이 그리 하시는고. 며느리 보도 못하시고 가시는 일이 어떠하시리오. 어이 그 화증을 아니 내시고 공순히 내려가시던고 싶으며 나는 나중에 죽을 변을 당할 양으로 올라왔으니, 세손빈을 보고 가려하여 겨우 삼간을 지내고 생각하니, 소조의 삼간까지 아니 뵈옵기가 정리에 박절하고 일도 어지러울 듯하여, 그 때 중궁전께와 선희궁이시며 옹주더러 "별궁 길이 창덕궁을 지나니 위에 여쭙지 않고 자하로 데려가기 황공하오나 아마 뵈옵겠압나이다" 하니 의논이 구일하거늘, 협시내관더러 일러 "아랫 대궐 지날

170

때 연輦과 같이 들게 하라"하여 데리고 오니, 소조께서 차마 마음이 좋지 못하게 가 계시다가 보오시도 못하고 무단히 내려오서 어이없고 설우셔 덕성합에 잠연히 누워 계시거늘, "세손빈 데리고 오옵나이다" 하니 반기오셔 그 며느리를 어루만져 기특 좋아하시고 밤에야 별궁으로 보내니, 사세 하릴없어 데려와 뵈왔으나 대조를 기이온 듯 죄송죄송 하더니라.

한중록

'사현합'에서 부자가 만났을 때 영조는 세자의 옥관자가 세자답지 못하다면서 삼간택 후보들이 들어오기 직전에 돌아가라 한다. 작자는 사소한 관자 때문에 며느리도 보지 못하게 하는 영조의 처사가 원망스러웠다. 그때 자신도 남편과 같이 떠났어야 했지만 나중에 죽을 변을 당하더라도 모든 절차를 보았다고 한다. 그러나 시아버지인 세자가 삼간이 되도록 며느리를 보지 못하는 것은 너무나 박절하고 정리에 어긋난다고 생각되었다. 그리하여 중궁전, 선희궁, 화완옹주와 의논하여 세손빈이 별궁으로 가는 길에 창덕궁에 들리게 하였다. 한편 쫓겨내려 온 세자는 서러운 마음을 억누르고 덕성합에 누워 있다가 "세손빈 데리고 오옵나이다"하니 무척 좋아하며 밤이 되어서야 별궁으로 보냈었다. 그러나 임금의 허락을 받지 않고 한 행동이라 대조를 속인 것 같아 죄송죄송 했다고 회고한다.

영조 38년(1762) 2월 2일, 세손(정조)의 가례嘉禮날이 되었다.

가례는 이월 초이일로 택일하니 어서 날수 가 가례 순성順成하기만 졸이는데, …… 초 이일 "세손을 데리고 오라" 하시니 세손은 먼저 가시고, 그날

가례 이튿날 임금과 왕비, 세자와 세자빈이 한 곳에서 세손빈의
절을 받는 조현朝見의식이 있었다. 양전(왕과 왕후), 양궁(세자와 세자
빈)이 일전一殿에서 세손빈 조현朝見을 받았다. 당시 양전은 광명전 북
벽北壁에 앉고, 동궁 좌석은 동편에 혜경궁과 같이 앉았다. 어린 신
부의 발걸음이 늦어 시간이 오래 걸리자 서로 말도 하지 않고 보기
싫은 기색을 하고 있으므로 혜경궁이 직접 나서서 세손빈을 재촉하
여 폐백을 무사히 마칠 수 있었던 것이 천만다행이었다고 회고한다.
그때 임금은 대례를 못 보게 할 수 없어 억지로 참고 있다가 조현이
끝나자 동궁에게 행차령을 내리고 세자빈은 삼일을 보고 가라고 명
하지만 혼자 있기 난처하여 뒤따라 내려온다. 삼일 후 세손과 빈궁
이 창덕궁으로 내려오니 세자가 기다리다 무척 좋아하면서 특별히
사랑하였다. 세손빈이 어린 나이였지만 사도세자가 죽은 후에 매우
애통해하였고 세월이 갈수록 추모함이 더하여 말씀이 미치면 울지
않을 때가 없는 것은 그때 자애를 받은 효성 때문이라고 회고한다.

## 3. 을미년乙未年에 대리정사代理政事를 하다

을미년은 영조 51년(1775)으로 왕은 82세고, 세손은 24세였다. 그해 11월 20일 영조는 왕세손과 대신들에게 세손에게 대리청정하는 의사를 물으면서 왕세손이 정치하는 모습을 보고 싶다고 아래와 같이 말한다.

"신기神氣가 더욱 피곤하니 비록 한 가지의 공사公事를 펼치더라도 진실로 수응酬應하기 어렵다. 이와 같은데도 어찌 만기萬幾를 수행하겠느냐? 국사國事를 생각하느라고 밤에 잠을 이루지 못한 지가 오래 되었다. 어린 세손이 노론老論을 알겠는가? 소론少論을 알겠는가? 남인南人을 알겠는가? 소북少北을 알겠는가? 국사國事를 알겠는가? 조사朝事를 알겠는가? 병조 판서를 누가 할 만한가를 알겠으며, 이조 판서를 누가 할 만한가를 알겠는가? 이와 같은 형편이니 종사宗社를 어디에 두겠는가? 나는 어린 세손으로 하여금 그것들을 알게 하고 싶으며, 나는 그것을 보고 싶다. 옛날 나의 황형皇兄은 '세제世弟가 가可한가? 좌우左右가 가한가?'라는 하교를 내리셨는데, 지금의 시기는 황형이 계실 때에 비하여 백배가 더할 뿐이 아니다. 전선傳禪한다는 두 자字를 하교하고자 하나, 어린 세손의 마음을 상하게 할까 두려우므로 말하지 않겠다. 그러나 청정聽政하는 일에 이르러서는 본래부터 국조國朝의 고사故事가 있는데, 경등의 생각은 어떠한가?" 하니, 홍인한이 말하기를, "동궁은 노론이나 소론을 알 필요가 없고, 이조 판서이나 병조 판서를 알 필요도 없습니다. 더욱이 조사朝事까지도 알 필요 없습니다" 하였다. 여러 대신大臣들이 말하기를, "성상의 안후가 더욱 좋아지셨습니다" 하니, 임금이 이르기를,

"내 뜻은 이러한데 경등이 몰라주니 참으로 개탄스럽도다." …… 이때 임금의 연세가 이미 대질大耋에 올라 몸에 병이 해마다 더 많아지니 조용히 조섭을 하는 중에 늘 군국軍國의 여러 가지 일들로 근심하였다. 이해 10월 7일에 연화문延和門에서 상참常參을 행하였는데, 담후痰候가 매우 심하여 여러 신하들이 감히 일을 아뢰지 못하고, 임금은 곧 대궐로 돌아와서 왕세손에게 하교하기를, "지난 여름 너에게 명례궁明禮宮의 일을 살펴보도록 명하였는데, 이는 비록 작은 일이지마는 궁부宮府와 다를 것이 없다. 근래의 대소 사전祀典에 꼭 너를 시켜 대신 섭행하게 한 것은 내가 깊이 생각한 것이다. 오늘 나의 근력을 시험하여 보려고 하나, 스스로 버틸 방도가 전연 없다. 어린 세손이 숙성하여 나를 지성으로 섬기니, 결단코 나의 소망을 저버리지 않을 것이다. 이때를 당하여 기무機務를 대신 듣게 한다면 내 생전에 친히 볼 수 있을 터이니, 어찌 빛나고 아름답지 않겠느냐?"하니, 왕세손이 감히 대답하지 못하였다.

영조 51년 11월 20일

이에 대하여 사신은 아래와 같이 말한다.

신臣이 삼가 살펴보건대, 옛날의 성인은 장차 천하를 다른 사람에게 전하기 위하여 반드시 천하를 다스리는 법까지 전하여 주었으니, 대순大舜이 전한 정일 집중精一執中의 훈계가 이것이다. 다만 이 두 편의 어제御製는 곧 우리 성조聖祖께서 50년 동안 몸소 실천하고 마음에 체득한 것을 모훈謨訓으로 삼는 글을 내놓아 우리 성상聖上에게 넘겨 주었으니, 부탁의 친절함과 주고 받음의 광명光明은 참으로 훌륭하였다. 아! 성상聖上께서 수고로움을 쉬시고 조융히 조섭을 하시는 때를 당하여 종사宗社가 의지할 것이나 신민臣民이 바라는 바가 오직 우리 왕세손뿐인데, 국사나 조정朝政을 우리 세손께서 알지 못하면 누가 알아야 하겠는가? 또 더군다나 실패한 아버지의 대를 이은 적자로서 떳떳한 직분인 대리 청정代理聽政하는 것은 열성列聖의 고사故事에 있는 것이겠는가? 진실로 국사國事에 몸담은 대신이 있다면, 본디 명령하지 않아도 뜻을 받들어야 할 것이다. 그런데 아! 저 적신은 보필輔弼하는 지위에 있으면서 임금의 간곡하신 하교를 듣고도 오만하게 감동하지 않을 뿐 아니라 이내 감히 공공연히 드러내놓고 저희沮戱하여 그 말이 비할 데 없이 아주 극도로 패악하여 신하의 예禮를 회복할 수가 없었다. 우리 성상께서 부탁하고 수수授受하신 고심苦心과 대계大計로 하여금 달포가 지나도록 시간을 끌게 해서 막고 시행하지 못하게 하였다. 그가 안팎으로 체결締結하고 앞뒤로 선동煽動한 죄를 살펴보면 우선 그 죄는 셀 수 없을 정도인데, 곧 이 하나의 연주筵奏를 가지고 보더라도 반역하려는 마음이 드러난 것이요, 역적의 죄안罪案이 갖추어진 것이다. 조진朝診 때에 홍인한이 '세 가지 알 필요가 없다는 말三不必知說'로써 임금에게 우러러 대답하였는데 혜경궁惠慶宮께서 이 말을 듣고 작은 종이에 써서, 반드시 수고를 덜고자 하는 성상의 뜻이라고 자세하고도 간곡한 하교를 홍인한에게 통지하였으나, 그가 석연夕筵에 이르기까지도 주대奏對한 것은 조진朝診 때와 같았다. 아! 만일 홍인한이 과연 성상의 본뜻을 알지 못하고 조금도 딴마음이 없었다면 '세 가지 알 필요가 없다'는 말은 신자臣子로서 감히 입에서 나올 것이 아닌 것이다. 그런데 조진朝診 때에 대답한 것은 그래도 임금의 마음을 알지 못하고 당황한 마음을 미봉하려고 하였다는 핑계를 댈 수도 있다. 그러나 마침내 혜경궁의 글을 본 뒤에 입시하여 주대奏對한 것도 또다시 전과 같았으니, 조진 때엔 비록 임금의 마음을

알지 못했다고 하더라도 이미 알고 난 뒤에도 그 말이 똑 같았다면 그에게 과연 딴 마음이 없었겠는가? 이런 까닭으로 홍인한 일당이 이 일에 대하여 발명發明하려고 하였으나 참으로 수고를 덜고 싶어 하는 성상의 뜻임을 몰랐다고 하는 등의 말에 이르러서는 오히려 감히 내어놓고 공공연히 말하지 못한 이것은, 그날의 글로써 알린 뒤에도 오히려 다시 사실과 배치背馳되었기 때문이다. 그가 먹은 마음의 자취가 나타난 것이 이와 같았으니 비록 그들이 생사生死를 같이하는 당黨으로 하여금 변명하게 하더라도 그 사이에 딴 뜻이 없었다고 감히 말하겠는가?

영조 51년 11월 20일

이때 좌의정 홍인한은 '세 가지 알 필요가 없다는 말三不必知說'을 한다. 이것이 유명한 '삼불필지설'이다. 인용문에 "혜경궁惠慶宮께서 이 말을 듣고 작은 종이에 써서, 반드시 수고를 덜고자 하는 성상의 뜻이라고 자세하고도 간곡한 하교를 홍인한에게 통지하였으나"라는 대목이 있다. 그러나 〈한중록〉에는 자신이 강력하게 세손의 대리정사를 반대하라고 했다고 한다. 을미년은 영조가 승하하기 전해이다. 이때 영조는 정신이 혼미하여 제대로 정사를 돌볼 수 없는 형편이었다고 〈한중록〉에 아래와 같이 기술되었다.

그때 영묘께오서 "내가 안혼하여 낙점을 손수 못하고 좌우들을 시켜 부표를 시키고, 다른 공사는 다 내관의 손에 맡겼으니, 경묘께서 세제 가호世弟可乎아 좌우가호左右可乎아 말씀 같아서 나는 세손을 맡기고자 하노라"

한중록

이 대목은 영조 자신이 손수 정사를 처리할 수 없으므로, 선왕 경종이 자신에게 대리시킬 때 한 말을 인용하면서 세손에게 대리를 시키려 한다는 대목이다. 당시 영조의 건강상태는 매우 심각하여 위의 인용문 외에도 〈한중록〉에는 "그 때 성수 높자오시고 담후가 자로 오르오셔 매사에 분간치 못하시는 때 많았다"는 등 고령의 영조를 상상할 수 있는 부분이 많다. 『영조실록』에도 왕의 병세와 탕제에 관한 대목이 늘 있었다. 당시 82세의 영조는 아래와 같이 헛소리도 자주 한다.

영묘께오서 정신이 점점 혼현昏眩하오셔 섬어譫語를 반넘어 하오시니, 그 때 정시령庭試令도 내리오시고, 일 없이 진하령進賀令도 내오시고, 숙종조肅廟朝 재상 김진구金鎭龜를 "양바제조 제수하라" 이런 전교를 다 하오시다가, 정신이 깨치오시면 뉘웃자오시고, "어찌 반포를 할까보니" 하실 적이 잦으니 동궁이 어른 저군儲君으로 계시니 국본이 튼튼한지라, 나라 안위가 대리하고 아니하기에 갈라지 않을 듯하고, 영묘께오서 대리하실 하교를 하신 후 안으로 정처는 "나라 큰일이니 모르노라" 하니 중부는 그 때 정처가 조용히 영묘께 도두어 대리로 올모를 놓고, 만일 거연히 봉승奉承하거든 야단을 내려 하는 줄 꼭 알고 영묘 "대리하자" 하시는 말씀이 다 시험하는 말씀으로 알아 의구疑懼하고 황겁하여 그저 미봉만 하여 가려 하기 인사상人事上으로 "저런 하교를 어이 하시옵나니이까. 신자臣子가 되어 어찌 감히 봉승하오리이까" 이리하여 목전을 애과하고, 영묘께오서 정신이 점점 혼현昏眩하오셔, 섬어를 반넘어 하오시니 그 때 정시령도 내리오시고, 일 없이 진하령도 내오시고, 숙묘조 재상宰相 김진구金鎭龜를 "약방제조藥房提調 제수除授하라"

이렇게 영조가 헛소리를 많이 하였으므로 혜경궁은 영조의 참뜻
을 알아보기 위하여 특별한 사랑을 받고 있는 화완옹주에게 먼저
물어보았다. 그때 옹주로부터 "나라의 큰일이므로 모른다"는 대답
을 듣는다. 당시는 화완옹주도 영조의 비호를 철저하게 받기 어려
운 상황이었지만 혜경궁은 알지 못하였다. 행여 화완공주가 또 무
슨 권변權變을 부리려고 대리정사 이야기가 나오는 줄 알고 전일 세
자가 대리할 때와 같은 일이 반복될 것이 두려웠었다. 이렇게 대리정
사로 세손을 시험하는 줄 알고 반대한 것이지 진심으로 대리를 막
은 것은 아니었다. 당시 상황을 오판한 혜경궁의 뜻에 따라 중부 홍
인한은 화완옹주의 양자 정후겸과 결탁하여 대리를 저해하게 된
다. 혜경궁은 '대리'라는 두 글자만 들어도 심담이 떨리도록 두렵고,
또한 국본이 튼튼하니 나라의 안위安危를 걱정할 처지가 아니었기에
극구 말렸다고 한다. 실제로 사도세자의 대리정사가 화근의 한 단
초가 된 것은 사실이다. 과거에 그러한 경험을 한 혜경궁이 대리를
두려워한 것은 한갓 기우로만 볼 수 없었다.

11월 30일, 영조는 긴요하지 않은 공사는 동궁에게 들여보내도록
명하였는데 좌의정 홍인한이 또 반대를 하자 영조가 진노하였다. 그

후에도 몇 차례 대리를 명하려 하면 신하들과 세손이 거두기를 청하는 일이 계속되었다. 영조 51년(1775) 12월 7일 영조는 대리청정이 안 된다면 왕위를 물려주겠다며 대리청정의 절차를 밟게 하여 세손에게 서정庶政을 대리청정하게 한다. 이렇게 하여 대리정사는 시작되고 대리정사를 만류하던 홍인한은 정조 즉위 초에 화를 당한다. 정조 즉위년(1776) 4월 7일 홍인한은 여산부礪山府에 귀양 되었다가 7월 5일 사사賜死되었다.

## 4. 조선조 22대 왕이 되다

아비를 살려달라고 애원하던 11세의 소년은 영조 승하(1776년 3월 5일) 후 25세에 왕이 되었다. 즉위 직후 다음과 같이 말하였다.

아! 과인은 사도세자思悼世子의 아들이다. 선대왕께서 종통宗統의 중요함을 위하여 나에게 효장세자孝章世子를 이어받도록 명하셨거니와, 아! 전일에 선대왕께 올린 글에서 '근본을 둘로 하지 않는 것不貳本'에 관한 나의 뜻을 크게 볼 수 있었을 것이다. 예禮는 비록 엄격하게 하지 않을 수 없는 것이나, 인정도 또한 펴지 않을 수 없는 것이니, 향사饗祀하는 절차는 마땅히 대부大夫로서 제사하는 예법에 따라야 하고, 태묘太廟에서와 같이 할 수는 없다. 혜경궁께도 또한 마땅히 경외京外에서 공물을 바치는 의절이 있어야 하나 대비大妃와 동등하게 할 수는 없으니, 유사有司로 하여금 대신들과 의논해서 절목을 강정講定하여 아뢰도록 하라. 이미 이런 분부를 내리고 나서 괴귀怪鬼와

이와 같이 정조는 자신이 사도세자의 아들이지만 백부(효장세자)
의 대통을 잇고 있음을 분명히 하고 혹 생부를 추숭하자는 자는 형
률로 다스리겠다 하여 죄인의 아들이라는 정치적 부담을 차단한다.
그러나 사람의 인정 또한 펴지 않을 수 없으니 생부는 대부의 예로,
어머니도 대비와는 동등하게 하지 않겠다고 분명히 함으로써 어머
니보다 젊은 할머니(정순왕후)의 우려도 불식시킨다. 즉위 첫날 "아!
과인은 사도세자의 아들이다"한 것으로 보아 아버지는 그에게 정치
적인 부담과 함께 남몰래 가슴에 간직하고 틈틈이 꺼내보았던 거울
과 같은 존재였음을 알게 한다.

이로부터 얼마 지나지 않아 정조가 우려했던 상소가 있었다. 정
조 즉위년(1776) 8월 6일, 유생 이응원李應元이 자신은 영남에 사는
종성宗姓으로 서민들의 생각을 대변한다면서 사도세자의 죽음에 의
문점이 있으니 시시비비를 가려 처단할 것을 장황하게 고사를 예
로 들며 청하는 내용이었다. 이에 정조는 선대왕(영조)과 선친에 대
역을 범한 것이라 하여 이응원과 그의 아버지 이도현李道顯을 엄하게
국문함으로써 임오화변에 대한 이야기가 재론되지 못하도록 못을
박는다.

## 5. 아버지의 묘를 수원으로 옮기다

임오화변 후 사도세자를 현재 서울시 동대문구 휘경동에서 장사 지내고 묘호는 수은묘垂恩廟라 했다. 그 후 정조 즉위년 3월 20일에 사도세자思悼世子의 존호尊號를 추후하여 올려 장헌莊獻이라 하고, 수은묘의 봉호封號를 영우원永祐園으로, 사당을 경모궁景慕宮으로 고쳤다. 정조는 즉위 초부터 사도세자의 묘가 초라하고 자리도 좋지 않음을 근심하다가 정조 13년(1789) 7월 11일 고모부 박명원(화평옹주의 남편)의 상소로 영우원을 수원으로 옮길 것을 결정한다. 그날 『정조실록』은 정조의 마음을 아래와 같이 전한다.

영우원永祐園을 천장遷葬할 것을 결정하였다. 이 원침園寢의 형국이 옅고 좁다고 여겨 즉위 초부터 이장할 뜻을 가졌으나, 너무 신중한 나머지 세월만 끌어온 지가 여러 해 되었다. 이때에 이르러 금성위錦城尉 박명원朴明源이 상소하기를, …… "우리 성상께서 갑오년에 원園을 처음으로 참배하신 때로부터 병신년에 즉위하신 뒤에 이르기까지 걱정하신 일념이 오직 원소의 안부에 계시어, 새벽에 종소리를 듣고 밤에 촛불을 대하실 때 깊은 궁중에서 눈물을 뿌리신 것이 얼마인지 모르며, 봄비가 오고 가을 서리가 내릴 때이면 조회에 임해서도 자주 탄식하셨다는 것을 신이 여러번 들었습니다. 병신년 초에 천장해 모실 것을 연석筵席에서 처음으로 발언한 사람이 있었다고 하는데 성상께서도 아마 기억하고 계시리라 생각합니다" …… "어리석게도 지금까지 밤낮으로 가슴속에 담아 두고 답답해하기만 하였는데 경의 요청이 이런 때에 이르렀으니 대신과 여러 신하들에게 물어 결정하겠다"하고,

**영우원**
사도세자의 능(陵)으로, 현재의 서울시 휘경동에 장사 지내고 묘호는 수은묘(垂恩廟)라 하다가 정조 즉위년에 추후하여 봉호(封號)를 영우원으로 사당을 경모궁(景慕宮)으로 고쳤다.

이어 대신·각신閣臣·예조 당상과 종친부·의빈부·삼사의 2품 이상을 희정당으로 불러 접견하고서 승지에게 명하여 박명원의 소를 읽게 하였다. 대신과 예조 당상들이 한 목소리로 빨리 성명成命을 받들기를 청하니, 상이 눈물을 삼키며 목메인 소리로 이르기를, "나는 본래 가슴이 막히는 증세가 있는데 지금 도위都尉의 소를 보고 또 본원本園에 대해 언급하는 경들의 아룀을 들으니 가슴이 막히고 숨이 가빠지는 것을 스스로 금할 수 없다. 갑자기 말을 하기가 어려우니 계속 진달하지 말고 나의 기운이 조금 내리기를 기다리라"하였다. …… 갑오년에 성묘省墓하고 나서부터 옮겨 모셔야겠다고 계획하였으나 새로 정하는 자리가 지금의 자리보다 천만 배 나은 뒤에야 거의 여한이 없을 수 있을 것인데, 오늘날 행용行用하는 지사地師로서 누가 땅속의 일을 분명히 알 수 있겠는가. 도위도 병신년에 옮겨 모시자는 의논이 있었다고 하였거니와, 대체로 즉위한 처음부터 간절한 나의 일념이 오직 이 일에 있었다. …… 나라 안에 능이나 원園으로 쓰기 위해 봉표 해 둔 것 중에서 세 곳이 가장 길지吉地라는 설이 예로부터 있어 왔는데, 한 곳은 홍제동弘濟洞으로 바로 지금의 영릉寧陵이 그것이고, 한 곳은 건원릉健元陵 오른쪽 등성이로

182

바로 지금의 원릉元陵이 그것이고, 한 곳은 수원읍水原邑에 있는 것이 그것이다. …… 내가 수원에 뜻을 둔 것이 이미 오래어서 널리 상고하고 자세히 살핀 것이 몇 년인지 모른다. 옥룡자의 평評이 그 속에 실려 있는데, 그의 말에 '반룡 농주의 형국이다. 참으로 복룡 대지福龍大地로서 용龍이나 혈穴이나 지질이나 물이 더없이 좋고 아름다우니 참으로 천 리에 다시없는 자리이고 천 년에 한 번 만날까 말까 한 자리이다.' 하였으니, 이곳이야말로 주자朱子가 이른바 종묘 혈식 구원宗廟血食久遠의 계책이란 것이다. "천장해 모시는 일은 사체가 막중하므로, 본원本園의 제사 의식도 태묘太廟에 버금가는 것으로 대부大夫의 예를 사용해서 제사할 것이니 종호사摠護使를 차출하는 것이 마땅하다. 이런 때에는 삼공三公을 의당 갖추어야 할 것이다. 종호사의 임무는 으레 영의정이 관장하는 것이니, 좌상과 우상은 복상卜相한 뒤에 가서 봉심奉審하라" 하였다.

정조 13년 7월 11일

정조 13년(1789) 7월 15일에는 영우원의 천장을 위해 수원읍 소재지를 팔달산 밑으로 옮기고, 광주의 두 면을 수원에 붙인다. 8월 9일에는 신원新園의 호를 '현륭顯隆'이라고 의논해 정하였다.

영우원에 나아가 계원례啓園禮를 행하였다. 어가가 안락재安樂齋에 이르렀을 때 격기膈氣가 매우 심해졌는데 가마를 멈추고 잇따라 탕약과 환약을 든 후 재실에 들어갔다. 판중추부사 서명선徐命善 등이 아뢰기를, "금일의 길시吉時는 묘시 말고도 또 사시와 신시가 모두 길하다고 합니다. 신·사 양시로 물리신 뒤 햇살도 조금 퍼지고 격기도 조금 가라앉기를 기다렸다가 예를

183

정조 13년 8월 12일

영우원에 전배하는 날이면 정조가 너무 심하게 곡을 함으로 신하들이 곡읍哭泣은 자잘한 예절에 불과하다고 아뢴다. 그러나 정조 13년(1789) 8월 20일에 또다시 심하게 곡을 하여 구역질을 하며 정신을 잃을 지경에 이르기도 하였다. 이후부터 10월 16일 현륭顯隆공사를 마칠 때까지 여러 차례 공사 현장에서 가슴을 치며 울부짖다가 기절하기도 하여 많은 사람들을 놀라게 한다. 10월 2일 현궁玄宮을 꺼내는 날, 아들의 건강을 염려하여 어머니는 여러 차례 환궁할 것을 권하는 편지를 보낸다. 어머니의 편지를 받은 정조는 어머니의 마음을 편안하게 하려면 아버지에 대한 마음을 다할 수 없음을 한탄하

184

면서 총호사 채제공에게 "반드시 내가 돌아올 때까지 기다리도록 하어 나로 하여금 천고에 슬픔을 미금게 말라"히고 창경궁으로 환궁한다. 『정조실록』에는 그날의 일을 아래와 같이 기록하였다.

혜경궁惠慶宮이 금성위 박명원에게 봉서를 내렸다. 상이 언교諺敎를 열람하고서 이르기를, "자궁慈宮의 이 말씀은, 어제 저녁에 떠나올 적에 백 번도 더 넘게 들었으니, 내 속이 금석金石 같지 않은 바에 어찌 억제할 수 있겠는가. 내가 직접 현궁玄宮을 꺼낼 때 살펴보느라 신경 쓰고 애태울 것을 염려하시어 이제 또 의빈儀賓에게 글을 보내왔다. 만약 자전의 마음을 누그러지게 하려면, 천고에 처음 당하는 이 상사喪事에 나의 정례情禮를 다할 수가 없게 되고, 현궁을 뵐 때에 슬픔을 쏟아내려 하면 자궁의 편찮은 증세를 즉시 진찰해서 처방할 수 없는 실정이니, 예전이나 앞으로나 어찌 나의 오늘 같은 정리情理가 있을 것인가. 개봉開封할 즈음에 한 차례 곡조차 할 수 없게 되는 것은, 경들 역시 인정을 갖고 있으니 어찌 차마 나로 하여금 이렇게 할 수 있겠는가"하니, 박명원이 울먹이면서 아뢰기를, "자교慈敎가 또 내렸습니다. 전하께서 환궁을 하지 않으시면, 장차 무슨 말로 복명하겠습니까"하였다.

궁을 지키던 각신閣臣 이복원李福源이 "혜경궁의 신기가 자꾸만 어지러워지고 있는데 환궁하신 후에야 수라를 들겠다고 한다"고 치계하였다. 명선 등이 아뢰기를, "지금 환궁을 하였다가 오후에 환가還駕를 하시면, 충분히 개봉하기 전에 올 수가 있습니다"하니, 상이 총호사 채제공에게 이르기를, "반드시 내가 돌아올 때까지 기다리도록 하여 나로 하여금 천고에 슬픔을 머금게 하지 말라"하고는, 인하여 창경궁으로 돌아왔다. 하교하기를, "지금으로서는 자전의 마음을 누그러지게 하는 일이 시급하다. 현궁玄宮을 내릴

정조 13년 10월 2일

10월 3일, 정조는 아침과 낮에 제사를 지내고 아버지의 관을 부여잡은 채 핏빛 같은 눈물을 흘린다. 이튿날(10월 4일)에도 원소에서 옛날 관을 모셨던 곳에 물이 한 치나 고이고 많이 훼손된 것을 보며 지난 일을 생각하여 눈물을 흘리며 애통해하였다. 10월 5일 상여가 새로 조성한 수원으로 출발하자 말을 타고 뒤따르면서 곁의 신하들에게 묻기를, "내가 정신이 혼미하여 살피지 못하는데 대여大轝를 편안히 받들고 있는가?"하니, 모두 말하기를, "장막을 쳐다보건대 조금도 흔들리지 않는 것이 마치 쟁반에 물을 담은 듯합니다"하자, 마음을 놓고 환궁했다. 10월 7일 정조가 새로 조성한 묘에 나아가 걸어서 주산主山의 봉우리에 올라갔다가 내려와 "이 산의 이름이 화산花山이니 만큼 꽃나무를 많이 심는 것이 좋겠다"했다. 이날 해시(오후 9시~11시)에 현궁을 내렸다. 10월 8일 정조는 날이 밝기도 전에 원소에 나아가 역사役事를 감독한 후 서울로 떠나 10월 9일에 환궁했다. 정조 14년(1790) 새해 첫날 "천봉을 한 뒤에 처음으로 신정新正을 맞게 되니 어린애나 다름없는 그리움이 더욱 깊어진다. 이로부터 해마다 빠짐없이 원행을 할 것이다"(정조 14년 1월 1일)라는 기록에서 아버지를 향한 정조의 마음을 읽을 수 있다.

정조 19년(1795)은 아버지(1월 21일)와 어머니(6월 18일)의 회갑년이다. 정조가 2월 9일에서 16일까지 거행한 8일간의 화성(수원) 행차는 어머니 혜경궁의 회갑을 축하하고 현륭원顯隆園에 모신 아버지의 한 많은 영혼을 위로하려는 효심에서였다. 을묘원행乙卯園行의 감회를 어머니는 아래와 같이 기술했다.

기유년에 원소를 수원으로 이봉移奉하시나 그 때 재궁도 뵈옵지 못하고 슬픔이 심하더니 주상이 당신 추모 심하시므로 어미 뜻을 받아 "원행을 한 가지로 하자" 하시고 데리고 가시니, …… 원상園上에 올라 모자 손을 잡고 분상墳上을 두드려 억만 지통을 울음으로 고하니, 궁양穹壤이 망망하고 유명이 막막하여 새로이 망극함이 측량치 못하나 작년에 거동하셔 애통을 과히 하셔 억색하게 지내시니, …… 이번도 하 설우셔 용루가 숙초에 다 젖으니 내 또한 경심驚心하여 스스로 관억하고 주상을 붙들어 모자 위로하여 북받치는 설움을 서로 억제하니, 이 때 정사는 무심한 석인도 필연 감동할 것이요, 두 군주가 따라 올라 그 설움이 더욱 어찌 형용하리오. 주상이 원소 이봉하옵기로 수십 년을 경영하셔 대사를 이루시니, 그 때의 진심초려盡心焦慮하셔 성효가 뛰어나시니 아드님 잘 두오심을 내 감동하였더니, …… 내 명완命頑은 갈수록 그지없어 스스로 염치없이 살은 줄 부끄럽고 설운 중 생각하니, 천붕지탁天崩之坼 할 제 주상이 십 세 갓 넘으신 충년이시러니 천간만난天艱萬難 중 무사히 성장하셔 보위寶位에 오르시고 청연형제 십세 안 유아러니 끼치신 골육을 간신히 보전하여 거느리고 와 내 당신 자녀 성취함을 암암暗暗이 고하니 이 한마디는 내 살았음이 유광타고도 하리로다. 내려갈 제 주상이 내 가교 뒤에 바롯 서시고 …… 노인의 안부를 보보步步에 물으시니, 원소 다녀온 익일에 화성행궁에 대연을 배설하여 …… 우리 주상이 옥수에 금배를 친히 잡아 이 노모에게 헌수獻壽하시니 …… 석일昔日 추모하는

그 후 정조는 늘 어머니께 갑자년(1800)이 되어 원자(순조)의 나
이가 15세가 되면 왕위를 물려주고 어머니와 함께 화성에서 살면서
아버지와 관련된 일에 자손으로 하지 못했던 일을 하리라고 다짐한
다. 혜경궁에 의하면 정조가 즉위 초에 자신이 처분했던 "외가 일은
갑자에 큰일을 이룬 후 한 가지로 소석하여 모자의 지한至恨이 한 때
에 풀리리라"하면서 "오늘 한 사람을 사하고 내일 한 사람을 사하여
사람은 막히인 사람이 없고 집은 폐한 집이 없게 하여 태화원기 가
운데 있게 하리라" 말하자, "그 때에 내 나이 칠십이요, 내가 칠십 흡
만하온즉 살기가 어렵고, 혹 오늘날 말과 어기면 어찌 하리"하였더
니 "설마한들 칠십 노친을 속이랴"라고 하시기에 작자는 갑자년을
금석金石같이 기다렸었다고 〈한중록〉에 기술했다.


## 6. 갑작스러운 죽음

혜경궁은 68세에 집필한 3편의 첫 부분에 아래와 같이 기술했다.



188

오. 모자 양인兩人이 경경상의하여 백 번 창상滄桑을 지내고 만년영록을 받아 국가의 무강지복無疆之福 보기를 기다리더니, 황천이 무슨 뜻으로 중도에 선왕을 앗으시니 고금 천하에 이런 혹화酷禍가 어이 있으리오. …… 이제 선왕을 잃고 또 이어 천만무죄한 동생을 참화를 입게 하니 내 불열不烈 부자不慈 불효不孝 불우不友한 사람이 되니, 천지간에 무슨 면목으로 일일一日이나 유세할 마음이 있으리오마는, 유주를 권연하고 모진 목숨이 썩 끊어지지 아니하여 지금 구차히 투생하니 나 같이 혼용나약한 사람이 다시 어이 있으리오.

한중록

갑자기 아들을 잃은 혜경궁은 "무슨 면목으로 하늘의 해를 볼 수 있겠는가?"라고 통곡한다. 정조가 너무나 갑작스럽게 세상을 떠났으므로 오늘날에도 죽음에 대한 의혹이 끊임없이 제기되곤 한다. 『정조실록』에는 정조가 승하하기 직전의 급박한 상황들이 세밀하게 기록되었다. 그 중 몇몇을 아래와 같이 정리해 본다.

내의원 제조 서용보를 편전으로 불러 진찰을 받다 상이 이달 초열흘 전부터 종기가 나 붙이는 약을 계속 올렸으나 여러 날이 지나도 효과가 없으므로 내의원 제조 서용보徐龍輔를 편전으로 불러 접견하였다. 용보가 안부를 묻자, 상이 이르기를, "밤이 되면 잠을 전혀 깊이 자지 못하는데 일전에 약을 붙인 자리가 지금 이미 고름이 떠졌다"하였다. 의관 백성일白成一·정윤교鄭允僑 등을 불러들여 약을 붙였던 자리를 진찰하도록 명하고, 분부하기를, "등 쪽에 또 종기 비슷한 것이 났는데 지금 거의 수십 일이 되었다. 그리고 옷이 닿는 곳이므로 삼독麻毒이 상당히 있을 것이다"

정조 24년 6월 14일

189

병을 조리하는 중이라도 잠자기 전에는 망건을 벗은 적이 없기 때문에 지금도 머리를 묶어 싼 채로 접견하고 있지만 함께 상대하기가 매우 힘들다.

정조 24년 6월 15일

높이 부어올라 당기고 아파 여전히 고통스럽고, 징후로 말하면 한열寒熱이 일정치 않은 것 말고도 정신이 흐려져 꿈을 꾸고 있는지 깨어 있는지 분간하지 못할 때도 있다.

열 증세는 이들의 말이 그럴 듯하다. 대체로 한열寒熱이 번갈아 일어날 때 가슴의 기운이 올라와 식히기 때문에 열은 조금 줄어든 것 같다.

정조 24년 6월 21일

심인沈鏔과 정윤교鄭允僑를 들어오게 하라. 밤이 깊은 뒤에 잠깐 잠이 들어 잠을 자고 있을 때 피고름이 저절로 흘러 속적삼에 스며들고 요자리에까지 번졌는데 잠깐 동안에 흘러나온 것이 거의 몇 되가 넘었다. 종기 자리가 어떠한지 궁금하므로 경들을 부른 것이다.

정조 24년 6월 25일

식전에는 조금 나은 것 같았으나 오후에는 구미가 완전히 변해 전혀 먹을 수가 없었다. 이것은 순전히 열 증세인데 요즘은 입안이 마르는 일이 없으므로 찻물도 찾아 마시지 않으니 이 또한 이상하다.

정조 24년 6월 25일

약원 제신을 불러 접견하였다. 좌의정 심환지沈煥之가 안부를 묻자, 상이

이르기를,

  "몸을 움직이는 것은 조금 낫지만 통증은 완전히 가시지 않았다"

하고, 이시수가 아뢰기를,

  "잠자리는 편안하셨습니까?"

하니, 상이 이르기를,

  "어젯밤도 편히 눈을 붙이지 못했다"

하고, 시수가 아뢰기를,

  "수라도 자주 드셨습니까?"

하니, 상이 이르기를,

  "수라는 완전하게 다 맛보지 못하고 원미元味만 조금 먹었다"

하고, 환지가 아뢰기를,

  "원미라도 자주 드시면 반드시 유익할 것입니다"

하였다. 심연·정윤교에게 약을 붙일 것을 명하였다. 시수가 아뢰기를,

  "신은 눈이 어두워 자세히 알 수 없으나 부어오른 곳이 어제보다 더 낮아

진 것 같습니다"

하고, 심연은 아뢰기를,

  "어제 아침에 보았을 때보다 훨씬 낮아진 감이 있습니다. 고름도 계속 흘

러나와 작은 적삼이 젖은 곳이 많습니다"

하니, 상이 이르기를,

  "연훈방은 날이 저물 무렵에 시험해 보고 싶다"

하자, 시수가 아뢰기를,

  "열이 조금 식은 감이 있으니 탕약은 우선 중지하고 다시 의논하여 정할

때까지 기다리는 것이 좋을 듯합니다"

정조 24년 6월 26일

191

상이 영춘헌迎春軒에 거둥하여 좌부승지 김조순金祖淳, 원임 직제학直提學 서정수徐鼎修, 검교 직제학檢校直提學 서용보徐龍輔·이만수李晩秀를 불러 접견하였다. 이때 상의 병세가 이미 위독한 상황에 이르러 만수가 홍욱호洪旭浩와 강최현姜最顯을 불러 진맥하게 할 것을 청하였다. 이어 약원을 입시할 것을 명하여 약원의 세 제조 및 각신閣臣 정대용鄭大容·김면주金勉柱·심상규沈象奎·김근순金近淳, 의관 강명길康命吉 등과 지방 의관 전 현감 홍욱호洪旭浩·첨정僉正 강최현姜最顯 등이 앞으로 나가 엎드렸다. 상이 무슨 분부가 있는 것 같아 자세히 들어보니 '수정전壽靜殿' 세 자였는데 수정전은 왕대비王大妃가 거처하는 곳이다. 마침내 더 이상 말을 하지 못하므로 신하들이 큰소리로 신들이 들어왔다고 아뢰었으나 상은 대답이 없었다. 이시수가 아뢰기를, "지방 의원 이명운李命運이 지금 대령하고 있으니 홍욱호 등과 들어와서 진맥하는 것이 좋겠습니다"하였으나, 상은 응답이 없었다.

정조 24년 6월 28일

이날 유시酉時에 상이 창경궁昌慶宮의 영춘헌迎春軒에서 승하하였는데 이날 햇빛이 어른거리고 삼각산三角山이 울었다. 앞서 양주楊州와 장단長湍 등 고을에서 한창 잘 자라던 벼 포기가 어느 날 갑자기 하얗게 죽어 노인들이 그것을 보고 슬퍼하며 말하기를 '이것은 이른바 거상도居喪稻이다.' 하였는데, 얼마 안 되어 대상이 났다.

정조 24년 6월 28일

정조 24년(1800) 6월 28일 정조는 49세의 장년에 갑자기 승하하였다. 생전에 "갑자년이 되면 세자(순조)에게 왕위를 물려주고 수원

192

**영춘헌**
경춘전은 정조가 탄생한 곳이고, 영춘헌은 정조가 승한
곳으로 그의 죽음에 대한 의혹이 서려 있는 곳이다.

에서 어머니를 모시고 살면서 즉위 초에 어머니의 가슴을 아프게
했던 외가의 모든 일들을 풀리게 하겠다"고 한 약속을 지키지 못했
다. 당시의 아픔을 혜경궁은 아래와 같이 기술했다.

졸곡 후 폐인 자처하고 선왕 계시던 영춘헌迎春軒에 가 누워 명을 맞기를
기약하고, 내 사생이 꿈 같으니 무엇을 아껴 이 원분怨憤을 감심甘心하여 견
디리오. 지월에 하고자 하던 일을 하려 하여 약방에 내 문안 받지 아니하는
사연으로 언서를 써 내어 주고, 인하여 영춘헌으로 와 선왕의 자취를 어루
만지고 내 신세를 서러워하여 호천통곡하고 혼절하여 누웠으니 만고에 이
런 광경이며 이런 정리가 어디 있으리오.

한중록

혜경궁은 아들과 영원한 이별을 한 후에 아들의 일생을 아래와
같이 정리했다.

193

대행 대왕大行大王은 임신년 9월 22일 축시에 창경궁昌慶宮 경춘전景春殿에서 탄생했는데, 신미년 10월 경모궁景慕宮 꿈에 용이 여의주를 안고 침실로 들어왔다. 꿈을 깨고 나서는 꿈의 징조가 이상하다 하여 틀림없이 성자를 낳을 조짐이라 생각하고 새하얀 비단에다 용을 그려 벽에다 걸어두었는데 급기야 탄생하자 그 울음소리가 마치 큰 쇠북소리 같아서 궁중이 다 놀랐었다. 비록 강보에 있지마는 기상이 의젓하고 우뚝한 콧날 용같이 생긴 얼굴에 모든 생김이 특이하여 영종 대왕이 보시고는 기뻐 칭찬하면서 내게 하고 하시기를,

"네가 이런 아들을 낳았으니 종묘사직이 무슨 걱정이 있겠느냐"

하였다. 그리고는 그 이마와 뒤통수가 꼭 당신을 닮았다고 늘 말씀하셨다. 인원仁元·정성貞聖 두 성모聖母도 처음 보시고는 표정을 바꾸면서 타고난 바탕이 특이하다고 하고는, 어디 이렇게 비범할 줄이야 생각이나 했느냐고 하였다.

백일 이전에 섰고 일 년도 채 못 되어서 걷기 시작했으며 돌 때는 돌상으로 걸어가서 맨 먼저 붓과 먹을 만지고 책을 펴 읽는 시늉을 하였으며 몸놀림이 근엄하여 그 어린 나이에 바탕이 특이한 것을 본 사람들 모두가 아연실색을 하고 감탄해 마지 않았는데 이미 그때부터 성학聖學이 탁월할 조짐이 보였던 것이다. 계유년 섣달 존호尊號를 올릴 때 경모궁과 내가 예禮를 행하려 하자 그때 돌 지난 지가 겨우 몇 달밖에 안 되었지만 도포 입고 신 신고서 모시고 서 있는 품이 엄전하기가 성인 같았었다. 어려서부터 책을 좋아하였고 백일이 되기 전에도 글자 같은 것을 보면 좋아하는 빛이어서 경모궁이 직접 첩책帖冊을 써서 주었는데 놀 때면 꼭 그것을 가지고 놀았기 때문에 결국 종이가 다 해지고 말았다. 또 좋아하는 것이 효자도孝子圖·성적도

聖蹟圖 등이었으며, 공자孔子가 조두俎豆 차리던 일 또는 옛날 효자孝子들이 했던 일들을 늘 흉내내면서 그것을 즐거움으로 삼았었는데 그것을 보면 도학道學이나 효성을 하늘에서 타고났음을 알 수 있었다. 글씨 쓰기를 또 좋아하여 두 살 때 이미 글자 모양을 만들었고, 서너너덧 살 때는 필획筆劃이 이루어져 날마다 그것으로 장난을 삼았다. 그리고 대여섯 살 때 쓴 글씨로는 그것으로 병풍을 만든 사람도 있었다. 언서諺書에 있어서는 너댓 살 때 이미 다 알아 편지를 어른처럼 써내려갔었다. 세 살 때 보양관輔養官을 접견하는 자리에서 선뜻 글을 읽고 글 뜻도 이해했으며 너댓 살 이후로는 그야말로 일취월장하여 거의 남에게 배울 것이 없을 정도였었다.

천성이 검박하여 어려서부터 화사한 것을 좋아하지 않았고 입은 옷이 더러워지고 해져도 싫어하지 않았으며, 놀이를 할 때도 가지고 놀기 좋은 물건을 취하지 않고 오직 질박한 것을 좋아하여 버리지 않고 오래 가지고 놀았다. 어려서부터 학문을 좋아하여 날이 밝기도 전에 일어나 재촉하여 세수하고 머리 빗고는 독서를 시작했는데, 나로서는 어린 나이에 혹 손상이라도 받을까 싶어 일찍 일어나지 말라고 경계하면 그는 등잔 그림자를 가리고서 세수하고 빗질을 하곤 하였다. 효성 또한 대단해서 영종 대왕·경모궁 그리고 나를 섬기면서 상대의 얼굴빛을 살펴가며 미리 마음을 알아차려 뜻을 받들고 털끝만큼도 교훈을 어기는 일이 없었다. 혹시 양궁兩宮 사이에 무슨 좀 난처한 일이라도 있을라치면 곧 그 사이에 들어서 빈틈없이 주선을 하여 잘 풀린 일도 많았는데 그런 일이 이루 셀 수 없을 정도였다. 정축년에 두 번이나 국상이 났을 때는 다른 방으로 옮겨가 있었는데 빈전殯殿과 거리가 멀지 않아 곡하는 소리가 다 들렸다. 그는 때로 사람 없는 곳에다가 제물 같은 것을 차려두고 전奠을 올리는 모습을 하였는데 그때 나이 아직 예를

차릴 때가 못 되어서 제전에 직접 참여하지는 못했지만 생각이 거기에 미친 것을 보면 타고난 효성의 한 단면을 볼 수가 있다.

　두 성모를 추모하여 죽도록 변함이 없었고, 정축·무인 두 해 겨울 영종 대왕이 앓아누웠을 때는 나이 겨우 대여섯 살이었지만 속 태울 줄 알고 반드시 지성으로 문후를 하고 띠도 풀지 않고 곁을 떠나지 않고 할 때 그 숙성함에 탄복하지 않은 이가 없었다. 영종 대왕이 자주 곁에 앉혀두고 늘 글을 읽어보라고 하고 그 뜻을 물으시면 하나하나 분석하여 아린 것이 모두가 사리에 딱딱 맞았고, 어쩌다가는 밤중에 인견引見 때 불러내어 글을 외우라고 하고 시험 삼아 뜻을 캐물어보면 비록 잠을 자다가 나왔어도 조금도 틀림이 없어 영종 대왕께서, 총명 영특하고 슬기롭기가 남다르다고 늘 칭찬하셨다. 기묘년 3월에 책봉례를 정하여 그달에 효소전孝昭殿·휘령전徽寧殿을 참배하고 이어 진전眞殿을 배알한 다음 윤6월閏六月에 명정전明政殿에서 책봉을 받았는데, 예절 따라 움직이는 모습과 나아가고 물러가는 행동거지가 모두 법도에 맞아 영종 대왕이 퍽 가상히 여기고는 종묘사직 만년의 경사라고 하셨다. 신사년 3월에 입학入學을 하고 관례冠禮를 올렸으며, 임오년 2월에 가례嘉禮를 올렸는데 그해 화변禍變이 있은 이후로는 너무 슬프고 마음 아프고 그리워서 아버지와 아들 사이의 지극한 정 이외에는 오직 망극하고 망극할 뿐이었다. 그때 나와는 따로따로 있었는데 새벽마다 글을 보내 내가 탈이 없다는 소식을 안 후에야 비로소 아침을 들었으며, 내가 늘 위태롭고 두려움을 느끼고 병을 잘 앓았기 때문에 내 곁을 떠나 있으며 못 보는 것을 한으로 여겨 친히 약을 지어 보내면서 병세가 좀 감해졌다는 소식을 듣고서야 비로소 수라를 들곤 하였는데 그때 비록 어린 나이었지만 타고난 효성이 그렇게 지극했던 것이다.

나와 떨어진 후로는 선희궁宣禧宮 처소에서 먹고 자고 했는데 낮이면 영종을 모시고 밤이면 선희궁을 위로하면서 밥 한 그릇 먹고 잠 한숨 자는데도 마음을 늘 놓지 않았으며 갑신년에 선희궁 병환이 위독하자 아버지 대신 효도한다는 뜻으로 정성을 다해 보살피고 급기야 상을 당하자 슬퍼하기를 임오년과 다름이 없이 했다. 병술년에 영종 대왕 환후가 위중하자 밤낮으로 애간장을 태우며 3달 동안 침식을 잊었는데 성상 체후가 결국 건강을 되찾으신 것도 사실은 그의 효성이 하늘을 감동시켰기 때문이었던 것이다. 대왕 대비 전에 대하여는 더욱더 효성을 바쳤고 대왕 대비전 역시 지극히 사랑하셔 큰일이건 작은 일이건 위로 여쭙고 아래로 묻고 하여 사랑과 효도가 간격이 없게 하는 것이 전고에 드물 정도였다. 그야말로 대왕 대비전의 그 높은 덕과 대행 대왕의 지극한 효성이 아니라면 어떻게 그리 될 수가 있을 것인가. 그밖에도 평소에 하늘을 공경하는 지극한 정성이라든지 선왕을 받드는 법도 있는 행실, 전궁殿宮을 받드는 티 없는 효성, 검소함을 숭상하고 사치를 배격하던 훌륭한 절도, 아껴쓰고 백성을 사랑하던 큰 덕 등등 다 쓰려면 한이 없다. 그러나 그 모든 것들이 남의 귀와 눈에 훤히 있기에 외정外廷의 신하들이 보고 들은 대로 써서 만분의 일이라도 드러낼 것이기 때문에 여기서는 다만 어렸을 때 했던 일 외에 남들이 미처 모르고 있는 것만 대강 들어 적어본 것이다. 정신이 혼미하고 빠뜨린 것이 많아 더욱 망극하고 망극할 따름이다.

혜경궁이 내린 행록(行錄)

이렇게 정조의 극진한 효도로 만년은 평온하게 보낼 수 있으리라 믿고 있었으나 갑자기 승하하여 아들은 생전의 약속을 지키지 못하

였고 어머니는 다시 고통의 날이 시작된다. 그것은 손자(순조)가 왕위를 계승했으나 나이가 어렸으므로 대왕대비(정순왕후, 영조 비)의 수렴청정垂簾聽政으로 풍산 홍씨(정조 외가)가 다시 수난을 겪게 되었기 때문이다. 어머니 혜경궁은 67세와 68세에 다시 붓을 들어 작품 2~3편을 집필하게 된다.

# 5장
# 두 딸 청연군주 淸衍郡主 와
# 청선군주 淸璿郡主

왕조사회인 조선조는 왕의 자녀 중 적자(대군)와 적녀(공주), 서자 (군)와 서녀(옹주)의 구분이 있듯이 세자의 자녀도 구분이 있다. 세자 의 아들은 적자와 서자 구분 없이 군君이라 하지만 딸 중 적녀는 군 주君主로 외명부의 정2품이고, 서녀는 현주縣主로 외명부의 정3품이 다. 혜경궁은 의소와 정조 두 아들 밑에 청연과 청선 두 군주를 두었 다. 〈한중록〉에는 두 군주의 탄생과 성품을 아래와 같이 기록했다.

내 조년早年에 이런 거룩하신 충자를 두고 갑술에 청연을 낳고 병자에 청 선을 얻으니 청연은 기질이 유화관후柔和寬厚하고 청선은 기도氣度 온아개제 溫雅愷悌하여 장중掌中의 쌍벽雙璧이니, …… 두 군주를 길러 저희 각각 위인이 귀주의 교만함이 없어 나라 우러옵는 정성이 극진한 중, 한 마음으로 근신 하니 또한 왕희의 드문 일이니

한중록

## 1. 청연군주

청연군주는 혜경궁이 20세인 영조 30년(1754) 7월 14일 태어났다. 혜경궁은 당시를 아래와 같이 회고한다.



한중록

영조가 100년 만에 군주가 탄생했다고 매우 기뻐했다는 내용이다. 어머니는 큰딸의 성품이 유화관후柔和寬厚하다고 한 것으로 보아 청연군주는 온화하고 너그러워 후덕했나보다. 그녀는 9세에 아버지를 잃는 슬픔을 겪고 12세에 참의 김상익의 아들 김두성과 결혼하였다. 『영조실록』은 군주의 결혼사실을 아래와 같이 기록하였다.

청연군주淸衍郡主를 김두성金斗性과 정혼定婚시키고 광은 부위光恩副尉로 호號 하였는데, 김두성은 곧 참의參議 김상익金相翊의 아들이었다.

영조 41년 윤 2월 2일

청연군주淸衍郡主의 길례吉禮를 이루었다. 도감 당랑都監堂郎에게 차등을 두어 상을 내렸다.

영조 41년 4월 11일

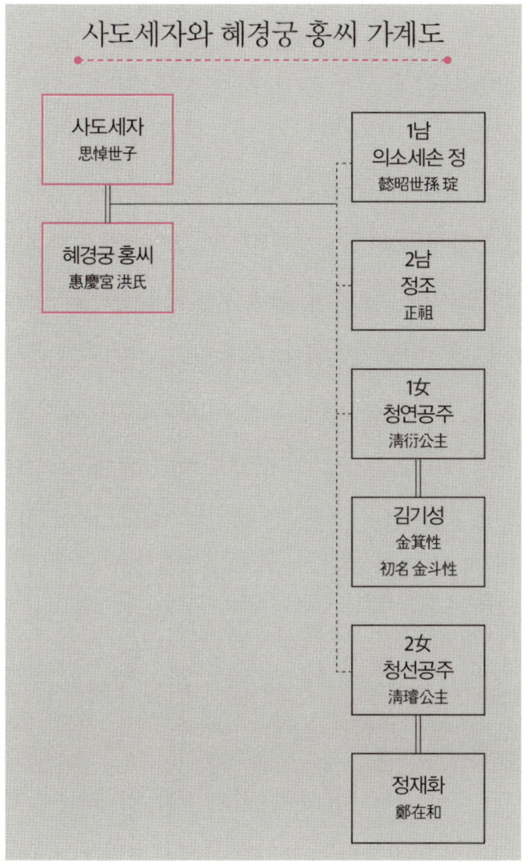


‘부위副尉’는 세자의 적녀인 군주의 배우자에게 수여되는 작호爵號
로 정3품이다. 세자 서녀인 현주의 배우자는 종3품의 ‘첨위僉尉’로 명
칭에서 구분이 있다. 그러나 왕의 적녀인 공주와 서녀인 옹주는 구
분이 있으나 배우자는 구분 없이 ‘위尉’라고 하였으나 품계에서 공주
의 배우자는 종1품을, 옹주의 배우자는 종2품을 수여하여 적녀와
서녀의 위상을 구분했다.

청연군주의 남편 김두성의 출생연도를 알 수 있는 자료는 없다. 다만 청연군주의 동생 청선군주의 남편 정재화가 아내보다 2살 연상이었으니 청연군주의 남편도 아내보다 한두 살 연상일 것이라 생각된다. 김두성은 후에 김기성金箕性으로 개명하여 간혹 혼란을 주기도 한다. 『정조실록』에 "경모궁景慕宮 외손外孫 김재창은 광은 부위光恩副尉 김두성金斗性의 아들이다"(정조 7년 12월 29일)라고 기록되었다. 그러나 정조 13년 10월 7일에 아버지 사도세자의 묘를 수원의 현륭원에 옮긴 후 현궁玄宮을 내린 후의 어제御製 지문誌文 중에 "딸들은 광산光山 김기성金箕性과 오천烏川 정재화鄭在和에게 출가하였다"고 기록되었다. 그 후 순조 11년(1811) 7월 5일 "광은 부위 김기성이 졸하니 치제토록 하고 친히 제문을 짓다"라고 한 것으로 보아 정조 13년 10월 7일 이전에 개명한 후에는 줄곧 김기성으로 불리었음을 알 수 있다. 『광산김씨세보光山金氏世譜』에 의하면 '두斗'와 '기箕' 자字는 같은 항렬이라 개명한 것 같다.

김기성은 글씨에 능하여 나라에 특별한 일이 있을 때에는 항상 발탁되었다. 정조 14년(1790)에는 동지겸사은정사冬至兼謝恩正使로 연경(베이징)을 다녀오고 세자(순조) 관례와 책봉례 때에는 죽책문서사관竹册文書寫官으로(정조 24년 2월 2일), 1800년 세자를 책봉할 때와 1802년 왕비 책봉 때에도 전문서사관篆文書寫官의 공로로(순조 2년 10월 22일) 상을 받았다. 이와 같이 나라의 중요한 행사 후에 여러 차례 상을 받았다는 기록으로 보아 전문篆文을 잘 쓰는 것으로 이름이 나 있었음을 알 수 있다. 또한 김기성은 글씨뿐 아니라 시문에도 능했다. 김수장이 편찬한 『청구가요』에는 김두성의 이름 아래 19수의 작품이 수록되었다. 그러나 이 작품들을 다른 가집에서 확인한 결과 2수만 김두성의 작품이고 나머지 17수는 모두 박문욱朴文郁의 작품으로 확인되었다고 한다. 두 편의 시조 중 1편은 이별의 슬픔을 기러기에 부쳐 노래한 작품이다.

추월秋月이 만정滿庭한데 슬피 우는 저 기럭아
상풍霜風이 일고-高하면 돌아가기 어려우니
밤중中만 중천中天에 떠 있어 잠든 나를 깨우는고

다른 한 수는 한벽당寒碧堂의 경치를 담담하게 읊은 것이다.

한벽당寒碧堂 좋단 말 듣고 망혜 죽장芒鞋竹杖 찾아가니
십리十里 풍림楓林에 들리나니 물소리로다
아마도 남중南中 풍경風景은 예뿐인가 하노라

어머니 혜경궁은 청연군주가 결혼 후에는 근심 걱정을 하지 않게 잘살고 있다고 회갑년에 쓴 제1편에서 아래와 같이 기술했다.

저희 평생 소심 공근을 힘입어 길이 복록을 면원할 듯 아름다이 여기고
외손 아이들이 잘못 나지 않아 혹 준수하며 청려하고 저희 묘년妙年에 자부
를 보며 사위를 얻으니 그윽히 기꺼하되

한중록

순조 11년(1811) 7월 5일에 남편 김기성이 졸卒했다. 당시 순조는 고모부가 돌아가셨으므로 슬프기도 하지만 노년(77세)의 할머니가 충격을 받을 것을 아래와 같이 걱정한다.

광은 부위光恩副尉 김기성金箕性이 졸卒하였다. 하교하기를, "이 도위都尉가 몸을 국가에 바쳐 좋은 일이나 나쁜 일을 함께 하였으니 천년天年을 누리는 것이 당연한데, 이렇게 갑자기 서거하기에 이르렀다. 귀주貴主의 지금 경상景像이야 이미 말로 형용할 수 없지만, 더구나 자궁慈宮께서 놀라시고 애통해 하시는 마음은 우러르기에 민망하고 절박하다. 예장禮葬은 한결같이 청선군주淸璿郡主의 사례에 의거하여 하도록 하고, 동원부기東園副器 1부部를 일체로 내려 주게 하라"하고, 이어서 성복일成服日에 내시를 보내어 치제致祭하도록 명하고, 제문은 친히 지어서 내렸다.

순조 11년 7월 5일

그 후 순조 12년(1812) 11월 26일에 순조는 고모부 김기성에게 효헌孝憲이란 시호諡號를 내렸다. 이후 청연군주는 남편과 사별한지 4년 후인 순조 15년(1815) 12월 15일에 다시 어머니를 떠나보내고, 순조 21년(1821) 6월 9일 67세로 졸卒했다.『순조실록』은 청연군주의 죽음을 아래와 같이 기록했다.

청연군주淸衍郡主가 졸卒하였다. 하교하기를, "오늘 갑자기 그가 죽었다는 말을 들으니 슬픔을 견디지 못하겠다. 졸卒한 청연군주의 예장禮葬을 특별히 해조로 하여금 거행하게 하고, 장생전長生殿에 퇴물로 둔 널감 한 부部를 골라 보내도록 하라"

순조 21년 6월 9일

## 2. 청선군주

『승정원일기』에 의하면 청선군주는 영조 32년(1756) 윤 9월 28일에 출생했다. 당시는 혜경궁의 어머니 한산 이씨가 영조 31년(1755) 8월 30일에 돌아가시어 해산을 보살피지 못했다. 그래서인지 입덧이 심하였을 뿐 아니라 마음고생도 심했었다고 아래와 같이 회고했다.

> 병자 이월에 선인이 광주 유수를 하오시니, 떠나옵는 일 심히 슬퍼하는 중 …… 그 해 윤 구월에 청선을 낳게 되니 해산 적마다 선비 들어오시던 일 생각하니 지통이 잉부孕婦의 보호함을 돌아보지 못하여 행소도 오래 하니 기운이 늠철한지라. 선대왕께오서 용려하오셔 선인께 하교하오셔 보제를 많이 써 무사히 해만解娩하니 슬픔이 각골하여 그러하던지 산 후 허약하기 심하니 선인께서 과도 근심하시더니 그 달에 선인이 평안감사平安監司를 하시니 떠나는 심사 또 오죽하리오. …… 그 해 윤 구월에 청선淸璿이 나니 전 같으면 오죽 좋아하시리오마는 들어와 보신 일 없으니 병환 심하심을 가히 알지라.

한중록

〈한중록〉에는 청선군주의 출생일을 윤 9월이라고만 하고 정확한

날을 밝히지 않았다. 첫째 딸(청연)의 생일을 7월 14일이라고 정확하게 기술하면서 왜 그랬을까? 당시는 이미 세자의 화증이 심하여 영조와의 갈등이 심화되던 때였다. 아마도 둘째딸(청선)을 낳을 때에는 세자의 화증이 심해지자 늘 노심초사하는 마음에 무엇인가를 제대로 생각하고 기억하는 것조차 무리였을 것이다. 따라서 첫째딸의 생일을 정확히 기억하고 있는 반면 둘째딸의 해산에는 여러모로 힘든 상황이기 때문에 출산에 대한 기억이 뚜렷하지 않은 것 같다.

어머니는 청선군주의 성격이 온아개제溫雅愷悌하다고 한 것으로 보면 군주는 온화한 성품에 용모가 단정하고 얼굴빛도 밝았나보다. 청선은 7세에 아버지를 여의고 11살 때 정재화와 결혼했다. 당시를 『영조실록』은 아래와 같이 기록했다.

유학幼學 정인환鄭麟煥의 아들 정재화鄭在和가 청선군주淸璿郡主에게 장가듦으로써 흥은위興恩尉라는 칭호를 내렸다.

영조 42년 2월 10일


흥은위 정재화는 영조 30년(1754)생이며 청선군주보다는 2살 연상으로 송강 정철의 6대손이다. 혜경궁은 두 명의 사위가 있었으나 유독 둘째 사위와 관련된 이야기를 많이 기술했다. 그것은 이 사위를 편애해서가 아니라 정조 즉위 초 친정 집안이 몰락하게 된 몇몇 사건에 연루되었기 때문이다. 〈한중록〉에는 둘째 사위 정재화를 아래와 같이 묘사했다.

206

병술에 흥은부위가 부마가 되니 용모와 동지 아름다운지라, 세손이 매부
妹夫를 어여삐 여기오시더니 기축 간에 그 아이가 반하여 별감別監들 데리고
외입外入이 무수하고 동궁께는 모시고도 체면 없는 일이 많으니, 세손이 소
년지심少年之心이라, 가납하시고 물리치지 않으시던가 싶은데, 세손이 흥정
당興政堂에 계시니 나 있는 처소와 절원하여 바히 몰랐더니, 흥은興恩이 종관
으로 번 든 때는 들어와 뵈옵고 노니

한중록

인용문에서 보듯 정재화는 인물이 수려하고 행동거지가 아름다
웠다. 이러한 매제가 답답한 궁궐 생활의 활력소가 되었었는지 정
조는 이 매제를 총애하면서 자주 어울렸었다. 기축년(1769) 무렵에
는 궁궐 밖의 유흥가에 드나들면서 사람들의 입에 오르내리게 된
다. 이 일을 수습하는 과정에 외할아버지는 세손을 보필하던 별감
들을 귀양을 가게 하여 손자의 미움을 사게 된다. 이 사건이 홍씨
가문이 몰락하게 된 한 요인인 '기축년 별감 사건'이다. 혜경궁이 28
세에 남편을 잃었을 때 11세의 아들은 갓 혼인하여 며느리를 보았
지만 9세와 7세의 두 딸은 아직 미혼이었다. 세월이 흘러 두 딸도 혼
인하여 며느리와 사위를 보고 외손들이 준수하여 기쁘다고 아래와
같이 회고한다.

두 군주를 길러 저희 각각 위인이 귀주의 교만함이 없어 나라 우러옵는
정성이 극진한 중, 한 마음으로 근신하니 또한 왕희의 드문 일이니 저희 평
생 소심 공근을 힘입어 길이 복록을 면원할 듯 아름다이 여기고 외손 아이

인용문에는 둘째 딸 청선군주가 어미와 같은 운명이라 슬프다는 구절이 있다. 그것은 혜경궁이 1편을 집필하던 정조 19년에는 둘째 사위가 죽은 후였으므로 혼자 된 딸의 팔자가 자신과 흡사하다고 한 것이다. 둘째 사위 정재화는 정조 14년(1790) 7월 10일에 졸卒했다. 당시 『정조실록』은 아래와 같이 기록했다.



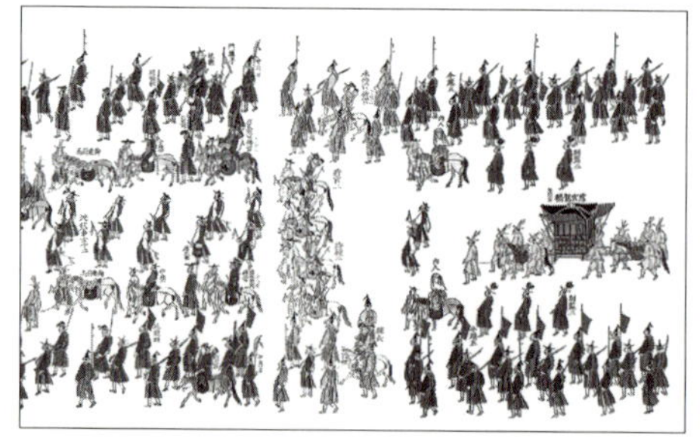

**정조반차도(正祖班次圖)**
정조 19년 혜경궁의 회갑연을 위한 화성행궁 반차도에는 청선군주와 청연군주가 나란히 가마를 타고 가는 모습이 있다.

부위의 집일에 어찌 일반적인 격식을 따르겠는가. 한결같이 박충희의 집에 시행한 전례에 따라 다만 지방관을 시켜 마련하게 하고, 경사京司에서 수송하는 물자도 박충희의 집에 비하여 3분의 1을 줄이라" 하였다.

정조 14년 7월 10일

당시 정재화는 37세였고 두 살 아래의 청선군주는 35세였다. 그러므로 어머니는 28세에 혼자된 자신의 운명과 비슷하다고 한 것이다. 그 후 정조 19년 혜경궁 홍씨의 회갑연을 위한 화성행궁 행차에는 언니 청연군주와 양편에 나란히 가마를 타고 가는 모습을 원행을묘정리의궤園幸乙卯整理儀軌의 반차도班次圖에서 볼 수 있다. 청선군주는 46세인 순조 2년(1802) 7월 20일에 아들을 잃은 슬픔과 친정 집안의 몰락으로 겨우 목숨을 부지하고 있는 어머니를 남겨두고 남편 곁으로 떠났다. 당시 순조는 아래와 같이 슬퍼했다.

천붕지통天崩之痛을 만난 이후로부터 의지하고 앙모하는 정이 더욱 깊었는데 어찌 오늘날에 갑자기 세상을 떠났다는 소식을 듣게 될 줄을 생각이나 했겠는가? 소자小子의 비통한 마음은 진실로 말할 것이 없지만 자궁慈宮의 늠철凜綴한 가운데의 정리情理는 장차 무슨 말로써 위로를 드릴 수가 있을 것인가? 죽은 청선군주 상례의 예장禮葬을 특별히 해조該曹로 하여금 거행하게 하고 장생전長生殿의 퇴건退件 관판棺板 1부部를 아주 잘 골라서 수송하도록 하라.

순조 2년 7월 20일

아버지(정조) 승하 후 고모(청선군주)를 믿고 의지하는 마음이 더욱 깊었는데 갑자기 세상을 떠났다는 소식을 듣게 되니 자신의 비통한 마음은 말할 수 없지만 연로하신 할머니를 무슨 말로 위로할 수 있겠냐며 상례의 모든 절차에 각별히 신경을 쓰도록 명하였다. 순조는 그 후에도 청선군주淸璿郡主의 내외 묘內外 墓에 내시를 보내어 치제하고(순조 3년 8월 19일) 청선군주 회갑 날에는 조카 지돈녕 김재창金在昌(청연군주의 아들)을 보내어 청선군주淸璿郡主의 묘소에 제사를 지내게 했다.(순조 16년 9월 28일)

세월이 흘러 고종 때 청연과 청선 두 군주의 후손이 동시에 과거에 급제하였다는 소식을 듣고 매우 희귀한 일이라고 기뻐하면서 아래와 같이 풍류를 내려주었다.

이 두 집안에서 동시에 참방하였다는 소식은 매우 희귀한 일이다. 청연군주淸衍郡主의 종손宗孫 김희수金喜洙에게 사악賜樂하고 청선군주淸璿郡主의 사손祀孫 정이원鄭履源에게도 사악하라

고종 13년 2월 25일

이 집안에서 과거에 급제한 사람이 나온 것은 매우 기특하고 기쁜 일이다. 새로 급제한 정리원鄭履源에게 사악賜樂하고, 청선군주淸璿郡主 내외의 사판祠版에 승지承旨를 보내어 치제致祭하도록 하라.

고종 22년 9월 15일

그 후 고종이 황제로 등극(1897)하여 연호를 광무로 한 후에 사도

세자는 장조황제莊祖懿皇帝로 추존된다. 그러므로 청연과 청선 두 군주는 공주로 추증되고 광은부위 김기성은 광은위光恩尉로, 흥은부위 정재화는 흥은위興恩尉로 추증되었다.(고종 36년 9월 21일)

영조는 재위 중에 탕평책으로 붕당의 폐습을 없애려 하였고 과학과 학문을 육성하여 실학의 발판을
마련하는 등 객관적으로 보면 훌륭한 군주다. 그러나 그 긴 세월, 제왕의 자리에 오르는 과정 어느 것
하나 순탄한 것이 없어서인지 이상한 성격의 소유자였다. 환갑을 넘은 나이에 며느리(효장세자 비)의
종(숙의 문씨)을 사랑하여 두 딸(화령·화길옹주)을 얻었으며 66세에 15세의 왕비(정순왕후)를 맞이
하는 등 많은 일화를 남긴 인물이다. 그러나 그 모든 사건 중에서도 영원히 잊혀지지 않을 사건은 임오
년인 재위 38년에 자신의 아들을 뒤주에 가두어 죽인 사건일 것이다. 칠순의 노구에 하나뿐인 아들을
몸소 죽게 한 것은 아무리 대의명분을 위해서라지만 쉽게 이해가 되지 않는다. 더욱이 그 죽인 방법이
기상천외했기에 오늘날까지 회자(膾炙)되고 있다.

혜경궁의 또 다른 한의 하나는 친정 집안의 수난이다. 물론 오랜 세월 동안 왕실의 외척으로 부귀를
누렸으나 영조의 계비인 정순왕후의 등장으로 어두운 그림자가 드리우게 된 것이다. 그것은 정순왕
후의 친정 오빠 김귀주를 중심으로 한 남당(南黨)에 대항하는 북당(北黨)의 중심인물이 홍봉한이었
기 때문이다.

# 제3부
# 혜경궁 홍씨의
# 시가 媤家

# 영조 가계도

영조
英祖
(1694~1776)
서종제
徐宗悌
정성왕후
貞聖王后
(1692~1757)
무사
無嗣
무사
無嗣
서1남
효장세자
孝章世子 眞宗
추존 왕
서2남
사도세자
思悼世子 莊祖
추존 왕
김한구
金漢耉
정순왕후
貞純王后
(1745~1805)
조문명
趙文命
효순왕후
孝純王后
홍봉한
洪鳳漢
혜경궁 홍씨
惠慶宮 洪氏
서3女
화평옹주
和平翁主
박명원
朴明源
이후철
李後哲
정빈 이씨
靖嬪李氏
(1694~1721)
서1女
조졸
무쭐
서2女
화순옹주
和順翁主
서4女
조졸
무쭐
김한신
金漢藎
서5女
조졸
무쭐
이유번
李楡蕃
영빈 이씨
暎嬪李氏
(1696~1764)
서8女
조졸
무쭐
서6女
조졸
무쭐
조태징
趙台徵
귀인 조씨
貴人趙氏
(1697~1780)
서11女
화령옹주
和寧翁主
서10女
화유옹주
和柔翁主
서7女
화협옹주
和協翁主
심능건
沈能建
황인점
黃仁點
신광수
申光綏
후궁 문씨
後宮文氏
(?~1776)
서12女
화길옹주
和吉翁主
서9女
화완옹주
和緩翁主
구민화
具敏和
정치달
鄭致達

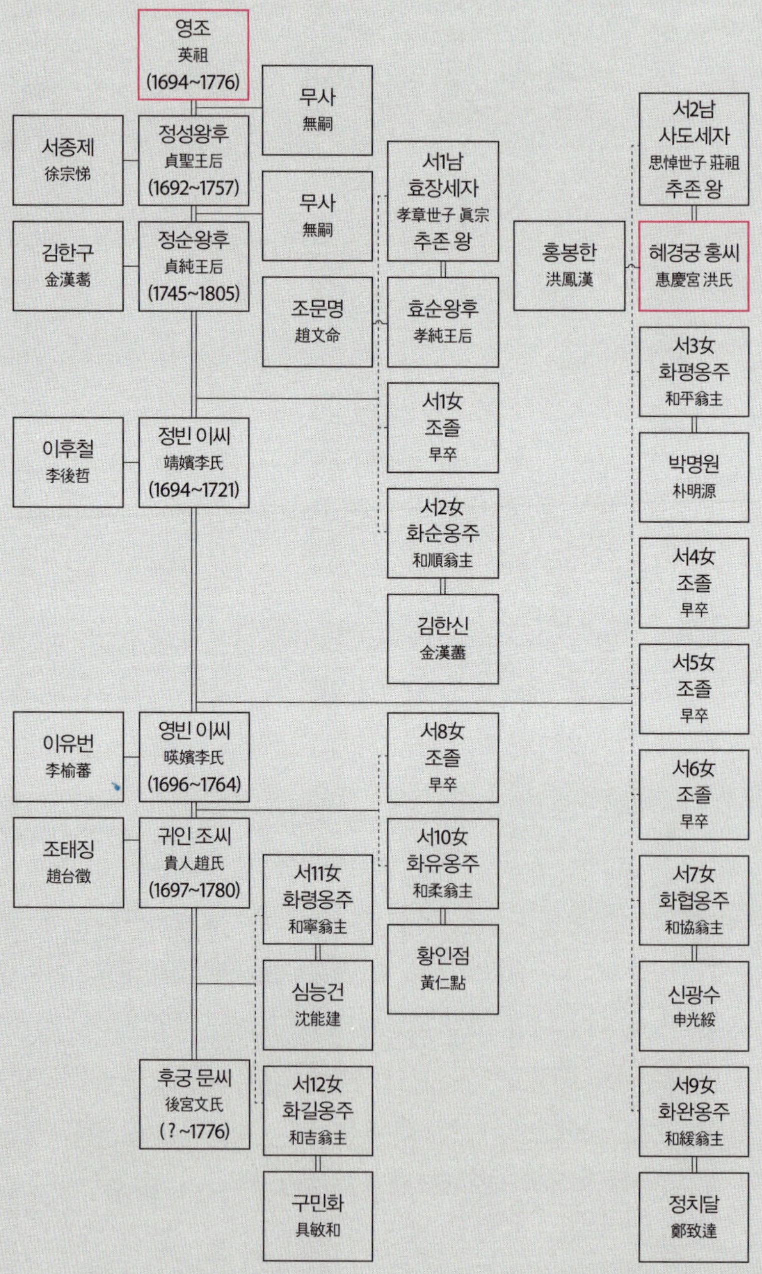

# 6장
# 남편을 뒤주에 가두어 죽인
# 시부媤父 영조

## 1. 어머니는 무수리였었나

영조는 숙종 20년(1694) 9월 13일 숙종의 제4남으로 후궁 숙빈 최씨淑嬪崔氏의 소생이다. 대제학 서명응徐命膺, 1716~1787이 지은 행장문을 보면 "탄생하기 3일 전에 붉은 빛이 동방에 뻗치고 그 위에 흰 기운이 서렸다. 그날 밤 궁인의 꿈에 백룡이 날아서 보경당寶慶堂에 들어감을 보았는데, 그곳이 바로 대왕이 탄생한 곳"이라고 적고 있다. 또한 탄생할 때부터 기이한 자품이 있었으며, 오른쪽 팔뚝에는 아홉 개의 용반龍蟠 무늬가 있고, 겨우 걸음을 배울 무렵 숙종을 진현進見할 때에는 반드시 무릎을 단정히 꿇고 물러가라는 명이 없으면 시간이 흘러도 힘들어하는 기색이 없었다. 그러므로 어머니 숙빈은 오랫동안 무릎을 꿇고 앉아 손발에 쥐가 날까 두려워 넓은 버선을 지어주었는데, 이것은 근육과 뼈가 펴지도록 하기 위함이었다고 한

다. 글씨와 그림은 배우지 아니했음에도 능했고, 놀거나 글씨를 쓸 때엔 늘 신채神彩가 사람의 눈을 끌었으므로 부왕인 숙종은 왕의 천성이 뛰어남을 가상히 여겨 시를 써 주고 총애하였다고 기술했다.

영조는 왕이 되자 생모 숙빈 최씨(1670~1718)가 후궁이란 이유로 신위를 종묘에 모시지 못하였음을 한하여 당신의 잠저潛邸에 어머니 사우祠宇를 건립하려 한다. 그러나 대신들의 반대로 궁궐 가까운 곳에 사당을 지어 숙빈묘淑嬪廟라고 했다. 그 후 영조 29년(1753) 6월 25일에는 시호諡號를 화경和敬이라 하고 묘廟는 궁宮, 묘墓는 원園이라 하면서 숙빈묘는 육상궁毓祥宮으로, 소령묘는 소령원昭寧園으로 고쳐 부르게 되었다. 당시 영조는 "화경이라는 글자는 진실로 나의 뜻에 맞는다. 오늘 이후는 한이 되는 것이 없겠다. 내일 육상궁에 나아가 고유제를 지내고 친히 신주를 쓰겠다"면서 오랜 숙원을 이룬 것을 기뻐했다.(영조 29년 6월 25일) 그 후 『영조실록』에는 '육상궁'이 282번이나 검색되고 '소령원'도 37회가 검색되는 것으로 보아 영조 재위 때 숙빈 최씨와 관련된 일들이 매우 중요한 사안이었음을 알 수 있다. 이러한 선왕의 효심을 헤아렸음인지 손자 정조와 증손자 순조의 실록에도 육상궁(70회, 33회)과 소령원(13회, 4회)이 검색된다.

이렇게 어머니에 대한 남다른 효심은 어머니가 궁녀들의 노비인 무수리라는 열등감 때문이라면서 일반인은 물론 사학자들도 '영조의 어머니는 무수리 출신이다'는 것이 정설로 되어 있다. 그러나 어머니가 무수리라는 근거는 어디에서도 찾을 수 없다. 필자는 몇몇 자료와 고종 후궁들의 증언, 조선조 궁녀들의 제도를 중심으로 확인해 보고자 한다.

먼저 숙빈 최씨가 돌아가신 지 8년째 되는 해인 영조 1년(1725)에 세운 신도비에 효종의 서1녀 숙녕옹주의 부마 박필성(1652~1747)이 지은 '숙빈최씨신도비문병서淑嬪崔氏神道碑文幷序'에는 다음과 같은 기록이 있다.

최씨의 세계는 수양首陽, 海州에서 나왔습니다. 증조부 휘諱 말정末貞은 통정대부通政大夫의 품계였고 조부 휘諱 태일泰逸은 학생學生이었습니다. 부친 휘 효원孝元은 행충무위부사과行忠武衛副司果였고, 모친 홍씨는 통정대부 계남繼南의 따님이었습니다. 현종 11년 경술년(1670) 11월 6일 기미己未에 숙빈을 낳았습니다. 숙종 2년(1676)에 뽑혀서 궁중에 들어오셨는데 겨우 7살이었습니다. 숙종 19년(1693)에 비로소 숙원淑媛에 배수되었고, 갑술년(1694)에 숙의淑儀에 나갔으며, 을해년(1695)에는 귀인貴人으로 승격되었습니다. 4년 뒤 기묘년(1699)에는 숙빈으로 봉해졌는데 여관女官 중에서 가장 높은 품계였습니다.

숙빈최씨신도비문병서

위의 비문과 영조 10년(1734) 2월 18일에 숙빈 최씨의 아버지 최효원과 어머니 남양 홍씨를 추증하고 세운 묘표를 참고하여 정리해 보려 한다. 숙빈 최씨의 본관은 해주海州며, 현종 11년 경술년(1670) 11월 6일에 아버지 최효원崔孝元, 1638~1372과 어머니 남양 홍씨의 1남 2녀 중 막내딸로 태어났다. 증조할아버지 최말정崔末貞은 통정대부通政大夫의 품계였고 할아버지 최태일崔泰逸은 학생學生으로 품계가 없었다. 아버지 최효원崔孝元은 인조 16년(1638) 2월 23일에 태어나 현종 13년(1672) 35세에 졸卒하였다. 어머니는 인조 17년(1639) 10월 17일에 태어나 현

217

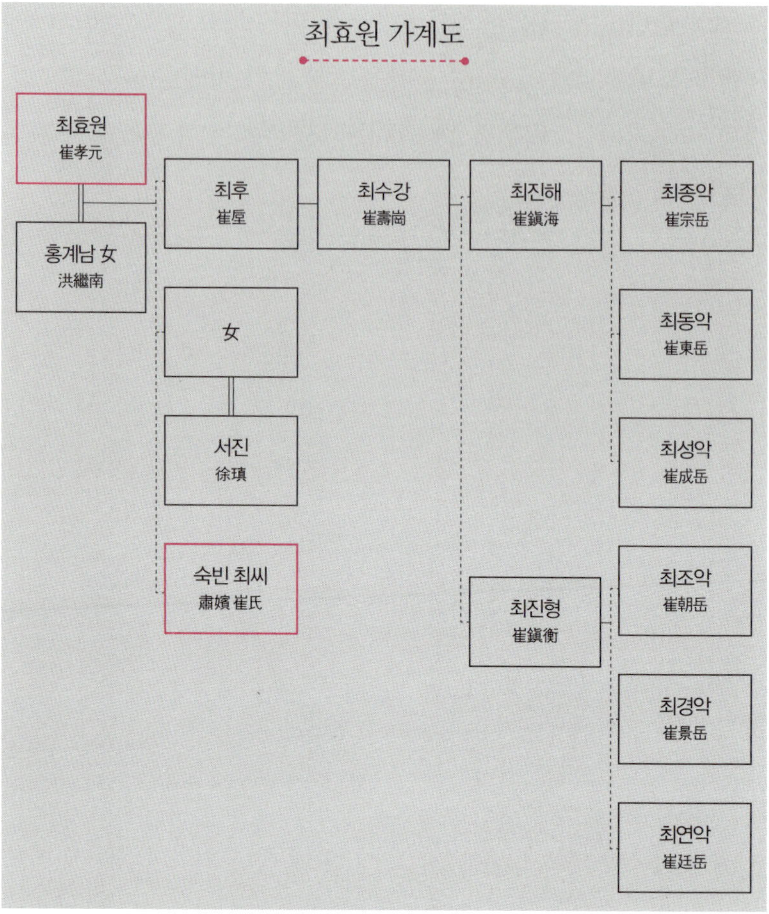

종 14년(1673) 12월 18일에 35세로 졸卒하였다. 사후에 양주楊洲 신혈리新穴里 곤향坤向 언덕에 합장한 묘소는 현재 서울시 은평구 진관외동 산 101-1번지에 묘가 보존되어 있으므로 신빙성을 더해 준다.

정리해 보면 증조할아버지는 정3품의 통정대부의 벼슬을 하였으나 할아버지와 아버지는 벼슬을 하지 못한 것으로 보아 몰락한 집안으로 생각된다. 숙빈 최씨는 3세에 아버지를, 4세에 어머니마저 여의어 고아가 되었다. 그 후 행적은 알 수 없으나 병진년인 숙종 2년(1676)에 7세로 입궁했다<sup>丙辰選入宮 甫七歲</sup>는 기록이 있다. 그 후 행적 또한 알 수 없다가 24세인 숙종 19년(1693)에 "종4품의 숙원<sup>淑媛</sup>의 품계를 받고 10월 6일에 첫아들 영수<sup>永壽</sup>를 탄생했으나 세 달도 못되어 졸하였다"는 기록이 있다. 25세인 숙종 20년(1794) 6월 2일에 종2품의 숙의<sup>淑儀</sup>로 품계를 받고 9월 13일에 창덕궁 보경당에서 낳은 아들이 후일 영조다. 26세인 숙종 21년(1695) 6월 8일에 종1품의 귀인<sup>貴</sup>人이 되었다. 그녀가 30세인 숙종 25년(1699) 10월 23일 단종대왕 복위 기념으로 후궁들의 품계를 올려 주었을 때 정1품의 숙빈<sup>淑嬪</sup>이 되었다. 이후의 기록들은 『숙종실록』과 『영조실록』, 그리고 영조 때 남긴 많은 자료에 상세하게 기록되었다. 그러나 어디에도 숙빈 최씨가 '무수리'라 할 수 있는 근거는 찾을 수 없다.

한편 숙빈 최씨에 대한 일화가 이문정<sup>李聞政</sup>이 쓴 『수문록<sup>隨聞錄</sup>』에 있다. 『수문록』은 경종 재위기간(1720~1724)에 있었던 역사를 들은 대로 기록한 책으로 숙빈 최씨가 승은을 받게 된 일화를 아래와 같이 기록하였다.

선대왕(숙종)께서 하루는 밤이 깊은 후에 궁궐<sup>宮闕</sup>의 안을 지팡이를 짚고 두루 돌아다니며 나인의 방을 일일이 지나치는데 오직 한 나인의 방에 등 빛이 빛나고 있었다. 밖에서 몰래 엿보니 성찬<sup>盛饌</sup>을 차려놓고 상 아래에서 한 나인이 손을 모으고 무릎을 꿇고 있었다. 선대왕이 그것을 매우 이상히 여겨 그 문을 열고서 그 까닭을 물으니 나인이 부복하고 아뢰기를 소녀는

곧 중전마마의 시녀인데 지나치게 총애를 받았습니다. '내일이 중전마마의 탄신일인데도 서궁西宮에 유폐되신 처지라서 수라를 받지 않을 것으로 자처하실 터인데 조석으로 받들어 모시는 것이 단지 거친 음식뿐이니 내일 탄신일에 누가 찬수를 올리겠습니까? 소녀는 정리가 슬픈 것을 이기지 못하여 이에 중전이 좋아하는 것을 설치하였으나 전혀 바칠 길이 없습니다. 그러므로 진현 할 양식을 차려 소녀의 방에 진설하여 정성을 표하고자 하였습니다.' 라고 하였다. 선대왕께서 비로소 생각해보니 내일이 정말로 중전의 탄신일이었다. 곧 감동하여 깨우친 마음이 있어서 그 정성스러운 뜻을 가상히 여겨 마침내 그를 가까이 하였다. 이로부터 태기가 있었다.

이문정 『수문록』

또 다른 일화는 1930년에 장봉선이 편찬한 『정읍군지井邑郡誌』에 아래와 같은 기록이 있다.

지금으로부터 260여 년 전에 민둔촌 유중공이 외직으로 영광을 떠나실 때 이 다리 밑에 다다라 쉬고 계셨는데 그 부인은 8세의 사랑하는 따님을 데리고 계셨다. 마침 그 앞을 지나가는 걸인 소녀가 있었는데 의복은 비록 남루하나 그 연령과 용모의 귀여움이 자기의 딸과 조금도 틀림이 없음으로 그 성과 부모형제의 유무를 물으니 성은 최씨요 부모는 사별하고 형제 친척이 없는 무의탁한 가련한 소녀였다. 둔촌부인은 자기 따님을 생각하는 동시에 그를 동정하여 의복을 갈아입혀 따님과 같이 데리고 갔다. 그리하여 사랑하기를 그 딸과 조금도 차이가 없는 동시에 그 글공부와 예절을 동일하게 가르침에 재질이 민첩하여 한 번 보면 잊지 않았다. 둔촌이 내직으로 벼슬이 올라 떠나게 되자 서울에 데리고 갔다. 마침 숙종의 초비인 인경왕후가 승하하시어 계비왕후로 민씨를 간택하셨으니 이분이 곧 둔촌의 따님이시다. 그리하여 왕후는 일시도 떨어질 수 없는 최씨를 데리고 입궁하셨다. 숙종께서 어여쁜 장희빈에게 일시 미혹되어 후덕하신 민씨를 폐출하셨다. 최씨는 민후를 위하여 밤마다 남모르게 기도를 드리더니 어느 날 밤에 숙종께서 암행하시다가 이 광경을 발견하시고 옛 주인 위함을 가상히 여기사 가까이 하셨다. 속담에 낮말을 새가 듣고 밤 말은 쥐가 전한다고 숫색시 최씨 배가 이상히 불러가니 까닭을 아는 사람들이 한입두입건너 마침내 장희빈의 귀에 들어갔다. 어느 날 숙종께서 낮잠을 주무시더니 비몽사몽간에 내전 마당에 놓인 독 밑에서 용 한 마리가 나오려다가 못나오고 거의 죽게 되었다. 깜짝 놀라 깨시어 급히 내전으로 들어가셔서 두 말씀도 않으시고 독을 들라 하시니 질식하여 거의 죽게 된 최씨가 독 밑에 있었다. 이럼으로 숙종께서는 장씨를 미워하사 사사賜死하시고 민후를 입궁케 하셨다. 그 후 최씨 몸에서 영종이 탄생함으로 상궁을 봉하셨다. 상궁은 자기 몸이 귀히 됨에 태인 현감에게 명하여 친척을 조사하였으나 한 사람도 없었고 부모의 분묘를 조사하였으나 그 역시 없었다. 그 후 영종 4년 무신년에 박필현朴弼顯, 1680~1728의 난에 태인 사민이 위험함을 면하게 한 것은 영종께서 그 모친의 출생지임을 생각하심이오. 최상궁의 출생지임으로 태인현이 승격되었을 터였으나 박필현의 난으로 인하여 되지 못하였다.

『정읍군지』 대각교(大脚橋) 장봉선편

두 편의 인용문에서 역사적인 사실과 궁중 풍속에 맞지 않는 부분을 정리하려고 한다.

221

첫째, 인용문 중 『수문록』에서는 왕후가 '서궁'에 유폐되었다고 하였으나 인현왕후는 작위가 완전히 박탈되어 서인으로 복위될 때까지 안국동 친정집에 있었다. 서궁에 유폐된 왕후는 광해군 때에 선조의 계비 인목왕후다. 왕후는 폐모가 되어 후궁으로 강등된 채 정명공주와 함께 경운궁(덕수궁)에 갇혀 있었다. 당시 경운궁은 창덕궁의 서쪽에 있었으므로 '서궁'이라 했다.

둘째, 『정읍군지』의 '대각교' 전설에 '숙종께서는 장씨를 미워하사 사사賜死하시고 민후를 입궁케 하셨다'는 부분은 역사적인 사실과 다르다. 장희빈은 인현왕후가 복위된 후 장희빈의 저주로 죽게 된 것이 발각되어 사사되었다.

셋째, '숙빈이 승은을 입고 영조를 탄생한 후에 상궁이 되었다'는 것은 역사적인 사실과 다르고 궁중 풍속에도 맞지 않는다. 숙빈은 첫아들을 낳기 전인 숙종 19년(1693)에 종4품의 숙원淑媛의 품계를 받고 10월 6일에 첫아들 영수永壽를 낳았지만 세 달도 못되어 졸하였다. 그녀가 25세인 숙종 20년(1794) 6월 2일에 종2품의 숙의淑儀로 품계를 받은 후에 9월 13일에 영조를 낳았다. 즉 위의 두 일화는 역사적인 사실과 다르기도 하지만 일반적으로 이해하는 궁중 풍속과도 거리가 있다.

인용문 중 『정읍군지』의 일화에 의하면 숙빈 최씨는 어린 시절 고아로 인현왕후의 집안에서 자라다가 왕비가 입궁할 때에 데리고 간 시비라고 한다. 왕비나 세자빈이 입궁할 때 사노비로 데리고 들어오는 나인은 '본방나인'이라 하여 궁궐에 속한 나인들과는 구별하였다. 본방나인은 지밀(임금이 거처하던 곳) 처소에 속하여 왕비나 세자빈의 최측근으로 고락을 함께하는 나인이다. 당시의 사건을 소설화한 〈인현왕후전〉에는 왕후가 폐위되어 궁궐 밖에 나갈 때에 함께 나갔던 궁녀들을 아래와 같이 묘사했다.

> 후가 안국동 본곁으로 나오시니 부부인이 마주 나와 붙들고 통곡하시니,
>
> 후가 부원군 옛 자취를 망극애통하시다가 이윽고 부부인께 고왈,
>
> "너희가 본디 금중시녀라. 내 어찌 외람히 거느리리요, 들어가라"
>
> 하신대, 삼인이 머리 두드려 울며 아뢰되,
>
> "천첩 등이 낭랑의 성은을 차생此生에 갚지 못하올지라 어찌 일시나 슬하에 떠나오리이까. 낭랑을 좇아 죽으리로소이다"
>
> 후가 그 지성至誠을 감동하사 버려두시니,
>
> 궁인은 다 본곁 궁인이요, 삼인은 궐내 궁인으로 죽기를 무릅쓰고 나온지라.

인현왕후전

인용문에서 본곁궁인은 본방나인을 말한다. 왕후가 본방나인 외의 궁녀들에게 궁궐로 들어가라고 한 것은 그녀들이 궁궐에 속한 나인이기 때문이다. 〈계축일기〉에도 선조의 초비 의인왕후가 입궁 때 데리고 온 '경춘'이라는 본방나인이 등장한다.

> 경춘이는 의인왕후懿仁王后 본곁 종이매 혼전魂殿 삼 년 후에 침실 상궁이 용타 여쭙고 드렸더니 늙은 내인들은 하되,
>
> "본곁 종이니 이제 근측近側한 소임 맡기 가띠치 아니타"

223

의인왕후가 승하한 후에 계비로 입궁한 인목왕후는 경춘이란 나
인이 의인왕후의 삼년상을 마친 후에는 궁궐 밖으로 나가야 하지만
의지할 데가 없다 하여 불쌍히 여겨 왕후의 처소에 머무르게 했다.
그 궁녀가 은혜를 모르고 광해군 측에 포섭되어 인목왕후를 괴롭
히는 여러 사건에 행동대원으로 악행을 행하게 된다. 〈한중록〉에도
본방나인이 등장한다.





이렇게 궁중문학에는 왕실에 소속된 나인과 왕비나 세자빈이 입
궁할 때 데리고 온 나인이 구분되고 있음을 알 수 있게 한다. 또한

『정읍군지』의 '대각교 전설'에는 영조를 낳은 후에 상궁이 되었다고 했다. 그러나 자녀를 낳기 전이라도 승은을 입기만 하면 나이나 궁녀의 계급과는 관계없이 '특별상궁'이 되고 왕의 자녀는 딸만 낳더라도 후궁의 품계를 받게 된다. 그러므로 본방나인으로 왕후가 궁궐 밖으로 쫓겨났는데 홀로 궁궐에 남아있었다는 것과 왕의 자녀를 낳은 후에 상궁이 된다는 것은 궁중 풍속을 모르고 전승된 이야기다.

한편 김용숙은 고종의 후궁 광화당 이씨光華堂 李氏와 삼축당 김씨三祝堂 金氏가 궁궐에서 대대로 내려오던 이야기를 고종에게 직접 들었다는 증언을 아래와 같이 전한다.

영조가 어머니에게 "침방에 계실 때 무슨 일이 제일하시기 어렵더니이까"라고 묻자, "중누비 오목누비 납작 누비 다 어렵지만 세누비가 가장 하기 힘들었다"는 대답을 듣고서는 그 자리에서 누비 토수를 벗고 일생동안 누비옷을 입지 않았다.

고종 후궁들의 증언

영조의 어머니가 '침방나인'이라면 앞의 두 편의 일화보다 가능성이 높다. 숙빈 묘비에 7살에 입궁했다는 기록은 침방나인이 평균 6~7살에 입궁하는 연령과 일치된다. 침방의 일이 어린아이도 잔심부름 등 할 일이 있고 지밀나인 다음으로 왕족을 가까이에서 모시므로 승은을 입을 확률이 다른 처소보다 많았다. 그러므로 세속에 물들기 전에 입궁하여 지밀나인 다음으로 엘리트 교육을 받는다. 관례 전 견습나인 시절에는 지밀과 침방, 수방 처소의 나인들은 생

225

머리를 하고 관례 후에도 양반 계급의 여성과 같이 치마를 길게 입고 치마꼬리를 왼쪽으로 여미어 다른 처소의 나인들과 차별화했다.

영조의 행장문에서도 "어머니 숙빈은 오랫동안 무릎을 꿇고 앉아 손발에 쥐가 날까 두려워 넓은 버선을 지어주었는데, 이것은 근육과 뼈가 펴지도록 하기 위함이었다고 한다"는 구절이 있다. 이 일화도 '영조의 어머니가 침방나인이었다'는 설을 확인시켜 줄 수 있는 것이 아닐까 생각된다.

넷째, 영조의 어머니가 무수리였다는 설은 어디에서부터 시작되었는지 알 수 없으나 무수리가 왕의 승은을 입는 것은 거의 불가능하다. 무수리는 궁인들이 입는 아름다운 옷과는 달리 머슴들이 입는 우중충한 긴 저고리를 입고 치마 중간에는 넓은 허리띠를 매어 패를 차고 아침저녁으로 출퇴근하였다. 그러므로 힘이 센 기혼자들이 대다수였다. 7세의 어린 소녀가 물 긷기, 불 때기 등 잡일을 할 수 없으므로 무수리로 입궁할 가능성은 거의 불가능하다고 생각된다.

이와 같이 『수문록』과 『정읍군지』의 일화는 역사적 사실과 궁중 풍속에 맞지 않으므로 고종 후궁들이 전한 침방나인설이 좀 더 설득력이 있다고 생각된다.

어쨌든 숙빈 최씨는 신데렐라였음이 분명하다. 궁궐에는 항상 많은 여인들이 승은을 기다리다 일생을 마친 사람들이 수없이 많았으며, 용케 승은을 입었어도 자녀를 생산하지 못하여 평생 특별상궁으로 왕의 주위를 맴돈 궁인이 많았기 때문이다. 이러한 상황에서 숙빈은 왕자를 셋이나 생산하고, 그 중 유일하게 생장한 아들이 왕에 올랐다는 것은 쉬운 일이 아니기 때문이다. 그것은 세자빈 또는 왕비로 간택되어 궁궐에 들어왔어도 일생 임금의 사랑을 받지 못해 자녀를 두지 못했거나 아니면 딸만 낳고 아들을 낳지 못하기도 하고 또는 낳은 아들도 생장시키지 못한 예가 허다했음을 볼 때 자신뿐 아니라 조상에게도 큰 영광이 아닐 수 없다.


## 2. 극단에 치우친 이상성격


영조는 숙종 20년(1694) 9월 13일에 얻은 숙종의 제4남으로 숙빈 최씨淑嬪崔氏 소생이다. 500년이 넘는 조선왕조(1392~1945)의 제왕 중에서 가장 오래 왕권을 수행(51년 6개월 6일)하면서 가장 오래 산(83세) 임금이다. 조선조의 임금은 모두 36위였으나 추존 임금이 9위(목조, 익조, 도조, 환조의 선계 4대와 덕종, 원종, 진종, 장조, 문조)고 실제 군림한 임금은 27위였다. 그러나 폐위된 연산군과 광해군을 제외하면 온전한 군주는 25위인 셈이다. 그 중 재위한 임금 중에서 천수를 다한 제왕들 중 예순을 넘도록 생존한 임금은 모두 여섯 분(태종 74세, 정종 63세, 광해군 67세, 숙종 60세, 영조 83세, 고종 67세)이었으며 여러 가지 사정으로 인하여 생몰 때까지 보위에 있은 분은 숙종과 그 아들 영조뿐이었다. 또한 재위년이 40년을 넘는 임금은 선조(40년 6개월 29일), 숙종(45년 9개월 16일), 영조(51년 6개월 6일), 고종(43년 7개월 7일) 네 분뿐이다. 그리고 네 분 중에서 어린 나이에 보위에 올라 수렴청정이나 섭정攝政으로 인하여 실권 없는 왕이었던 기간을 빼면 실제로 국정을 수행한 연한은 훨씬 줄어들게 된다(선조

16세, 숙종 14세의 즉위 초에는 모후가 수렴청정을 했고, 12살에 즉위한 고종은 초기엔 양어머니인 신정왕후 조대비가 수렴청정을, 이어서 생부인 흥선대원군이 섭정하여 10년은 실권 없는 왕이었다). 이로 보면 영조는 31세의 장년의 나이에 왕이 되었으므로 즉위 초부터 주도적으로 왕권을 행사할 수 있었다. 그러므로 영조는 재위 기간이 가장 길고 가장 오래 산 군주였다.

영조는 재위 중에 탕평책으로 붕당의 폐습을 없애려 하였고 과학과 학문을 육성하여 실학의 발판을 마련하는 등 객관적으로 보면 훌륭한 군주다. 그러나 그 긴 세월, 제왕의 자리에 오르는 과정 어느 것 하나 순탄한 것이 없어서인지 이상한 성격의 소유자였다. 환갑을 넘은 나이에 며느리(효장세자 비)의 종(숙의 문씨)을 사랑하여 두 딸(화령·화길옹주)을 얻었으며 66세에 15세의 왕비(정순왕후)를 맞이하는 등 많은 일화를 남긴 인물이다. 그러나 그 모든 사건 중에서도 영원히 잊혀지지 않을 사건은 임오년인 재위 38년(1762)에 자신의 아들을 뒤주에 가두어 죽인 사건일 것이다. 칠순(당시 69세)의 노구에 하나뿐인 아들을 몸소 죽게 한 것은 아무리 대의명분을 위해서라지만 쉽게 이해가 되지 않는다. 더욱이 그 죽인 방법이 기상천외했기에 오늘날까지 회자膾炙되고 있다.

영조가 적자가 아니고 장자가 아님에도 왕이 될 수 있었던 것은 이복형이며, 선왕인 경종이 후사後嗣가 없었기 때문이다. 경종은 희빈 장씨의 소생으로 〈한중록〉의 중요한 사건에 몇 차례 등장한다. 영조와 경종은 숙종의 아들로 이복 형제간이지만 어머니 때부터 서로 적대적이었다. 그것은 경종의 생모가 인현왕후 저주사건으로 사사賜死하는 과정에 숙종에게 사건의 전모를 알린 사람이 영조의 생모였기 때문이다. 당시의 사건을 소설화한 〈인현왕후전〉에는 숙종이 꿈의 계시로 알게 된다. 그러나 『숙종실록』과 인현왕후의 동생 민진원이 쓴 『단암만록丹巖漫錄』에는 "숙빈 최씨가 평소 아래에 미친 은혜를 추모하여 애통한 울음을 견디지 못해 가만히 임금에게 고했다"고 기록되었다.(숙종 27년 9월 23일) 당시 정국은 장희빈의 처단 문제를 두고 세자를 위해 희빈을 용서해야 한다는 소론과 세자의 적모嫡母인 민비(인현왕후)가 장희빈의 저주에 의해 승하하셨는데 생모를 용서해서는 안 된다는 노론이 강경하게 맞섰다. 숙종은 후일 이 일로 인하여 화가 미칠 것을 염려하여 9월 25일 희빈 장씨에게 자진을 명한다. 그러나 달을 넘기도록 듣지 않자 10월 9일 약을 강제로 먹여서 죽였다.(숙종 27년 10월 10일)

장희빈의 아들(경종)은 7살(1594)에 어머니가 폐위되고 14살(1701)에 처참하게 죽는 엄청난 사건을 목격한 충격의 여파였는지 소론의 지지를 받고 보위에 올랐으나 4년이라는 짧은 기간 동안 줄곧 병중에 있었다. 즉위년부터 후사後嗣 문제와 대리청정 등으로 노론과 소론의 투쟁은 계속되었다. 경종이 37세로 후사를 두지 못한 채 승하(1724년 8월 25일)하여 영조가 31세로 왕위를 계승하게 됨으로써 숙명적인 대결은 영조의 승리로 끝났다. 그러나 그 과정에 받은 마음의 상처는 상식적으로 이해할 수 없는 극단적인 행동으로 나타나 직접 또는 간접적으로 여러 사건들에 영향을 미치게 되었다.

〈한중록〉에는 영조가 사랑하고 미워했던 사람들의 얘기가 많다. 공교롭게도 사랑하고 미워하는 자녀가 모두 영빈 이씨英嬪李氏 소생

이다. 영빈은 모두 1남 6녀를 생산하여 1남 3녀를 생장시켰는데, 그중 3녀 화평옹주和平翁主와 9녀 화완옹주和緩翁主는 병적으로 사랑했으나 유일한 아들인 세자와 7녀인 화협옹주和協翁主는 부왕이 사랑을 하지 않아 생모인 영빈 이씨의 고통이 매우 컸었다. 혜경궁은 이 남매가 미움을 받게 된 동기를 부군인 사도세자에 대해서는 다각도로 분석해 보았지만 옹주에 대해서는 납득이 가지 않는다면서 다음과 같이 기술했다.

> 화협옹주는 계축생이니 나실 때 영묘께오서 또 딸인 줄 애달아 그리하시던지 그 옹주가 용모도 절승絕勝하고 효성도 있어 아름답되 부왕 자애를 인하여 입지 못하니 그때 아들 못되어 난 줄 애달아 심지어 화평옹주와 형제서로 한집에 있게를 못하오시니 화평옹주가 홀로 자애를 받잡는 줄 중심 은통隱通이 되어 아무리 "마오소서" 여쭈어도 듣지 않으오셔 할 일 없으니 화협으로 인하여 그 도위都尉 영성위永城尉까지 사랑을 못 받자오니 경모궁景慕宮께오서 그 누이가 년상약年相若하고 부왕께 실애失愛하여 종적이 서로 같음을 매양 불쌍히 여기오셔 애대愛戴하오심이 자별하오시더라.
>
> 한중록

인용문을 보면 화협옹주가 미움을 받은 것은 기다리던 아들로 태어나지 못한 죄밖에 없다. 계축년은 영조 9년으로 사도세자가 태어나기 2년 전이니, 국본이 비어 아들을 간절히 기다리던 시기였다. 앞서 영조는 정빈 이씨靖嬪李氏 소생으로 세자로 책봉된 효장세자(진종)가 있었으나 재위 4년에 가례까지 올린 세자를 잃었고 영빈도 화평을 낳은 후 연이어 세 딸을 낳아 잃었는데, 다시 딸이자 실망이 컸었던 모양이다. 작자는 이러한 영조의 성격이 거의 병에 가까웠다면서 그 예를 다음과 같이 기술했다.

영묘께오서 말씀을 가리어 쓰오셔 죽을 '사死' 자 돌아갈 '귀歸' 자를 다 휘하오시고, 차대나 밖에 나가오셔 일보시던 의대도 갈아 입으오신 후 안에 들으시고, 불길한 말씀을 수작하시거나 들으오시면 드오실 제 양치질 하오시고 이부를 씻사오시고, 먼저 사람을 부르셔 한 마디라도 처음 말씀을 하신 후야 안으로 들으시고 좋은 일과 좋지 아니한 일 하오실 제 출입하시는 문이 다르오시고, 사랑하는 사람 집에 사랑치 아니하시는 사람이 있지 못하게 하오시고, 사랑하오시는 사람 다니는 길을 사랑치 아니하오시는 사람이 다니지 못하게 하시니, 극히 황공하되 애증의 역력하오심이 감히 앙탁仰度지 못 하올 일이라. 대리代理 전이라도 계복이나 형조공사形曹公事나 친국이나, 대궐서 이르는 불길한 일에는 자주 세자를 시좌侍坐하라 하오시고 화평옹주와 무오 생 옹주, 지금 정처라 하는 이 방에 들어가오실 제는 인견 의대引見 衣襨를 갈으신 후 들으시되 세자께는 그렇지 아니하오셔, 밖곁에 정사하시고 드오실 제, 정사하오신 의대 입으신 채 길에 오셔 동궁 부르오셔 "밥 먹었느냐" 물으셔 대답하오시면 그 대답 들으신 후 이부耳部를 그 자리에서 씻사오시고, 씻사오신 물을 화협옹주 있는 집 광창으로 버리시고, 웃대궐인 즉 담을 넘어 세숫물을 버리오시니, 그리로 갈 것은 아니로되 어떤 따님은 밖에서 입으신 의대를 벗고야 보오시고, 이 중한 아드님은 말씀 들으셔 씻으신 후야 가오시니, 경모궁께오서 화협을 대하시면 "우리 남매는 씻사오신 차비差備로다" 하고 서로 웃사오시나, 화평옹주는 당신을 지성으로 몸

인용문에서 보듯이 영조의 행동은 점잖은 군주의 모습이 아니다. 작자는 이러한 비정상적인 행동은 "경력이 많사오셔 신임辛壬을 지내오시고 무신역변戊申逆變을 겪으셔 사외하시며 사려하오심이 거의 병환이 되오신 듯싶으시니, 그 사이 세미지사細微之事야 어찌 다 기록하리오"라며 신임과 무신년의 일로 받은 상처 때문이라고 생각한다.

신임이란, 경종 원년(1721) 신축년辛丑年과 경종 2년(1722) 임인년壬寅年에 왕위 계승 문제로 시작되어 많은 사람들이 희생된 옥사를 말한다. 당시 경종은 34세가 되도록 자녀가 없었기 때문에 후계자를 미리 선정하려는 논의가 있었다. 노론들은 숙종의 밀탁을 받았을 뿐 아니라 삼종혈맥으로 보아 경종이 아들이 없는 경우에는 연잉군을 추대하는 것이 당연하다고 생각하였다. 그러나 경종의 계비繼妃 선의왕후는 "어머니 소리를 듣기 소원한다"면서 시동생으로 후계자를 삼는 것을 반대했다. 신축년 8월에 김창립, 민진원 등 노론들이 연잉군을 왕세제로 세워 대리정사를 추진하려 하였으나, 경종의 비 어씨를 중심으로 한 소론의 반대로 대리정사가 무산되고 노론이 큰 화를 입는 사건이 일어난다. 그러나 경종은 재위 4년(1724) 8월 25일 승하하여 세제世弟인 영조가 왕위를 계승하게 되어 노론은

232

다시 권력을 잡게 된다.

무신역변은 영조 4년戊申, 1728년 3월에 전일 신임사화를 주도했던 김일경 등이 피화를 입은 것에 큰 불평을 품고 있던 소론의 잔류, 이인좌李麟佐·정희량鄭希亮 등이 무신년 3월에 일으킨 반란이다. 이들은 경종의 죽음에 의혹이 있다면서 군중軍中에 경종의 신위神位를 모시고 아침저녁으로 곡哭을 하면서 경종을 위해 복수를 하고 밀풍군密豊君(소현세자의 증손)을 추대할 것을 표방하였다. 남인과 소론 일부의 합작으로 일으킨 반란군은 십여 일만에 토벌되어 노론의 세력은 더욱 굳건하게 된다. 이렇게 등극 과정에 일어났던 사건의 파장은 영조의 성격에 영향을 주었다. 이러한 당쟁의 폐습은 국정에 반영되어 수많은 사건과 연루되지만 부자의 갈등에도 중요한 요인이 되었다. 일설에 의하면 세자가 대리를 보던 해에 김상로에게 신임년에 일어났던 일을 말하다가 노론의 행위를 미워하는 기색을 보였다. 김상로가 영조께 "동궁께서 신임辛壬사건에 대하여 그릇된 소견을 가지고 있다"고 하자 영조는 곧 세자를 불러 꾸짖었다. 그때 세자가 "황숙皇叔(경종)이 무슨 죄입니까?"라고 대답하였는데, 영조는 그 때부터 세자를 못마땅하게 여겼다 한다. 이러한 이유에서인지 아래 인용문을 보면 영조는 참 특이한 성격의 소유자였다.

매양 공사公事 중 금부禁府 형조刑曹 살육붙이 그런 공사는 친히 감鑑하오시지 아니하오시고, 안의 옹주들 처소에 계실 제는 내관에게 맡겨 시키오시니, 대리하오실 때 전교傳敎는 무진년 화평옹주 상사喪事 후 설움도 심하오시고 상후上候도 잦으오셔, "정섭靜攝하시려 대리하게 하노라" 하오시나, 실인

즉 사외로워 안에 들이지 못하는 공사붙이, 내관 맡기시기 답답하오신 일은 다 동궁께 맡기려 하오신 성의오신지라 …… 일마다 순편順便치 아니하오시고 족처觸處에 탈이 많으니, 대저 조신朝臣의 상서라도 언사言事가 있거나 편론이나 하는 상서는 소조께서 자단自斷치 못 하오셔 품우대조하시면, 그 상서가 아래 사람의 일이지 소조께서 아오실 배 아닌데, 격노하오시기는 소조께서 신하를 조화치 못하여 전에 없던 상서가 났으니 소조 탓이 되시고, 상소 비답批答으로 일러도 품우대조稟于大朝 하오시면 "그만 일을 결단치 못하여 내게 번품煩稟하니 대리시킨 보람이 없다" 하시며 꾸중하오시고, 품치 아니하오시면 "그런 일을 내게 품치 않고 자단하리" 하오셔 꾸중이오시고, 저리한 일은 이리 아니하였다 꾸중이시고, 이리한 일은 저리 아니 하였다 꾸중하오셔, 이일 저일 다 격노 불여의不如意하시고, 지어至於 동뇌凍餒하거나 한재旱災나 천변재이天變災異가 있으면 "소조에서 덕이 없어 이러하다" 꾸중이 나시니, 이러하기 소조께서 날이 흐리거나 겨울 천동을 하거나 하면 또 무슨 꾸중이 나실까 근심하시고 염려하사, 사사事事이 황겁 공구하오셔 인하여 사사망념이 다 나오셔 병환이 점점 드시는 싹이 있으니, 영묘께오서 성덕지인 하오신 밖 영명총찰英明聰察하오셔 범연하오신 성품과 다르오신데, 이 만금소탁 준궁에 병환이 드시는 줄을 깨닫지 못하오시니 어찌 섧지 아니하리오. 한 번 꾸중에 놀라시고 두 번 격노에 용려用慮하셔 웅위雄偉하오시고, 영장英壯하오신 기품에 아무리 한들 일사一事를 자유로 하지 못하시고 무슨 정시 알성붙이나 시사試射 관무재 같은 호화로이 구경하실 때는 일생 부르지 아니하시고, 동선달 계복에나 시좌를 시키시니 어이 마음이 편하시며 서러워하시지 아니하시리오.

한중록

영조의 극단에 치우친 성격을 비판하는 내용은 『영조실록』에도 여러 곳에서 찾을 수 있다. 그 중 화평옹주 장례 때에 "화평옹주 장사를 지냈는데 의물儀物의 성대함이 국장國葬에 버금갈 정도여서 분묘墳墓를 만드는 데 수개월이 걸렸으므로 기읍畿邑의 백성들이 그 때문에 농사를 폐기하는 지경에 이르렀다"고 기록되었다. 그 후에도 여러 대신들이 왕의 슬픔이 정도에 지나치다고 상소를 하면, "대신들은 자식이 없는가?"라고 노하여 꾸짖으며, 오랫동안 정무를 보지 않는 지경에 이르게 된다. 이렇게 상식을 벗어난 영조의 처신을 사신史臣은 옹주상사 후의 중도를 잃은 왕의 잘못은 일일이 다 기록할 수 없다면서, 그것은 훌륭한 부덕을 지닌 옹주를 위하는 것이 아니라 해치는 결과를 가져온다고 신랄하게 비판했다.(영조 24년 6월 24일, 7월 1일, 8월 2일) 작자는 이러한 성품을 지니게 된 원인을 그가 살아온 파란의 여정에서 찾고 있다. 그러나 그가 평범한 인물이 아니라 국정을 수행하는 군주였기 때문에 주요한 정책을 결정하거나 인재를 등용하는 데에도 영향을 미쳤을 뿐 아니라 작자에게는 소천을 잃는 아픔을 갖게 했고, 사랑하는 손자에게는 목전에서 아버지를 잃는 아픔을 겪게 함으로써 평생의 한으로 남게 했다.

# 영조와 정성왕후 가계도

현종
顯宗
숙종
肅宗
명성왕후
明聖王后
영조
英祖
최효원
崔孝元
숙빈 최씨
肅嬪 崔氏
홍계남 女
洪繼南
무사
無嗣
서문도
徐文道
서종제
徐宗悌
김정지 女
정성왕후
貞聖王后
이사창
李師昌
女
김규 女

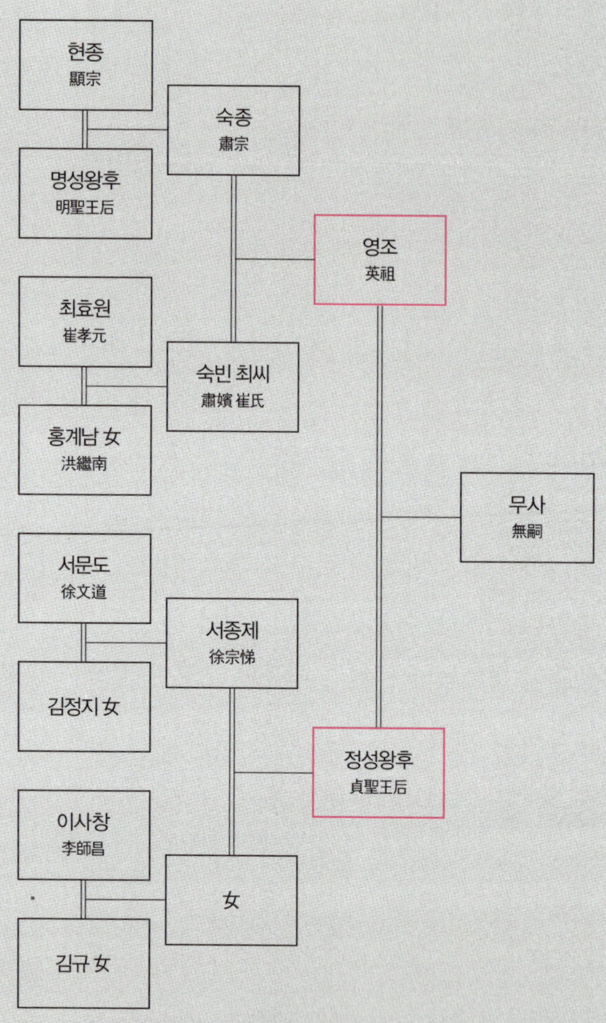

# 7장
# 세 분의 시어머니<sup>姆母</sup>

## 1. 정성왕후<sup>貞聖王后</sup>

정성왕후는 숙종 18년(1692) 12월 7일에 서종제<sup>徐宗悌</sup>(달성부원군)와 우봉 이씨<sup>牛峯李氏</sup>(잠성부 부인)의 딸로 태어나 13세가 되는 해인 숙종 30년(1704)에 11세의 연잉군<sup>延礽君</sup>과 결혼하여 달성군부인<sup>達成郡夫人</sup>으로 왕족이 되었다. 그 후 우여곡절 후에 연잉군이 세제로 책봉되고 왕이 되자 그녀도 세제빈(30세)을 거쳐 왕비(33세)가 되었다. 영조 33년(1756) 2월 15일 신시에 창덕궁 관리합에서 66세로 승하하였다. 왕후는 30년 이상을 중전으로 있던 당대 최고의 여성이었으나 그녀 자신에게 문제가 있음인지 아니면 영조와는 인연이 아니었는지 1명의 자녀도 생산하지 못하고 지아비의 사랑도 받지 못했다. 그 중 왕후가 이승에서의 생을 마감하는 전후의 일들이 『영조실록』과 〈한중록〉에 기술되어 평생 가슴앓이를 했을 왕후의 슬픔을 확인할 수 있다.

정축 이월 십삼일에 정성왕후께오서 숙환이 졸연猝然 중하셔 수조手爪가 다 푸르오시고 토혈吐血하오신 것이 한 요강이나 되는데 빛이 바로 붉은 피도 아니요 검고 괴이한 것이, 소시부터 적년積年 모이신 것이 나오신지 경황하기 어이 다 측량하리오. …… 날이 밝은 후는 십사일이니 위에서 아오시고 오오시니, 양전 사이 극진치 못 하오시나 병환이 위중하오시니 오오신지라. …… 공교히 일성위 병이 위중하니 옹주를 내 보내오시고 영묘께오서 산란하오신 용려 이를 것이 아니 계오신데 문안은 점점 위급하셔 십오일 신시申時에 승하 하오시니 망극하기 이를 것이 어이 있으리오. …… 날이 저물어 동궁께오서는 가슴을 쳐 망극애통하오시고, 때는 어기되 발상 거애를 못하고 망극망조하더니 일성위 부음이 들어오니 위에서 그제야 애통하오셔 통곡하오시고 즉시 거동을 나오시니, 신시에 운명하신데 저물게야 발상들하니 그런 망극황황罔極惶惶한 일이 없는지라. 십육 일에야 습을 하고, 대조 환궁을 기다리와 염殮을 하였나니라. …… 정성왕후께오서는 그 아드님 위하시는 성심으로 대조께서 동궁께 민망히 구오시는 일을 지한至恨이 되셔 애닯고 답답하여 하오시고, 과거過擧하오시는 소문이나 듣자오시면 나라 일을 근심하오셔 선희궁에 매양 왕복하오시고 지성으로 초우焦憂하오시더니라.

한중록

인용문에서 왕후가 피를 한 요강이나 토한 것이 젊은 시절부터 쌓인 것이라 한 부분에서 왕후의 마음고생을 헤아릴 수 있다. 또한 오랫동안 병중에 있었음에도 왕후가 승하하기 하루 전날에서야 영조가 왕후 처소를 찾은 것이 "양전 사이가 극진치 못하다"한 대목에서 두 사람의 관계를 짐작하게 한다. 더욱이 왕후가 죽었음에도 울지 않더니 사랑하는 화완옹주의 남편(정치달, 일성위)의 부음을 받고서야 통곡하면서 대궐 밖 일성위 상가에 나갔다가 4경(새벽 2~4시)에서야 환궁한다. 왕비의 상례는 임종한 날 시신을 목욕시켜서 새 옷을 9벌 입히는 습襲을 한다. 그러나 왕후는 15일 신시(오후 3~5시)에 운명하였으나 16일에야 습과 염殮을 할 수 있었다. 『영조실록』에도 상식을 벗어난 영조의 처신과 이를 만류하는 대신들의 모습이 아래와 같이 기록되었다.

신시에 중궁전 서씨가 관리합에서 승하하였다. 임금이 말하기를 "나의 경우는 오래 슬퍼할 바가 없으나 …… 이날 일성위 정치달이 졸卒하였다" …… 중궁전이 승하하였으므로, 여러 신하들이 장차 곡반哭班에 나가려 하는데, 갑자기 좌의정과 우의정을 입시하도록 명하여 "경들이 이 가슴속의 슬픔을 이해하여 한 번 덜 수 있게 하라" 하자. …… 승지 이최중이 "이렇게 망극한 시기를 당하여 전하께서는 어찌하여 이런 망극한 일을 하시려 합니까?" 하니, 임금이 엄중한 하교를 내리며 진노하여 물러나기를 명한다. "신이 청하는 바를 이루지 못하면 감히 물러날 수 없습니다"하자, 합문을 닫고 마침내 보련으로 연영문을 나섰다. 대사간 이득종이 "신의 관직을 체임하더라도 이번 행차는 결단코 할 수 없습니다"하니, 임금이 삼사의 신하를 중도부처中途付處하도록 명하고 나갔다가 밤 4경四更에야 비로소 궁궐로 돌아와 영의정 이천보를 총호사摠護使로 삼았다 염습하고 이어서 소렴을 행하였다. 소렴을 진행하는데는 일직이 고례가 있었기에 때문에 이날 행한 것이다.

영조 33년 2월 15일

239

인용문은 정성왕후에 대한 영조의 마음을 알게 한다. 정성왕후가 승하한지 한 달 남짓한 3월 26일 사시巳時에 창덕궁 영모당에서 대왕대비 인원왕후(숙종의 비)가 승하하였다. 이렇게 달을 이은 국상이 혜경궁에게는 시어머니와 시할머니를 잃은 슬픔으로 끝나지 않는다. 정성왕후의 승하로 계시모繼媤母인 정순왕후가 입궁하고 그 후 중전의 친정인 경주 김씨와 세자빈의 친정인 풍산 홍씨의 투쟁이 시작된다. 두 외척 간의 갈등은 영조와 세자의 반목을 증진시켜 사도세자의 비극적인 죽음의 한 요소가 되었을 뿐 아니라 영조 사후死後 정조와 순조 초까지 30여 년간 이어지게 된다. 한편 시조모 인원왕후의 승하는 사도세자가 아버지 영조로부터 살아남을 수 있는 버팀목을 잃게 된 것이다. 당시의 윤리관에서는 세자의 행동이 죽을 수밖에 없는 극한의 상황에 이르렀더라도 어머니 앞에서 자식을 뒤주에 가두어 죽이지는 못했을 것이다. 혜경궁은 연이은 국상으로 의지할 데가 없으므로 앞날의 비운을 예견했는지 아래와 같이 기술했다.

국운이 불행하여 정성성모 승하하오신 이듬달에 인원성모 또 예척하오시니 양전 모셔 내 자애를 받자옴이 가없다가 일조에 지통이 첩첩하고 의지 하올 데 없압기 어디 비하리오.

한중록

앞서 서술했지만 경종 즉위로부터 후사 문제가 거론되자 궁 안팎으로 양분되었고, 궁 안에 갇힌 세제를 위해 세제빈은 김대비에게 가서 세제가 처한 참상을 고한다. 그러자 김대비는 대신에게 언문 교서를 내려 동궁을 모해한 내시와 궁녀를 처단하게 하였다.

이같이 왕위 등극 과정에 희로애락을 함께하며 50년 이상을 부부의 연으로 살았던 배우자에 대한 예의가 아니다. 정성왕후는 당대 여성 중에서 가장 높은 국모였지만 생전에 남편의 사랑을 받지 못하더니 사후에도 평범한 남자의 아내 대접도 받지 못한 비운의 왕비였다.

## 2. 정순왕후貞順王后

### 1) 정순왕후의 가계家系

영조의 계비繼妃 정순왕후는 영조 21년(1745) 11월 10일 아버지 김한구金漢耉(오흥부원군)와 어머니 원주 원씨原州元氏(원풍부 부인)의 딸로 여주에서 출생했다. 왕후의 본관은 경주慶州로 신라의 김씨 왕가의 후손이다. 5대조 할아버지 김홍욱金弘郁은 인조 때에 억울하게 사사된 소현세자의 빈인 민회빈 강씨愍懷嬪姜氏의 억울함을 말하고 그 원을 풀어 줄 것을 상소한 죄로 곤장을 맞아 죽었다杖殺. 당시 "언론을 가지고 살인하여 망하지 않은 나라가 있었는가?"라는 유명한 말을 남겨 충직하고 용감히 바른말을 하는 것으로써 세상에 유명해진 인물이다. 증조부의 휘는 두광斗光으로 찬성贊成으로 추증되었고 조부의 휘는 선경選慶으로 참의參議를 지냈는데 영의정에 추증되었다. 왕후의 외할아버지 원명직元命稷은 현감을 지냈었는데 판서로 추

# 김한구(정순왕후 아버지) 가계도

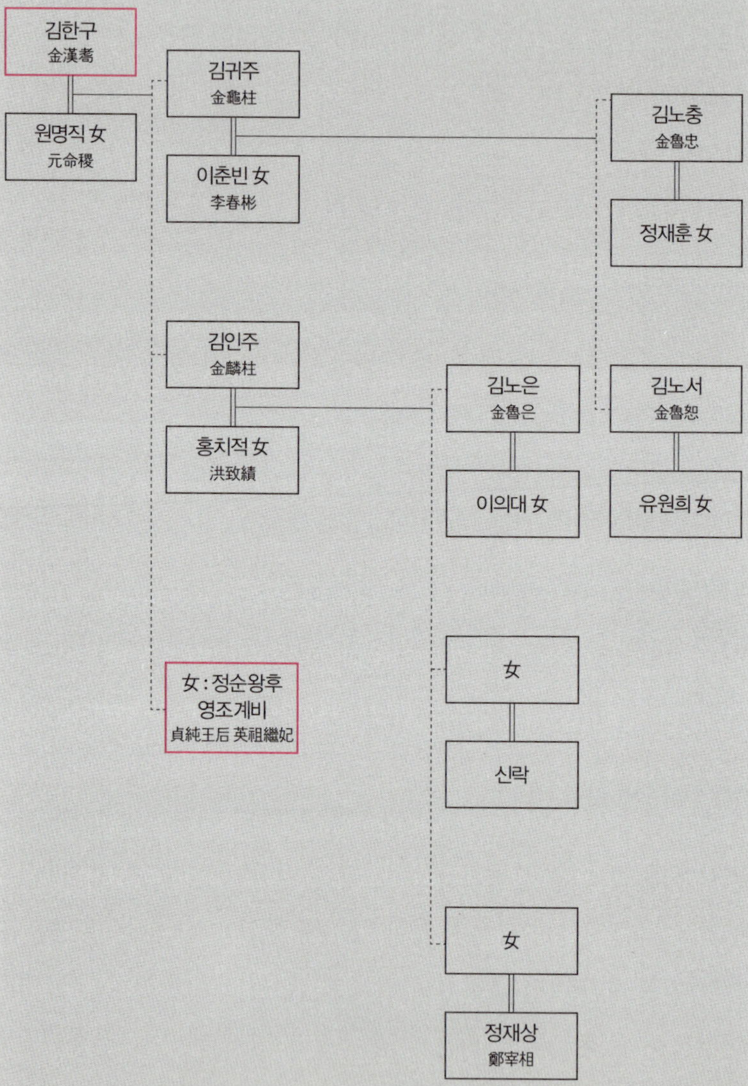

증되었다. 아버지는 영돈녕부사領敦寧府事로서 오흥부원군鼇興府院君에 봉해지고 영의정으로 추증되었으며 어머니는 원풍부부인元豊府夫人에 봉해졌다.

위의 기록을 보면 왕실의 외척이 늘 그러하듯이 왕후의 집안도 선대에는 나라에 유공한 명문 집안이었다. 증조부의 찬성 벼슬과 조부의 영의정은 추증된 것이고 외조부도 판서로 추증된 것으로 보아 왕후의 아버지와 어머니 때에는 양반의 명맥만 지닌 집안이었다. 아래의 일화는 당시 왕후의 집안이 얼마나 빈곤했는가를 알 수 있게 한다.

이조 영조 때에 한양 서대문 정동에 이사관이 살고 있었는데 그는 고려 말엽 삼은三隱 가운데 한 분이신 목은 선생의 14대 손이다. 어느 해 동짓달 중순경 급히 볼일이 있어 한양에서 자기 고향인 충청도 한산에 내려가는 도중에 충청도 예산 근방에 이르렀을 적에 앞을 분간할 수 없을 정도의 눈이 내리고 세찬 바람이 부는데 날은 거의 저물어 가도 있었다. 이때 앞에 가던 유생이 초라한 교자를 하나 세워 놓고 어쩔 줄 몰라 하기에 그 옆을 지나던 이사관이 유생의 태도가 심상치 않아 연유를 묻자, 그는 충청도 면천에 살고 있는 생원 김한구로 교자 속에는 부인이 친가에 해산하러 가는 길에 이곳에 이르러 교자 속에서 해산을 했으나 노자가 한 푼도 없음에 당황하고 있다고 했다. 실로 교자 안에는 딸을 해산한 부인이 변변히 입지도 못한 채 눈바람에 떨고 만 있었다. 딱한 사정을 안 이사관은 입었던 양피 두루마기를 벗어서 산모에게 주고 주막을 찾아 쌀과 미역을 사서 해산구원을 하게 해 주었다. 유생은 이사관의 은혜가 뼈에 사무치도록 고마웠다. 당시 김

이증복, 『한국야담사화전집』9, 〈이사관의 기운〉

### 2) 66세 신랑과 15세 신부

영조 33년에는 국상이 연이어 있었다. 영조 33년(1757) 2월 15일
신시에 정성왕후가 창덕궁 관리합에서 향년 66세로 승하하고, 3월
26일에는 대왕대비 인원왕후(숙종의 제2계비)가 창덕궁 영모당에서
71세로 승하하였다.

영조 35년(1759)에 두 분의 삼년상을 마치자 영조는 66세가 되었
다. 당시 대신과 예조당상이 3년의 예를 다 마쳤고 곤위가 오래 비
어 있으므로 가례를 정하여 행할 것을 청하니 임금이 허락하지 않
았다.(영조 35년 5월 3일) 며칠 후 영조는 "정성왕후와 더불어 50년
동안 해로하여 주갑周甲을 지냈으니 무슨 마음으로 계비를 택하겠느
냐? 그러나 나라에는 하루도 곤위를 비어 둘 수가 없고 자성의 하교
도 어떻게 어기겠느냐? 정을 억누르고 함인솔忍하고 전중에 구두로

244

아뢰었던 것인데 나의 마음은 비록 이와 같다고 하더라도 신하의 도리로서는 그렇지 못할 것이다. 곤위가 비어 있는 것을 보고서 임금이 늙었다고 하여 청하지 않았으니 이는 신하의 분의가 없는 것이다"며 영부사 유척기를 문외출송門外黜送시켰다.(영조 35년 5월 6일)

이렇게 하여 66세 왕의 배우자 간택이 시작된다. 〈한중록〉에도 영조의 계비와 관련된 이야기가 있다.

> 양전 삼년을 겨우 맞잡고 을묘에 가례를 행하오시니 그때 불언 중 근심이 많은지라. 선희궁께오서 나더러 하오시되, "정성왕후 아니 계오신 후는 이 가례를 행하와 곤위를 정하옵는 것이 나라에 응당한 일이라" 하오시고, 선대왕께 하례하오시고 가례 차리오시기를 몸소 하셔 아니 정성됨이 없아오시고, 궁중 모양이 될 줄을 진심으로 기꺼하오시니 성궁 위하신 성행이 거룩하오시며, 가례 후 경모궁께오서 조현하실 때 행례에 지극 조심하오시고 공경화오심이 천성 성효에 뛰어나오신 줄 이런 일에 아올 것이오, 양전의 문안을 평안히 지내오시면 스스로 기꺼하시던 것이니, 이 마디는 궁중이 다 아는 일이니, 지극한 슬픔을 하늘을 우러러 묻고자 하되 할 일이 없도다.
>
> 한중록

하늘이 있으면 땅이 있듯이 왕의 나이가 환갑을 지난 고령이라도 왕권을 수행하는 동안에는 중전의 자리를 비워 둘 수는 없다. 당시의 장례 풍속에 의하여 삼년상을 마치기 전에는 어쩔 수 없지만 소상과 대상을 치른 후까지 임금의 나이가 많다는 이유로 중전의 간택을 미룰 수는 없는 것이다. 이리하여 66세 왕의 배필을 뽑는 절차

가 시작되고 작품에서 정순왕후로 등장하는 15살의 소녀가 간택된
다. 신랑과 신부의 나이 차가 50년을 넘어서인지 유독 왕비 간택담
과 관련된 구전 자료가 많다. 자료들은 구연자와 구전된 장소 그리
고 정리하는 사람이 달라도 내용은 거의 대동소이하다. 그 중 비교
적 여러 내용을 고루 담고 있는 일화를 정리하면 아래와 같다.

영조의 비 정성왕후가 돌아가자 새로 왕비를 세우기 위한 간택이 있었다.
이때 많은 후보 처녀가 대궐에 들어갔거니와 영조는 친히 간택하는 자리에
나와서 둘러보았다. 처녀들은 다 정해진 제 자리에 방석 위에 앉아 있었으
나 유독 김한구의 딸만은 방석을 깔지 않고 떨어져 앉아 있었다. 영조는 기
이하게 여겨서 물었다. 너는 어찌하여 방석에 앉지 않고 그러고 있느냐? 아
비의 이름이 방석에 씌어져 있사옵니다. 자식 된 도리에 어찌 아비의 이름
을 깔고 앉겠습니까. 자리를 정하기 위하여 방석 모서리에 각기 후보 처녀
의 아비의 이름이 씌어져 있었던 것이다. 다음에는 이 세상에서 무엇이 가
장 깊으냐고 물었더니 각기 말하기를 혹은 산이 깊다고 하고 혹은 물이 깊
다고 하였다. 한데 김한구의 딸은 사람의 마음이 가장 깊습니다. 라고 아뢰
었다. 그것은 어인 까닭이냐? 예, 산이나 물은 아무리 깊어도 얼마나 깊은
지를 측량할 수 있습니다. 하오나 사람의 마음은 측량할 수 없으니 아마도
이 세상에서 가장 깊은가 하옵니다. 영조는 또 한 번 감탄하고 이번에는 무
슨 꽃이 가장 좋으냐고 물었다. 이번에도 대답은 제 각기 달라 혹은 도화桃
花라 하고 혹은 모란, 해당화 등 각색이었다. 한데 김한구의 딸은 면화棉花라
고 하였다. 그 까닭을 물으니 이렇게 대답하였다. 다른 꽃은 다 잠시 아름다
울 뿐이오나 면화는 옷이 되어 천하를 덥게 하오니 가장 좋은 꽃입니다. 마

칩 비가 오기에 전각 지붕의 기와가 몇 줄이냐고 물었다. 모든 처녀는 쳐다보며 세었으나 김한구의 딸은 고개를 숙이고 있다가 정확하게 맞추었다. 그 까닭은 물으니 낙수가 떨어지는 것을 세어서 알았노라고 하였다. 결국 김한구의 딸로서 왕비가 정해지니 정순왕후였다. …… 정순왕후에게 소생은 없었다.

강효석, 『대동기문』, 한양서원, 1926

위 책에서 영조의 질문과 정순왕후의 대답을 정리하면 아래와 같다.

| 영조 | 정순왕후 |
|---|---|
| 첫째, 방석에 앉지 않는 이유는? | 방석에 아버지의 함자가 쓰여 있기 때문이다 |
| 둘째, 음식 중 무슨 음식이 가장 맛있는가? | 소금이다 |
| 셋째, 무슨 꽃이 가장 아름다운가? | 사람의 옷을 만드는 면화다 |
| 넷째, 무엇이 제일 깊은가? | 사람의 마음이다 |

이렇게 왕후의 현명한 대답으로 간택되었다고 한다. 간택이 결정된 후에도 일화는 계속된다. 왕후의 장복을 짓기 위해 옷 치수를 재러 온 상궁이 뒤로 돌아앉기를 청하자 "무슨 무엄한 말인고. 상궁이 뒤로 돌아가지 못할꼬"하여 상궁을 떨게 했다는 일화도 있다.(정순왕후의 부덕, 『한국야담 사화집』)

영조 35년 6월 9일 삼간택을 행하여 유학幼學 김한구의 딸로 정하였다. 6월 22일 임금이 어의궁에 나아가 친영례親迎禮를 거행하고 중궁이 입궐하여 동뢰례同牢禮를 거행하였다. 영조는 대례를 치른 다음 날 인정전에 나아가 자신의 심정을 아래와 같이 말한다.

돌아보건데 과궁寡躬은 배필을 잃어 내조할 사람이 없음을 탄식하였다. 다행스럽게 자지慈旨를 옷상자笥 속에서 얻었으니 이에 다시 종묘에 제물을 올리는 즈음을 생각하였다. 천도는 홀로 운행할 수 없으니 오직 박후하고 광대함이 서로 도와야 하는 것이요 곤직壼職은 잠시도 비우기를 용납하기 어려우니 자나 깨나 생각이 더욱 간절하였다. 왕후 김씨는 교목세신喬木世臣의 가문에서 태어나서 옛날 증사曾沙의 경사가 다시 나타났다. 숙신淑愼하고 유화한 품행은 진실로 양좌良佐에 합당하며 유한하고 정정한 성품은 휘음徽音을 이음에 마땅하다. 이에 길신吉辰을 가시어 아름다운 전례典禮를 갖추었노라. 본년 6월 22일 신미에 옥책과 금보를 내려 왕후의 위호를 바루었다.

영조 35년 6월 23일

## 3) 소녀 시어머니와의 갈등

혜경궁의 또 다른 한의 하나는 친정 집안의 수난이다. 물론 오랜 세월 동안 왕실의 외척으로 부귀를 누렸으나 영조의 계비인 정순왕후의 등장으로 어두운 그림자가 드리우게 된 것이다. 그것은 정순왕후의 친정 오빠 김귀주를 중심으로 한 남당南黨에 대항하는 북당北黨의 중심인물이 홍봉한이었기 때문이다. 혜경궁은 두 외척 간 갈등의 원인을 아래와 같이 기술했다.

> 오흥이 국구國舅되니 선비를 불의不意 존대하여 범백凡百이 생소하니 선인
> 이 휴척을 한가지로 하실 마음으로 지도하셔 가르치심이 지친같이 보아 범
> 사에 탈이 안 나게 하시니, 처음은 감격히 어기고 내 또한 대비전 우러름이
> 감히 먼저 들어오고 나이 많은 것을 생각함이 없어 일심으로 공경하고, 대
> 비전께오서는 날 대접하시기 지극하오시니 섬개만한 사이 없어 백년을 양
> 가가 상애相愛할까 하였더니, 형세가 두텁고 알음이 익은 후는 먼저 된 사람
> 을 꺼리고 지도하는 뜻을 저버리는지라. …… 병술년에 대고를 만나 들어앉
> 으시니 그사이 귀주와 후겸이 서로 부합하니 후겸은 전의 혐의를 끼고 귀
> 주는 제 집이 우리 집만 못한가 꺼려 당치않은 일에 노하며 형상 없는 땅에
> 모해하니 이를 즐기고 세를 따르는 유들이 스스로 겉으로 사류인체 자처하
> 여 좌로 꾀오며 우로 해하는 중사기를 보아가며 지극한 벗과 가까운 친척이
> 다 한가지로 돌아가니 내 집의 위태함이 조모에 있으나 선대왕 은혜가 갈
> 수록 지중하오셔 선인 해상 후 영상을 중배하셔 총애 여전하시니 이럴수록
> 반세의 꾐이 무궁하여 내외로 도와줌은 없고 해하는 이는 벌의 떼 이듯하
> 니 속담에 열 번 찍어 아니 거꾸러지는 나무 없다 말 같아서 오늘 해하며 내
> 일 해하여 불언중 은총이 절로 감하오시던지 귀관이 머리지어 경인 삼월에
> 한유의 흉무를 지어내니
>
> 한중록

인용문을 보면 정순왕후 친정 집안이 외척이 된 후 처음에는 낯
선 궁중 법도를 소상히 가르쳐 주는 혜경궁 친정 집안(풍산 홍씨)에

고마워하였다. 열 살 아래의 시모는 며느리를 각별하게 대하고 혜경궁 또한 궁궐에 먼저 들어오고 나이 많음을 생각하지 않고 공경하여 털끝만 한 틈도 없이 잘 지냈었다. 그러나 시간이 지나면서 궁중 법도에 익숙해지고 세력이 두터워지게 되자 두 외척 간에 틈이 생기게 된 것이다. 더욱이 혜경궁의 아버지 홍봉한이 계모(성주 이씨)의 상喪을 당하게 되어 벼슬에서 물러나게 되자 정순왕후의 오빠 김귀주와 화완옹주의 양자 정후겸이 서로 결탁하여 혜경궁 집안과 대립하게 된다. 그 이유를 정후겸은 전일 수원부사를 청탁한 것을 거절한 것에 앙심을 품었기 때문이고 김귀주는 제 집이 우리 집만 못한 것을 꺼려서라고 했다. 당시 혜경궁 집안의 위태함이 조모朝暮에 있었으나 영조는 생전에 끝까지 며느리 집안을 보호해 주었다.


### 4) 수렴청정과 신유사옥

15세 소녀는 66세의 노인 군주와 결혼했기에 입궁과 동시에 10살이나 많은 아들과 며느리 그리고 손자와 손녀들이 있었다. 그러므로 그녀는 혼례와 동시에 시어머니와 할머니로 불리는 노인이 된 것이다. 다행히 영조가 역대 왕들뿐 아니라 당시 평균 수명보다 오래 장수하였고, 젊은 아내에 대한 사랑이 각별했기에 몰락했던 친정이 회복하는 것을 보면서 18년을 해로할 수 있었다. 1776년 영조가 83세의 나이로 승하하고 손자 정조가 즉위한다. 왕후는 32세의 젊은 나이로 대비가 되어 나라의 최고 어른이 되었으나 전일의 영광과 세력을 지닐 수는 없었다. 당시 시파의 반대편에서 벽파의 영수로 권력을 휘두르던 친정 오빠(김귀주)가 흑산도로 유배된 후 위리안치된다. 1784년 정조가 왕세자(문효세자)의 세자 책봉 특사로 나주에 옮겼으나 병사하여 친정은 다시 쇠락하고 있었다.

정조 24년(1800) 6월 28일, 49세 장년인 정조가 갑자기 승하한다. 당시 순조는 11세의 어린 나이었기에 관례에 따라 대왕대비를 모시고 수렴청정의 예를 희정당에서 행한다.(순조 즉위년 7월 4일) 이로써 권력의 뒤편에 물러났던 정순왕후는 다시 권력의 정면에 나서게 되었다. 수렴청정이란 임금이 어린 나이로 등극하게 되면 대왕대비나 대비가 정사를 돌보는 것을 말한다. 수렴청정은 발 뒤에 앉아서 왕의 정사를 돕는 것이지만 상황에 따라서는 많은 것을 결정할 수 있는 위치다.

정순왕후가 정권을 잡은 후 처음으로 휘두른 칼날은 천주교 탄압이었다. 친정 오빠 김귀주의 원수를 갚으려고 시작된 천주교 탄압은 신유년(순조 원년, 1901년)에 선교사 주문모와 함께 2백인의 교인을 주살하였다. 이를 신유사옥이라 한다. 당시 시파계 남인들 중엔 실학자들이 많았고 남인계와 실학자들이 비교적 천주교 신자들과 가까웠기 때문이다. 천주교 금지를 명분으로 남인계 중심의 시파세력과 실학자들에게 일대 숙청을 가하여 정조 대에 집권해 오던 시파에 대한 보복을 하였다. 홍낙임(혜경궁 홍씨의 친정 동생)이 시파의 거두로 지목되어 혜경궁의 친정은 다시 몰락하게 된다. 당시 67세의 혜경궁은 동생이 천주교 신자로 지목된 것은 시어머니 친정편인 벽파의 음모라고 인식하였다. 음식을 전폐하고 자결을 시도하면서 항변하지만 복수의 칼날을 비켜갈 수는 없었다. 다만 어린 왕에게 아

버지 정조가 어머니인 자신에게 행하던 효심을 상기시키면서 친정
과 관련된 여러 사건의 진실을 밝히는 글을 해를 이어서(67세와 68
세) 쓰게 된다. 그 후 시어머니 정순왕후가 죽은 해(1805)에 71세의
노인은 다시 붓을 들어 임오화변의 원인을 밝히고 친정의 억울함을
손자가 풀어주기를 기원하는 내용의 글을 남긴다.

61세에 쓴 제1편에도 억울한 상황을 기술할 때마다 시어머니 친
정 오빠인 김귀주에 대한 원망이 곳곳에 기술되었고 2~3편에서는
신유사옥이 직접적인 창작동기가 된다. 당시 노년의 나이에 몰락하
는 친정을 보고 있을 수밖에 없었던 심정을 작자는 아래와 같이 기
술하였다.

그 사학에 남인이 많이 들었으니 내 집에서 삼십 년래 사람을 우언 모르
는 중 남인은 더욱 아는 이 없고 채제공蔡濟恭은 성식聲息도 없고, 이가환李家
煥이는 숙제가 평생에 면목도 모르는 사람이요, 오석충吳錫忠이가 숙제에게
다녀 제 조상 심환지沈煥之가 연주하였으니 이 한 말로 허다한 말이 다 백지
무망인 줄 명증明證이 있으니 오시수吳始壽가 죄 입을 때에 내 고조가 대사헌
으로 복합伏閤하여 삼일을 다투어 필경 처분이 내 고조로 하여 되었기, 그
오가吳家들이 우리 집을 대대 혐가로 알더라 하니, 제 혐가에 아무리 왕래코
자 한들 올 길이 어이 있으며 오시수의 복관작을 선왕이 숙제의 말을 듣고
해 주시면 숙제의 권이 장한 셈이니 제 삼촌은 어이 복관을 못하여 내었으
리오. 무비 다 허무 무근한 말이니 다시 의논할 것이 없는지라. 사람을 죽이
는 일이 나라의 큰일이요. 하물며 숙제는 내 동기요, 선왕의 외구外舅니 설
사 방불한 죄상이 있어도 경히 해하지 못하려든, 소위 모와낸 죄명이 한가

지도 말이 되지 못하게 하여 제잡담除雜談하고 죽이고자만 하여, "정청하네" "계사啓辭하네"하여 필경 천리 해외에서 참화를 받게 하니 만고 천지간에 다시 이런 지원극통至寃極痛이 어이 있으리오.

한중록

정순왕후는 15세에 66세의 영조의 계비繼妃로 입궁하여 순조 5년 1월 12일 61세로 생을 마감하였다. 그동안 혜경궁과는 시어머니와 며느리의 인연으로 만나 반세기의 긴 세월을 궁궐이라는 폐쇄적 공간에서 함께하면서 서로에게 상처를 주고받는 악연으로 이어졌다.

## 3. 사도세자 생모 영빈 이씨暎嬪李氏

사도세자 생모 영빈 이씨暎嬪李氏는 숙종 22년(1696) 7월 18일에 이유번李楡蕃의 딸로 태어나 6세인 숙종 27년(1701)에 궁궐에 들어왔다. 조선조 궁인출신의 여러 후궁들이 그러하듯이 영빈도 일생에 대한 자세한 기록을 찾기는 어렵다. 다만 자녀 생산이나 품계를 받은 날에 실록에 한두 줄 정도로 간략하게 소개되어 있을 뿐이다. 영빈이 처음 기록에 나타나는 것은 영조 2년 11월 16일에 숙의淑儀의 품계를 받았다는 것이다. 그날 이병태李秉泰가 빈어嬪御를 신중하게 하라고 말하자 아무런 대답을 하지 않았다는 기록이 있다. 영조보다 두 살이 어린 영빈이 31세에 숙의로 봉해진 것은 이듬해 영조 3년(1727) 4월 27일에 낳은 화평옹주를 잉태했기 때문이다. 이후 35세인 영조 6

년(1730) 11월 27일에 영빈暎嬪의 작위를 받을 때에도 아래와 같은 기록이 있다.



인용문을 보면 영빈이 내명부의 최고 품계인 빈嬪이 되기 전에 귀인으로 작위를 받았음을 알 수 있다. "이때에 인산因山이 막 끝나자 온 나라 사람이 흰 옷을 입고 있었는데, 이러한 명령이 있으니 서울과 지방에서 놀랍게 여겨 탄식하였다"는 것은 당시 경종의 계비 선의왕후宣懿王后가 영조 6년(1730) 6월 29일에 승하하여 10월 19일 국장을 치른 지 얼마 되지 않았기 때문이다. 이렇게 영빈은 파격적인 대우를 받았음을 알 수 있다. 38세인 영조 9년(1733) 3월 7일에 화협 옹주를 낳았다. 이튿날 『영조실록』에는 아래와 같이 또 딸을 낳아 실망하는 왕을 위로하는 기록이 있다.

게 빌고 명산名山에 기도하는 등의 일을 양주仰奏하니, 임금이 이르기를, "내가 어찌 이 일 때문에 침식寢食을 제대로 하지 못하는 지경에 이르겠는가? 다만 삼종三宗의 혈맥을 생각하느라 마음이 평상시와 같지 못한 것뿐이다" 하였다.

영조 9년 3월 8일

인용문에서 화평옹주를 낳은 후에 이미 세 명의 옹주를 낳았으나 생장하지 못했음을 알 수 있다. 영빈으로 보면 다섯 번째에 또 딸을 낳은 것이다. 이래서인지 이 옹주는 아래와 같이 아버지의 사랑을 받지 못한다.

40세인 영조 11년(1735) 1월 21일 집복헌集福軒에서 기다리던 아들을 드디어 낳았다. 이 아들이 영빈에게 가장 큰 기쁨과 슬픔을 안긴 사도세자다.

우리는 종종 작품이나 현실에서 극한의 상황에 처했을 때 목숨을 바쳐 자식을 구하려는 어머니의 모습을 만날 수 있다. 모성 본능인 것이다. 이러한 모성이 폐쇄된 궁궐이라고 예외는 아니다. 어쩌면 더 끈끈한 정으로 맺어져 있을 가능성이 크다. 그것은 왕을 정점으로 형성된 모자 관계가 부귀는 물론 때로는 삶과 죽음도 결정하기 때문이다. 그러므로 궁궐에서는 형식적으로 어머니 역할을 하는 적모嫡母와 자신의 모든 것을 바치는 생모生母의 '어머니' 상이 다를 수밖에 없다. 〈한중록〉은 작자의 체험에 바탕을 두고 서술되었기에 자신과 아들(정조) 간에 주고받은 각별한 정과 함께 각기 다른 세 분 시모의 모습들이 매우 섬세하게 그려져 있다. 두 분 적모가 법도

에 의한 모자 관계라면 생모는 혈육으로 맺어졌으므로 모자간의 애틋한 정은 법적인 어머니와는 비교될 수는 없다. 실제로 〈한중록〉 곳곳에는 20년을 함께 하면서 고부간에 주고받은 가슴 뭉클한 대목이 많다. 그러므로 영빈 사후 30~40여 년이 지난 후에 집필한 작품 속에서도 죽음으로까지 치닫게 된 부자간의 갈등 사이에서 아내와 어머니라는 이름으로 살다간 영빈을 생생하게 만날 수 있다. 혜경궁은 사도세자의 생모인 영빈이 남편에게 '아들을 죽이라'고 말했고 그 말은 곧 실행에 옮겨졌다고 술회하고 있다. 어떻게 어머니가 아들을 죽이라고 말할 수 있을까? 더욱이 자신이 누리고 있는 모든 영화가 그 아들이 있었기에 가능했는데 말이다.

선희궁이 궁인의 몸으로 승은을 입을 수 있게 된 원인이나 과정은 찾을 수 없다. 그러나 왕의 자녀를 잉태하기 전에 숙의淑儀 작위를 받고 아들을 낳기 전에 내명부의 최고 품계인 빈嬪의 작위를 받았다. 또한 당시로는 적지 않은 40세에 아들을 낳고 그녀가 43세인 영조 14년(1738)에 다시 딸(화완옹주)을 더 낳도록 왕의 사랑을 받았음을 알 수 있다. 수많은 여인들이 왕의 승은 입기를 간절히 바라는 당시의 궁궐 상황에서 '1남 6녀'를 생산하도록 사랑을 받았다는 것은 매우 드문 일이다. 그러나 이러한 영광의 요인들이 그녀로 하여금 평생 지니고 살게 되는 한의 원인이기도 했다. 이제 그 한의 세월을 몇 개의 고리로 묶어 살펴보고자 한다.

256

## 1) 어머니의 신분이 부자 갈등의 한 요소가 되다

영빈 이씨는 〈한중록〉에서 선희궁宣禧宮으로 등장한다. 영빈 사후死後 영조는 묘호를 의열義烈이라 했었다. 정조 12년 금성위錦城尉 박명원朴明源이 의열義烈이 안의 궁宮과 밖의 묘墓에 통칭하고 있는 것은 전례典禮에 없으므로 고치기를 청한다. 당시 정조는 대신들과 의논하여 묘호를 선희宣禧로 정하였다.(정조 12년 12월 26일) 이렇게 하여 정조 19년에 처음 시작한 〈한중록〉 전편에서 영빈 이씨는 선희궁으로 불린다. 영조는 첫아들을 잃은 후 오랫동안 후사를 두지 못하다가 45세에 영빈 이씨가 후사를 낳자 돌도 지나기 전에 동궁으로 책봉했다. 그녀가 왕과 함께 동궁 처소를 찾았을 때 나인들의 불손한 행동으로 민망하였다던 영빈의 마음을 작자는 아래와 같이 전한다.

천한 내인이 대의大義를 몰라 선희궁께서 동궁을 탄생하여 계오시니 지극히 존귀하신 줄 생각지 아니하고 선희궁 미시 적 일만 생각하여 만모慢侮도 하고 언사도 공순치 아니하여 혹 헐쁘림도 있으니 선희궁께오서 중심에 미안히 여기오시고 영묘께오서 어이 몰라 계오시리오.

한중록

위의 대목으로 보아 영빈은 궁녀 출신으로 승은 후궁임을 알 수 있다. 동궁 처소의 궁인들 입장에서 보면 전일은 자신들과 같거나 아니면 아래 품계의 궁녀였는데 세자의 생모라고 왕과 함께 나타나는 선희궁이 시샘의 대상이 되었을 것이다. 선희궁 자신도 내면의

*257*

열등감으로 괴로웠겠지만 영조 또한 후궁 소생이라 누구보다도 그 심정을 잘 이해했으리라 생각된다. 이러한 일들이 반복되자 왕은 동궁 처소를 찾는 기회가 점점 줄어들게 되었고 자연 부자간의 정도 키울 기회가 많지 않았다는 것이다. 더욱이 동궁 처소의 나인들이 전일 영조의 등극 과정에 갈등을 빚었던 경종의 계비(선의왕후)를 모셨던 궁인들이라 교육을 제대로 하지 않았다. 그러므로 영조에게 비친 아들은 항상 마음에 차지 않았으므로 만나면 칭찬과 사랑을 주기보다는 꾸중과 화를 내는 날이 많아지게 된다. 동궁에게는 영조가 자애로운 아버지이기 전에 두려움의 대상이 된 것이다. 어린 시절 형성된 부자간의 부조화는 해가 거듭될수록 그 골이 더욱 짙게 되어 훗날 크나큰 비극의 한 요소가 되었다. 선희궁이 〈한중록〉에 처음 등장하는 것은 9세에 세자빈 간택에 참여하는 첫날부터다.

그 해에 간택단자 받는 명이 내리니 …… 구월 이십 팔 일 초간택이 되니 선대왕께서 용열한 재질을 천포가 과히 융중隆重하셔 각별 어여삐 여기시고, 정성왕후께서 가즉이 보시고 선희궁께서 간선揀選하는 보계에 오르지 않으셔 먼저 불러 보시고 화기 만안滿顔하여 사랑하오시고, …… 시월 이십 팔일 재간택이 되니 정성왕후께서와 선희궁께서 사랑하오며 기꺼하오심이 과하오시고 …… 궐내 들어와 경춘전에 쉬어 통명전에 올라가 삼전께 뵈오니 인원왕후께오서 처음으로 감하오시고, "아름답고 극진하니 나라의 복이라" 하오시고, 선대왕께서 어루만져 과애過愛하오시고, "슬거운 며느리니 내 잘 가리었노라" 하오시고, 정성왕후께서 기꺼하오심과 선희궁께오서 극진히 자애하오심이 이를 것이 없으니, 아이 적 마음이나 감은感恩하여 우럴잡

258

는 마음이 스스로 나는지라

한중록

초간택에서 처음 만난 정성왕후가 "가즉이 보시다"와는 달리, 간택을 시작하기 이전에 먼저 불러보고 "화기 만안하여 사랑하시다"는 대목이나, 삼간택 때에도 정성왕후가 "기꺼하시다"라고 법도에 따른 사랑과는 다르게, "극진히 자애함이 이를 것이 없으니"라고 회고하고 있다. 이러한 사랑을 혜경궁이 별궁 생활을 할 때에는 보다 적극적으로 표현한다.

별궁 배치한 즙물 병장 자장 중에 왜진주 큰 가자 하나가 있으니 선희궁이 주신 것이라. 정명공주 것으로 손자 조씨부 주신 것이더니 그 집이 팔았던지 선희궁 모신 궁인의 집으로 인연하여 사오신 것이러니, 내 공주 자손으로 들어와 내 집 구물舊物을 가지니 우연치 아닌 일이오, 정헌공께서 서화의 벽이 계오셔 네 폭 수병차가 있더니, 경신 후 모셨던 하인이 가져가 판즉 공교히 선희궁 내인 친척에게로 말미암아 매득買得하오셔 수병繡屏 사 첩을 장裝하여 침방에 치게 보내어 계오시니 계고모가 능히 알아보시고, "조부에게 있던 것이 금중禁中에 들어와 오늘날 손녀 분 마노라 침방에 치인 일이 이상하다" 일컬으시더니라. 또 선희궁의 팔 폭 수놓은 용병이 나와 치었더니 선인이 보시고, "이 병풍 중 용빛이 의연히 을묘 육월 십칠일에 꿈꾼 용의 빛이니 그때 꿈꾼 후 생각이 잊지 않았더니 이 병풍을 대하니 황연히 몽夢 중의 용 같다" 하오시니, 대저 수화繡畵의 재합再合함과 용병의 빛 방불함이 이상타고 일좌一座 차상하니, 그 용빛인 즉 검은 인갑은 금사金絲로 놓았

인용문을 보면 선희궁은 별궁에 머무르는 며느리에게 3가지 선
물을 보냈다. 그 중 하나는 가지 모양의 큰 일본 진주였다. 이것은 원
래 선조와 인목왕후의 따님인 정명공주가 생전에 소장했던 것이다.
선희궁은 며느리가 공주의 후손인 것을 알고 수소문하여 준비한 것
이다. 다른 하나는 혜경궁의 할아버지 정헌공洪鉉輔이 생전에 소장했
던 수를 놓은 네 폭 병풍이다. 정헌공이 그림과 글씨에 취미가 있어
수집한 것을 할아버지가 사망하였을 때에 하인이 몰래 팔았었나보
다. 선희궁은 정헌공이 소장했던 병풍이 있다는 것을 알고 사서 선
물했다. 나머지 하나는 선희궁 자신이 용을 수놓은 8폭 병풍이다.
아버지 홍봉한은 금실로 수를 놓은 용의 비늘이 살아 있는 듯하여
이 병풍을 보자 혜경궁이 태어나기 전날 밤에 꾼 태몽 속의 용이 생
각났다고 한다.

선희궁이 6세에 궁궐에 들어온 후에 어떠한 처소에 속해 있다가
승은을 받았는지는 알 수는 없다. 그러나 이렇게 수를 잘 놓은 것으
로 보아 수방繡房나인이 맞다. 수방나인들은 대개 6~7살에 입궁하
여 궁중에서 소요되는 옷이나 장식품의 수를 놓는다. 수방과 침방
針房 처소의 나인들은 지밀至密 처소 다음으로 궁녀들 중에서 엘리트
였다. 그러므로 관례 전에는 지밀 처소나인들과 같이 생머리를 하고
그 위에 자주색 댕기 두 가닥을 드리었다(지밀나인은 네 가닥). 관례

후에는 치마를 지밀至密나인들과 같이 왼쪽으로 여미어 입는 등 다른 처소와는 구별되었다. 이렇게 같은 궁궐에 속한 궁녀들이라도 소속된 처소에 따라 입궁 시기와 역할이 달랐다. 일반적으로 지밀, 침방, 수방 처소나인들의 일이 당시 모든 사대부가의 여성들의 역할과 같았다. 그러므로 자연 왕족과 만날 일이 잦았으므로 승은承恩을 입을 확률도 많았다.

인용문에서 알 수 있듯이 선희궁은 남에게 선물을 할 때에도 자상하고 세심하게 배려하는 성품을 지녔다. 이러한 성품이 오랜 세월 동안 왕의 사랑을 받을 수 있는 한 요인이 되었을 것이다. 이렇게 후궁의 신분으로 동궁의 생모가 되었으나 항상 영광만 있는 것은 아니었다. 사도세자 편에서 살펴보았듯이 영조가 자신의 소생으로 동궁으로 봉한 것은 너무나 큰 영광이지만 어린 아들을 가까이 둘 수 없는 아픔도 감내해야 했다. 이러한 영광이 훗날 평생 한의 결과를 낳게 될 줄이야 짐작이나 했겠는가? 〈한중록〉에는 영조의 애증에 대한 일화가 앞에서 언급한 것 외에도 많다. 영조가 사랑하는 사람과 미워하는 사람이 공교롭게도 모두 영빈 이씨 소생이다. 동복同腹의 자매라도 한 곳에 있지 못하게 했다니 옹주들의 생모인 선희궁의 마음이 어떠했겠는가를 짐작할 수 있다.

### 2) 아들을 '죽이라'고 말해야 했던 어머니

동서를 막론하고 권력자 주변에는 항상 여인들이 많기 마련이다. 그러므로 그 여인들은 자신의 아름다움을 무기로 해바라기와 같이

맴돌면서 선택의 기회를 얻기 희망한다. 선택된 자 가운데 요행, 왕의 자녀를 생산하게 되면 신분이 달라지고 더욱이 그 아들이 왕의 후계자가 된다면 그녀의 위치는 더욱 공고히 되는 것이다. 그러므로 영빈에게 아들은 일반적인 모성보다 더 소중한 아들이다. 그러나 이 아들은 병이 깊어지고 이상한 행동을 함으로써 아버지와의 갈등이 해를 거듭할수록 증폭되고 있었다. 당시 남편과 아들 사이에서 마음고생이 어떠했을까는 쉽게 짐작할 수 있다.

부자간의 갈등이 깊어지고 있을 당시 영조는 만년에 얻은 후궁에게 정을 쏟고 있었다. 이 여인은 자신이 아들만 낳으면 왕과 동궁 간 불화의 틈을 이용하여 자신의 소생으로 후사를 삼으려는 계교를 오빠 문성국과 꾸미고 있었다. 그러나 이 계획은 실패로 끝나고 정조 즉위 초에 작위를 박탈당했다. 당시 문녀 남매의 이간 때문인지 동궁의 병은 나날이 심해져 부자간의 갈등은 더욱 심화된다. 〈한중록〉에는 세자의 어머니 영빈 이씨의 애타는 마음이 여러 곳에 잘 나타나 있다.

영조 33년은 국상國喪이 달을 이어서 있었다. 2월 15일에는 영조 비 정성왕후가, 3월 26일에는 숙종의 제2계비인 인원왕후가 승하한 것이다. 이듬해 소상이 되도록 동궁은 적모인 정성왕후의 능에 한번 도 찾아뵙지 못하다가 어렵게 배알의 기회를 허락받았다. 공교롭게 그날 비가 많이 오자 영조는 그 비를 세자 탓으로 돌리면서 중간에 서 돌아가라고 한다. 당시 혜경궁은 선희궁과 함께 능행이 무사하기 만을 바라다가 일이 그르치게 되자, "선희궁과 나와 서로 붙들어 체 루뿐이니"라고 기술했다. 동궁도 점점 살길이 없다면서 의대를 잘못 입고 가서 그 일이 났는가 생각하여 의대병증衣帶症情이 더하게 된다. 그 후 이 의대증은 동궁이 옷을 갈아입을 때마다 자신과 그 주변 사 람들에게 큰 고통이 되었다. 이렇게 병이 깊어지면서 세자는 학문을 게을리하였다. 그러므로 예효가 하늘에 뛰어나 상중에 슬퍼하시고 외로워하시는 중에 이미 1기가 지났음에도 예후가 학업을 닦지 않 고 서연을 폐한지가 오래되었음을 걱정하는(영조 34년 2월 27일) 상 소가 여러 차례 있었다. 이러한 병환은 해를 거듭할수록 더욱 심해 지고 영조의 책망도 나날이 심해지게 되어 부자 사이는 더욱 소원하 게 된다. 작품에는 당시의 상황을 다음과 같이 회고한다.

경진을 당하니 그해는 병환이 더 침독하시고 대조께서 또 책망이 일일이 심하시니 격화는 점점 성하시고 의대 병환이 더 극심하오시고 …… 경진 탄 일에 또 무슨 일로 격화가 대단히 오르셔 …… 선희궁께 불공지언을 많이 하시고 …… 병환이 심하시되 내게나 괴로이 구오시지 어머님께는 그리 못 하시더니 그날에야 비로소 병환을 감추지 못하오시니 전일 선희궁께서 비

인용문과 같이 경진년(영조 36년)은 동궁의 병세가 더욱 심해져
어머니에 대한 예의도 차릴 수 없는 지경에 이르게 된다. 이러한 때
에 영조는 여름의 한재旱災가 "소조小朝에서 덕을 닦지 아니하는 탓이
라"고 꾸중만 하니 죽기만을 원했다고 한다. 이렇게 영조와 세자 사
이는 더욱 악화되고 자연 세자의 병세도 심하게 되었다. 처음에는
군사놀이로 답답한 마음을 풀고자 아버지가 웃 대궐(경희궁)로 옮
겨가시도록 정처에게 협박하여 성공한다. 그러나 그것으로도 답답
한 마음을 진정할 수 없으므로 온양을 가게 해달라고 다시 협박하
여 온양행궁으로 가게 된 것이다. 당시 세자는 아내 혜경궁이 영조
를 경희궁으로 옮기도록 조처하지 못한다고 바둑판을 던져 왼쪽 눈
이 하마터면 빠질 뻔하게 하였다. 당시 동생 화완옹주에게도 칼을
들고 협박한 것을 보면 병세가 어느 정도였는가를 짐작하게 한다.

이렇게 하여 거행된 온양행궁이『영조실록』에는 습종濕瘇을 치료
하기 위하여 약 보름 동안 머물면서 온천욕을 했다고 기록되었다. 영
조 36년(1760) 7월 18일 창덕궁을 출발하여 '과천(18일)-수원(19일)-
진위(20일)-직산(21일)-온양(22일)'에 도착하였다가 8월 1일에 출발
하여 '직산(1일)-진위(2일)-과천(3일)-창덕궁(4일)'으로 돌아온 일정
들이 간략하게 기록되어 있다. 이렇게 우여곡절 끝에 온양으로 행차

할 때에 어머니의 마음이 〈한중록〉에는 아래와 같이 기술되었다.

당시 온양 거동 결속을 차리오셔 칠월 십삼일 떠나시니 선희궁이 자모지
정에 온행을 어찌 회환하실꼬 조이시는 마음과 못잊자오시는 정리를 이를
것이 없아와 찬합을 이어하여 보내시고 질자 이인강이 공주 영장이러니 어
찌 가서 지내시는고 소문이나 알아 들이라 권권하시니 어이 그렇지 아니하
시리오

한중록

어렵게 시행된 행차지만 온양은 작은 고을이라 동궁은 곧 싫증
을 내고 환궁 후에 다시 황해도 평산을 가겠다고 하자 그곳은 온양
만 못하다고 해 겨우 진정시킨다. 아버지가 경희궁으로 옮겨가시자
처음에는 후원에서 말달리기와 군기붙이로 소일을 하다가 이것도
싫증을 느끼자 7월부터는 미행을 시작한다. 이듬해(영조 37년)인 신
사년은 죽기 1년 전이라 병환이 더욱 심하고 여러 가지 일이 있었다.
〈한중록〉을 중심으로 정리하면 다음과 같다.

① 정월에 의대 시중을 들던 후궁(현주어미, 은전군과 청근현주의
   생모)을 쳐 죽게 했다.
② 1~3월은 미행이 더욱 심해졌다.
③ 삼월 회간에 관서를 미행하고 이십 여일 만에 환궁했다.
④ 오월 순후에 처음 경희궁에 가서 문안했다.
⑤ 6월에 학질을 얻어 수개월 민망히 지냈다.

265

⑥ 10월 병이 더욱 깊어졌다. 세손빈 간택 시작하다.

⑦ 12월 세손빈 삼간택, 통정 옥관자를 달고 가 식전에 돌아왔다.

이렇게 수많은 일들을 겪으면서 임오년(영조 38년)을 맞게 된다. 3월이 되어 병환이 더욱 심해져 민망한 일이 연이어 일어났다. 이렇게 급박한 때에 선희궁이 찾아온다.

그 달에 선희궁이 세손 가례 후 처음으로 세손빈도 보실 겸 아래 대궐 내려오시니 소조께서 반갑고 귀하오셔 대접하심이 과중 과중하시니 마음이 영하여 마지막 영결로 그러하시던지 하여 잡숩는 것과 잔치하는 잔상이 거룩하여 과는 높게 고이고 인삼과까지 하여 놓고 수석시 지으시고 헌작하시고 남은 것 없이 받으오시고 후원에 모셔갈 제 소과로 대련 모양같이 하여 선희궁께오서 마다하시되 우겨 타시게 하고 앞에 대기치 세우고 취타하며 모시니 그 모양이 당신은 극진히 효봉하시는 일이나 선희궁께오서는 당신 병환을 망극 차악하여 하시고 점점 하릴없는 줄 보시고 어느 지경에 가실 줄 모르시니 나를 대하시면 안수만 흘리시고 공구하오셔 어찌될꼬. 만 하오셔 겨우 수일을 묵으시고 올라가시니 어머님도 우시고 아드님도 척연하여 하시니 종천영결로 그러하시던 듯싶으며 나는 날로 위란한 가운데 생면으로 다시 뵈올까 싶지 아니하여 마음이 더 베이는 듯한지라

한중록

인용문에서 보듯이 선희궁이 아들을 찾아왔을 때 사도세자는 무슨 영감이 있었는지 극도의 효심을 표한다. 그러나 받는 어머니로

서는 아들의 병이 깊어 그러한 것으로 여겨 더욱 가슴이 아팠을 것이다. 5월 22일 나경언의 상소로 조정은 다시 술렁인다. 어려서부터 부왕의 자애를 입지 못한 동궁은 그것이 병이 되어 나타났고 그 병으로 인해 영조는 더욱 아들을 미워하게 되는 악순환이 해를 더하여 심화되었다. 이러한 때 나경언의 상소로 세자의 비행이 여론화되자 영조는 이미 세자를 없애려고 마음을 굳히고 있었으나 실행에 옮기기를 주저하고 있었다. 이 모든 사태를 주변에서 모를 리 없었다. 다만 너무나 엄청난 일이기에 누구 하나 입에 담지 못할 뿐이었다. 그동안 사려 깊고 섬세한 영빈은 이 숨막히는 시간을 줄이는 악역을 감당할 사람이 자신이라는 것을 충분히 감지했을 것이다. "하늘과 땅이 맞붙고 해와 달이 빛을 잃은 날",(영조 38년 윤 5월 13일) 전날 밤 며느리에게 어쩔 수 없는 상황을 편지로 쓰고 영조에게 "성궁을 보호하여 종사를 붙들기 위해 동궁을 죽이라"고 말하게 된다. 그러나 삼종의 혈맥은 세손에게 있으므로 손자를 후사로 삼을 것을 분명히 한다. 이 말이 끝나자마자 영조가 조금도 지체 없이 곧바로 실행에 옮겼다는 것은 선희궁의 입에서 '동궁을 죽이라'는 말이 나오기만을 기다리고 있었다는 것을 짐작하게 한다.

〈한중록〉이나 『영조실록』에는 선희궁이 세자를 죽이라고 말했다고 한다. 선희궁은 그러한 말을 할 수밖에 없는 이유를 다음과 같이 들고 있다.

첫째, 성궁聖躬을 보호해 종사宗社를 붙들어야 한다.
둘째, 삼종혈맥三宗血脈이 세손에게 있으니 세손을 구해야 한다.

물론 이러한 말은 사관에 따라 다를 수 있겠지만, 어느 어머니가 자신의 영달이나 사사로운 감정으로 자식을 죽일 수 있겠는가? 그럴 수밖에 없는 극한 상황까지 몰고 온 사도세자의 병환이 원망스러웠을 것이다.


### 3) '내 묘에는 풀도 나지 않으리라'

임오화변 후 선희궁은 모든 정성을 손자에게 향한다. 자신이 엄청난 일을 하도록 고한 것도 손자 때문이었다. 만약 그때 세자가 영조를 죽이는 극단적인 행동을 했었다면 세손이 살아 있었겠는가라고 여러 차례 반추하는 내용이 있다. 그러므로 '세자를 죽이라'는 모진 말을 하게 된 가장 큰 이유는 세손을 지키기 위해서였다. 아래 인용문은 아들을 잃은 어머니가 손자(정조)에게 모든 정성을 다하던 모습을 묘사한 부분이다.

> 선희궁께오서 아드님 정을 옮기 오셔 세손에게 서러우신 마음을 쏟아 좌와기거와 음식범백에 방심치 못하오셔 한방에 머무오셔 새벽 깨셔서 밝지 않아 글읽으라 하오시고 나가실 제 칠십 노인이 한가지로 일찍 일어나셔 조반을 부디 보살펴 드리니 세손이 이른 음식을 못 진어하시되 조모 지성을 위하여 강잉하여 자시더라하니 선희궁 그때 정사를 또 어찌 생각하리오.
>
> 한중록

그 후 선희궁은 아들에 대한 서러운 마음과 정을 손자(정조)에게 옮겨 쏟다가 2년 후 아들 곁으로 갈 때까지 고통과 회한의 나날을 보냈다. 아들 사도세자가 죽은 직후 "칠월이 인산이니 그 전에 선희궁이 나를 와 보시고 재실을 대하오셔 머리를 두드리시고 가슴을 쳐 통곡하시니, 그 정리의 그음 없아오심이 또 어떠하시리오"라며 혜경궁은 시어머니의 심정을 누구보다도 잘 헤아렸다. 〈한중록〉에는 당시 영빈 이씨의 아픈 마음을 아래와 같이 서술했다.

칠월 담사에 선희궁께오서 내려오셔 지내시고, 가을 후는 모이어 고식姑媳이 상의하자 정녕한 기약이오시더니 홀연 배종背腫이 나오셔 칠월 이십육일 하세하오시니, 망극하기 어찌 예사 고식지정姑媳之情으로 이르리오. 당신이 나라를 위하오셔 자모의 하지 못할 일을 하오시고, 비록 선군을 위하신 일이나 지통이야 오죽하시리오. 상시 말씀이 "내가 못할 일을 차마 하였으니 내 자취에는 풀도 나지 아니 하리라" 하오시고, "내 본심인즉 위종국爲宗國 위성궁爲聖躬한 일이나 생각하면 모질고 흉하니, 빈궁은 내 마음을 알거니와 세손 남매라도 나를 어찌 알리" 하시고, 매양 밤에 침수를 아니 하오시고 동편 퇴에 나앉으오셔 동녘을 바라 상심하오시며, 혹 "그 거조擧措를 아니하여도 나라가 보전할런가, 내가 잘못하였는가" 하시다가, 또 "그렇지 않다. 여편네 유약한 소견이지 내 어이 잘못하였으리오" 혼궁에 오신 때면 부르짖어 울고 서러워하오셔 심중에 병이 되오셔 몸을 마치오시니 더욱 섧도다.

한중록

인용문에는 아들이 죽은 후 매일 밤 동편 툇마루에 앉아 동녘을 바라보며 "혹시 그때 동궁을 죽이라는 말을 하지 않았더라면, 나라

가 보존되지 않았겠는가? 그러면 내가 잘못한 것이 아닌가?"라고 반문하다가는 "아니다. 그렇지 않다. 여편네 유약한 소견이 내 어이 잘못 하였으리오"를 반추하면서 잠 못 이루는 밤이 계속되었다고 한다. 이렇게 아들의 혼궁에 가면 울부짖고 서러워하던 고통이 병이 되어 그녀 자신도 2년 후엔 아들 곁으로 갔다. 생전에 "내가 아들을 죽이는 못할 짓을 하였으니 내 자취에는 풀도 나지 않으리라"고 한 말에서는 아들을 죽이라고 말할 수밖에 없었던 어머니의 마음을 읽을 수 있다. 세월을 넘어 우리의 가슴을 아프게 한다.

영조 40년 7월 26일, 사도세자의 생모 영빈 이씨는 경희궁 양덕당養德堂에서 69세로 한 많은 생을 마감한다. 『영조실록』에는 영빈의 죽음을 아래와 같이 기록했다.



임금이 친히 영빈의 제문을 지었는데 발인할 때에 친히 나가 보겠다는 구절이 있었다. 승지 이인배가 "우리 조정의 가법은 엄중하여 후궁의 상에 임금이 직접 임하였던 일은 없었습니다"라고 하여 가지 못했다.(영조 40년 8월 8일) 그러나 법도 때문에 직접 상에 나가지 못했어도 영조의 마음은 죽은 영빈 곁에 있었다. 그러므로 그 후

의소懿昭의 묘에 거동하였다가 어가를 돌려 갑자기 영빈 방에 들르겠다고 명한다. 이때는 영빈이 죽어 아직 장사를 치르지 않았었기에 옥당의 관원 원의손元義孫과 서명선徐命善 등이 구대求對하여 말씀을 드리니 임금이 노하여 말하기를 "영빈을 어찌 다른 후궁과 똑같이 볼 수 있겠는가? 차마 이런 말을 하는 자는 나를 따라올 것이 없다"라고 하면서 영빈의 상차喪次에 들렀다가 밤이 되어서야 궁으로 돌아왔다(영조 40년 8월 30일)는 기록이 있다.

9월 26일, 영조는 공묵합恭默閤에서 대신들과 세손을 앞에 두고 아래와 같이 말한다.

임오년의 대의大義를 만약 통쾌하게 유시하지 않았더라면 윤리가 그때부터 폐지되었을 것이다. 그의 어머니가 만고에도 없는 지경을 당하고 그의 아버지가 만고에도 없는 의리를 행하였다. 그렇지 않았다면 내가 어찌 오늘날이 있었겠으며, 세손 역시 어찌 오늘날이 있었겠는가? 아! 동방이 망하게 되었으니, 비록 은혜를 베풀고 싶더라도 누가 은혜를 베풀겠는가? 그때 존재하느냐 망하느냐가 순식간에 달려 있었다. 너의 조모가 없었더라면 어찌 오늘날이 있겠으며 너의 조부가 없었더라면 어떻게 이 일을 분변해낼 수 있었겠는가? 일이 이와 같았기 때문에 너의 아비의 호號를 회복시켜 묘廟를 세워주었고 너의 어미가 혜빈이라는 호를 받은 것이다. 너의 조모가 백세에 의리를 세웠으니, 일거에 종사가 다시 존재하고 의리가 크게 밝혀졌다고 하겠다. 그렇지 않았을 경우에는 조선이 어떻게 조선이 되었겠는가? 아! 너의 조모가 계실 때에는 차마 말할 수 없었으나 지금은 조용히 의리에 따라 처리하였다. 내가 의열義烈로 표시한 것은 너의 조모를 위한 것이 아니라 종사

의 대의★義를 위한 것이다. 오늘날 신하가 만일 이 의리를 소홀히 여긴다면 윤리가 폐지될 것이다. 어찌 너의 조모뿐이겠는가. 장차 너를 어느 곳에다 두게 되겠는가? 아! 너의 어미도 대의를 알고 있었다. 네가 너의 어미 뜻을 따른 것은 단지 대의의 당연한 것을 보았기 때문이니, 이는 천지의 변함없는 떳떳한 법이라고 하겠다. 너의 조모는 대의로 사직을 보호하였는데, 너의 어미가 너의 조모에게 털끝만큼이라도 이의가 없었던 것은 역시 이러한 의리 때문이었다.

영조 40년 9월 26일

인용문에서 보듯 "임오년의 대의를 만약 통쾌하게 유시하지 않았더라면 윤리가 그때부터 폐지되었을 것이다. 그의 어머니가 만고에도 없는 지경을 당하고 그의 아버지가 만고에도 없는 의리를 행하였다. 그렇지 않았다면 내가 어찌 오늘날이 있겠으며 세손 역시 어찌 오늘날이 있었겠는가? 너의 조모가 없었다면 어찌 오늘날이 있겠는가. 너의 조모가 백세에 의리를 세웠으니 일거에 종사가 다시 존재하고 의리가 크게 밝혀졌다. 너의 어머니도 대의를 알고 있었다. 너의 어머니가 너의 조모에게 털끝만큼이라도 이의가 없었던 것은 역시 이러한 의리 때문이다. 세손에게 앉으라고 명하고 누누이 밝게 유시하였다."라고 하였다. 이로 보아 영빈이 자신이 낳은 아들을 죽이라고 말할 수밖에 없었던 것은 작품에서 누누이 말한 것과 같이 대의를 위했음을 알 수 있다.

# 8장
# 시누이 화평옹주와 화완옹주

## 1. 화평옹주和平翁主

화평옹주는 영조 3년(1727) 4월 27일에 영빈 이씨暎嬪李氏 소생으로 태어났다. 영조의 서 3녀로 영빈 이씨의 첫 딸이다. 영조는 사랑하는 여인의 첫 딸이라서인지 이 옹주를 무척이나 사랑했다. 12세인 영조 14년(1738) 2월 30일 박사정朴師正의 아들 박명원朴明源과 혼인하였다. 박명원은 금성위錦城尉로 봉작되었는데 사랑하는 딸의 남편이라 결혼 전에도 궁궐에 자주 불렀음을 알게 하는 〈한중록〉의 한 대목이다.

영묘께오서 화평옹주를 천륜 밖에 타별他別하게 기애하시다가 무오년에 금성위를 빼셔 미처 행례行禮하시기 전 동궁 처소에서 놀게 하시니, 그 부마 駙馬 사랑하오심이 옹주로 더불어 특별하오신지라.

한중록

273

옹주는 결혼한 후에도 16세까지 궁궐에 머물면서 영조 사랑을 받았고 궁궐을 떠난 후에도 자주 입궐하였으므로 그녀는 〈한중록〉의 주요한 사건 곳곳에 등장한다. 실록에는 옹주의 집을 찾아가 좀처럼 환궁하지 않아 민망하다는 내용이 아래와 같이 기록되었다.



영조 19년 12월 3일

화평옹주는 사랑하는 동생(사도세자)의 행동이 아버지 영조의 마음을 불편하게 할 때에도 중재 역할을 잘하였다고 올케 혜경궁은 여러 차례 회고했다. 이러한 옹주의 죽음은 남은 자들에게 큰 상처가 되었다. 영조 24년(1748) 6월 24일 화평옹주의 병이 위독하게 되자 가인家人을 시켜 아버지 영조에게 다시 천안을 뵐 수 없을 것 같다고 아래의 전갈을 보낸다.

家人을 시켜 아뢰기를, "병이 위독하여 다시 천안天顏을 모실 수가 없을 것 같습니다"하자, 임금이 갑자기 행행하였다. 일이 갑작스러운 데에서 나왔으므로 백관百官이 미처 다 모이지 못한 탓으로 여위興衛가 미비하여 의장儀仗을 이룰 수가 없었다. 옹주가 곧 이어 졸하자 임금이 매우 슬퍼하였으며, 빈소殯所에 임어하여서는 통곡하면서 슬픔을 스스로 억제하지 못하였다. 날씨가 매우 무더웠는데 밤새도록 환궁하지 않자, 대신과 여러 신하들, 정원政院이 누차 접견하게 해줄 것을 청하였으나, 인대引對를 허락하지 않고 앉아서 밤을 새웠다. 염습殮襲할 때 친림親臨하였으며, 일등一等으로 호상護喪하라고 명하였다.

영조 24년 6월 24일

영조는 슬픔을 억제하지 못하여 밤새 옹주의 집에 머물다 이튿날 환궁한다. 26일 다시 옹주 집에 행차하여 다시 밤을 새우고 27일에야 환궁하였다. 당시 사관은 균형을 잃은 영조의 행동을 아래와 같이 기록했다.

임금이 화평옹주의 집에 있으면서 창덕궁昌德宮으로 이차移次하라고 명하였다. 임금이 옹주의 집에 있을 적에 비가 심하게 내렸으므로 백관과 군병들이 하루 종일 비를 맞았다. 오후에 창덕궁으로 이차하게 하자 뭇 신하들이 간쟁하였으나, 되지 않았다. 이는 장차 다시 염빈殮殯에 임어하기 위해서였다. 사신은 말한다. "왕자王者가 상喪에 임어하는 데에는 본래 전례典禮가 있는 것으로, 열조 이래 왕자나 옹주의 상에 간혹 나아가 임어하기도 했었으나 곧 이어 즉시 환궁하였다. 따라서 빈렴殯殮에 친림親臨한 일은 예로부

*275*

터 들은 적이 없던 일이다. 대신과 여러 재신宰臣들이 간쟁하지 않은 것이 아니지만 끝내 감동시켜 돌이킬 수 없었던 것은 20년 동안 뜻을 봉행하는 것이 습관으로 굳어져 구차스럽게 따르기만 하는 신하가 되는 것을 달갑게 여기기 때문인 것이다. 그리하여 전에 없던 지나친 거조가 있기에 이르러서는 비록 바로잡으려 했었으나, 그 또한 늦은 것이었다"

영조 24년 6월 25일

임금이 또 화평옹주의 집에 행행하였는데, 대신大臣이 간쟁하였어도 되지 않았다. 옥당玉堂에서 차자를 진달해도 비답하지 않은 채 도로 내어 주었다. 이때 대관臺官들은 모두 나오지 않았으므로, 한마디도 간쟁한 사람이 있지 않았다. 단지 공조 판서 조관빈趙觀彬, 호조 참의 윤광의尹光毅가 상소하여 간쟁했으나 정원에서 직분을 넘어선 말이라는 것으로 입계入啓하려 하지 않았다.

사신은 말한다. "조정에 대신臺臣이 없는데, 임금에게 지나친 거조가 있을 경우에는 관官에 있는 자는 누구든 모두 간쟁할 수 있는 것이다. 그런데도 정원에서 두 상소를 봉입捧入하지 않은 것은 무슨 까닭인가?"

영조 24년 6월 26일

"미음米飮 같은 음식도 잘 넘기지 못하여 매양 답답한 때가 많다. 태묘太廟에 전알展謁한 연후에야 마음이 조금 안정될 수 있을 것 같다" 하였다. 도제조 조현명趙顯命이 말하기를,

"전하께서 한 귀주貴主의 상사 때문에 슬퍼하는 것이 여기에 이르렀으니, 이런 내용을 사책史册에 기록한다면 전하를 어떠한 임금이라고 여기겠습니

까?"하니, 임금이 말하기를,

"이번만이 아니라 효장孝章의 묘우廟宇를 지날 적마다 마음이 항상 답답하였다. 부모와 자녀 사이에는 부모 마음을 잘 알아주는 자식이 있는 것이니, 자부子婦의 경우에는 현빈賢嬪이 내 마음을 알아주고 딸의 경우에는 화평 옹주和平翁主가 내 마음을 알아주었는데, 이제 갑자기 이 지경에 이르렀다. 내가 자식을 사랑하는 마음에서 그러는 것이 아니라, 단지 그의 사람됨을 애석하게 여겨서 그런 것이다"

영조 24년 7월 1일

이외에도 영조는 정사를 돌보지 않은 채 슬픔에 잠겨 있는 날이 많아 여러 차례 상소를 받는다. 7월 1일자 도제조 조현명의 상소의 대답에서 알 수 있듯이 옹주는 아버지의 마음을 가장 잘 알아주는 딸이었을 뿐 아니라 정신적으로도 많이 의지한 딸이었다. 이러한 딸을 잃은 영조의 슬픔이 도를 넘었으므로 성궁을 돌보지 않음을 근심하는 상소가 끊이지 않았다. 당시 옹주의 남편 박명원은 매우 민망하여 땅에 엎드려 죄줄 것을 청하였다. 영조는 "네가 나를 부옹으로 여긴다면 어찌 감히 그럴 수 있겠는가?"면서 노하여 꾸짖는다. 이후에도 슬픔을 자제하지 못하여 오랫동안 정무를 보지 않는 지경에 이르고 대신들의 상소는 줄을 잇는다. 당시 이 모든 일들을 보아 온 사신은 대신들의 말은 물로 돌을 치는 것과 같았다고 아래와 같이 기록하였다.

이때 대신大臣들의 말이 물로 돌을 치는 것과 같았으니, 이것이 임금의 마음을 격뇌激惱시킨 것이 아니겠는가? 아니면 평소 대신들의 성의가 누적되

277

이후에는 상당 부분 옹주 상사 후에 왕의 슬픔이 정도에 지나치다는 대신들의 염려하는 상소로 채워지더니 이번에는 옹주의 장례 절차가 다시 실록을 메운다. 7월 8일 금성위 박명원朴明源이 상소하여 옹주의 상사를 1등의 장례葬禮로 하게 한 것을 사양하니 비답하기를 "녹봉祿俸이 1등이면 장례도 1등으로 하는 것이 전례인데, 어찌 외람되다고 하는가? 왕희王姬를 중히 여기기 위한 것인데, 감히 사양할 수 있겠는가?"라고 답한다. 옹주의 장지는 임금이 종신宗臣 가운데 감여술堪輿術을 아는 남원군南原君 이설 등을 시켜 장지葬地를 살펴보게 했는데, 윤씨 집 장전莊田의 뒤가 길지吉地라고 하였다. 임금이 호조에 명하여 은銀을 내어 민가民家에 지급하고 1백여 호戶를 모두 헐었다. 당시의 상황을 사신은 다시 아래와 같이 기록하였다.

가 없어서 임금이 이런 잘못을 있게 하였으니, 애석한 일이다. 그리고 사람이 죽으면 개간할 수 없는 땅에다 장사지내는 것인데, 가령 옹주가 훌륭하다면 의당 그의 뜻을 따라 그 아름다움을 완성시켜 주어야 하는 것이지만, 남의 집안에서 대대로 전수하여 온 땅을 빼앗고 또 민가 수백 호를 헐어 내게 하였으니, 대저 임금이 백성을 위하는 덕의德意가 지극했는데도 오히려 가리워져서 생각하지 못한 탓인가?

영조 24년 윤 7월 3일

사신은 옹주 상사 후의 중도를 잃은 왕의 잘못을 일일이 다 기록할 수 없다. 이제 다시 대대로 내려온 땅을 몰수하고 더욱이 민가 수백 호를 헐어서 장지를 쓰는 것은 왕의 도리가 아니며 그것은 옹주를 위하는 것이 아니다. 이는 옹주의 부덕을 해치는 결과라면서 매우 신랄하게 비판을 하고 있다. 이렇게 정사도 돌보지 않을 정도로 아버지의 감시가 소홀해지자 세자는 평소에 하고 싶었던 행동을 거리낌 없이 하게 된다.

무진 유월에 화평옹주 상사喪事 나니 영묘께오서 천륜 밖 타별하시던 따님을 잃사오셔 애통하심이 거의 성체를 버리오실 듯 하시고 선희궁 서러워함이 또한 같으시니, 두 분이 참척에 만사여몽萬事如夢하사 그 아드님도 돌아보지 못하시니, 그 사이 꺼릴 것 없이 유희도 더 하오시고 세상만사에 아니 하여보시는 것이 없어, 활 쏘시고 칼 쓰오시고 기예붙이를 다 능히 잘 하셔 희롱하오시는 것이 다 그 붙이오시고, 그림 그리기로 날을 보내시고 경문서적經文書籍을 좋아하셔 당주복자 김명기金明基에게 경經을 써 오라 하셔 공부

279

이후 부자간의 갈등은 날이 갈수록 고조된다. 그때마다 혜경궁은 '화평옹주가 살아계셨더라면'하고 애석해하곤 했다. 아래의 인용문은 그 중의 한 예다.



혜경궁은 화평옹주가 일찍 죽은 것이 국운과도 관계지울 만한 애석한 일이라 한다. 그것은 영조의 사랑으로 부자간의 갈등을 해소할 수 있어서만이 아니라 옹주 자신이 지닌 아래와 같은 성품 때문이었다.

라 따로인 듯이 가차하오시니, 기쁘고 즐거우셔 부왕께 두려워하오시기 나
으시니, 화평옹주가 장수하오셨더면 전궁殿宮 사이에 돕삽고 유익함이 어떠
하리오.

한중록

이 옹주가 좀 더 오래 살았더라면 사도세자의 비극적인 죽음은
없었을 것이다. 그러면 혜경궁도 그 많은 한을 간직할 이유가 없으
므로 〈한중록〉은 생성되지 않았을 것이다. 한 사람의 고운 성품이
자신은 물론 주변 사람들의 운명까지 뒤바꿀 수 있게 한 것이었다.


## 2. 화완옹주和緩翁主 정처鄭妻

화완옹주는 영빈 이씨 소생으로 영조 14년(1798) 1월 19일에 태
어났다. 영빈 이씨의 막내딸이지만 영조에게는 12옹주 중 9녀다. 그
녀가 태어났을 당시 위로 정빈 이씨 소생의 화순옹주(19세)와 영빈
이씨 소생의 언니 화평옹주(12세)와 화협옹주(6세), 4세의 오빠(사도
세자)가 있었다. 당시 맏언니 화순옹주는 13세인 영조 8년(1732) 11
월 29일에 김한신과 혼인하고 15세인 영조 10년(1734) 8월 20일 출
합出閤하였으므로 궁궐에는 동복同腹의 두 언니와 오빠뿐이었다. 훗
날 화완옹주가 3살 때인 정조 2년(1778)에 귀인으로 봉해졌던 숙원
조씨(1707~1780) 소생의 화유옹주가 태어났으므로 막내로서의 귀
여움도 길게 받지 못했다.

　　혜경궁이 세자빈으로 입궐할 당시 화완옹주는 7세의 어린 소녀로 화평옹주가 죽기 전까지는 〈한중록〉의 사건 전개에 중요한 인물이 아니었다. 그러나 화평옹주가 24세의 젊은 나이로 갑자기 죽자 영조의 사랑이 이 옹주에게 옮겨지면서 중요한 사건마다 직접 또는 간접적으로 작자에게 한의 제공자로 등장한다. 〈한중록〉에는 그 과정이 아래와 같이 기술되었다.


　　본디 정처鄭妻를 화평옹주 버금으로 사랑하시더니, 화평옹주 없는 후 성체聖體를 두오실 데 없아오시고, 성회聖懷를 붙이오실 데 없아오시니 자연 정처에게 정이 옮기오셔 그 별륜총애를 어찌 다 기록하리오.

한중록


　　영조 25년(1749) 3월 4일에 12세의 화완옹주는 판서 정우량鄭羽良의 아들 정치달鄭致達을 간택하고 7월 6일에 혼인하여 정치달鄭致達을 일성위日城尉로 봉하였다. 그 후부터는 이 옹주에 대한 기록이 〈한중록〉과 『영조실록』에 자주 나타난다. 화평옹주를 사랑하던 영조의 마음이 이 옹주에게 옮겨지면서 자연 옹주의 시가에까지 미치게 되었음을 아래 인용문에서 알 수 있다.


　　전 판부사 정우량鄭羽良이 졸卒하였는데, 임금이 죽음을 애석히 여기는 전교를 내리고 사제賜祭하고 증시贈諡하였다. 정우량은 글재주는 있으나 지망地望이 없어서 오로지 임금의 뜻을 맞추는 것으로 떳떳하지 않은 길을 뚫어 임금의 사랑을 두텁게 받아서 청현직淸顯職을 두루 지내고 정승의 자리에 이르

렀다. 그 아들 정치달鄭致達은 화완 옹주和緩翁主에게 장가들었는데, 화완 옹
주가 임금의 딸들 가운데에서 임금의 가장 깊은 사랑을 받았고 성질도 요사
하게 혜민慧敏하므로, 염치없이 승진을 다투는 조사朝士는 모두 정우량과 그
아우 정휘량鄭翬良에게 성기聲氣를 통하였다. 그때 또 최익남崔益男·이봉환李鳳
煥이라는 자가 있었는데, 모두 미천하고 요사한 무리로서 그 집에 출입하며
중개하는 자가 되었으므로, 식자는 세도世道를 위하여 매우 근심하였다.

영조 30년 1월 7일

인용문에서 보듯 처세가 능한 정우량이 그 아들을 옹주의 부마
가 되게 한 것으로 보면 옹주가 혼인할 즈음엔 부왕의 사랑이 화평
옹주로부터 옮겨 사랑하였음을 확인할 수 있다. 이후 영조는 화평
옹주 생전에 하듯이 화완옹주의 집에도 자주 거동하여 뜻있는 이
들은 매우 염려하였다.

## 1) 남편과 딸을 잃다

임금이 화완옹주和緩翁主의 집에 거동하였으니 옹주가 바야흐로
아이를 낳았기 때문이었다. 창졸간에 명이 내려져서 의장儀仗이 열
列을 이루지 못함이 많았으나 대신과 삼사에서 한 사람도 간쟁諫爭하
지 않았으므로 중외에서 우려하고 한탄하였다.(영조 32년 8월 3일) 영
조 33년(1757) 1월 21일에 화완옹주(20세)의 돌도 지나지 않은 딸의
병세가 위중하게 되었다. 영조는 신하들의 만류를 뿌리치고 아래와
같이 화완옹주의 집에 거동한다.

283

이렇게 영조 33년(1757) 1월 23일에 딸을 잃었는데 한 달도 지나지 않은 2월 15일에 남편 일성위 정치달이 졸卒한다. 이날 공교롭게도 정성왕후도 승하하였었다. 영조는 정치달의 부음을 받고 일성위 상가에 나갔다가 4경(새벽 2~4시)에서야 환궁하여 정성왕후의 습과 염殮은 16일에야 할 수 있었다. 앞서 살펴본『영조실록』에서도 상식을 벗어난 영조의 처신을 기록하였다.

## 2) 권세욕과 시샘이 많은 옹주

화완옹주는 20세에 딸과 남편을 잃었으므로 개인적으로는 매우 불행한 여인이었다. 그래서인지 화완옹주는 언니 화평옹주와는 판이하게 다른 성격의 소유자였다. 혜경궁은 옹주의 성격을 아래와 같이 묘사했다.

종애를 받으리 하여 내인이라도 신임하시면 싫어하고 세손을 장중掌中에 넣어 일시를 욕득을 못하게 하고, 내가 세손 어민 줄 미워 제가 어미 노릇을 하려하고, 내가 장래 대비大妃가 되고 저는 못될 일을 시기하여 갑신처분도 지어낸 일이요

한중록

인용문에서 보면 이 옹주는 남에게 지기 싫어하고 시기심이 많으며 시샘과 권력을 과시하기 좋아하는 성격으로 올케인 혜경궁에게 아래의 세 가지 한을 남게 했다.

(1) 갑신처분을 지어내어 혜경궁을 대비가 되지 못하게 하였다.
(2) 정조 내외를 이간하여 사속嗣續을 잇지 못하게 하였다.
(3) 정조를 외가(풍산 홍씨)와 소원하게 하였다.

### (1) 갑신처분을 지어내어 혜경궁을 대비가 되지 못하게 하였다

갑신처분은 혜경궁이 평생 지닌 한으로 〈한중록〉 곳곳에 언급되었다. 이 처분은 영조 40년(1764)인 갑신년甲申年 2월 19일에 갑자기 단행된다. 영조는 꿈에 하교를 받았다면서 세손(정조)을 효장세자의 후사로 삼았음을 여러 관원들에게 알린다. 〈한중록〉에는 이 처분이 남에게 지기 싫어하는 화완옹주가 지어낸 이간으로 장차 혜경궁이 대비가 되는 것을 막기 위해서였다고 한다. 당시 영조는 여러 관원들을 진전眞殿에 모이게 한 후에 이 처분을 알린다.

285

봉조하奉朝賀 유척기俞拓基와 영부사領府事 신만申晚 등이 일제히 "이는 나라
의 중대한 일인데 신충宸衷으로 결단하셨으니, 아래에 있는 자가 어찌 감히
용의容議할 일이겠습니까?"로 감히 이의를 제기하지 못한다. 영조는 다시
세손에게 이르기를,

"일후에 여러 신하들이 혹 이 일로 말하는 자가 있다면 이는 옳은 일이
냐, 그른 일이냐?"

하고 물어서

"그른 일이옵니다"

는 세손의 대답을 듣는다. 다시

"그렇다면 군자이냐, 소인이냐?"

하니, "소인입니다"

라는 대답을 하게 하여 그 대답을 더욱 확실하게 하기 위해서인지 굳이 사
관에게

"너희들이 상세히 기록하는 것이 좋겠다"

는 기록이 있다. 이때 아들을 빼앗기는 혜경궁의 아버지 홍봉한洪鳳漢이 말
하기를,

"하늘이 우리나라를 도우사 충자의 오늘의 마음이 변하지 않는다면 종사
의 복이옵니다"

하고서

"신이 늘 전일의 일에 대하여 어찌 비통한 마음이 없겠습니까마는 일후에
혹 신 등에게 지적하여 물으신다면 신 등이 장차 어떻게 대답하면 되겠습니
까? 주상께서 한번 명백하게 하교하신 연후에라야 할 말이 있겠습니다"

하니, 임금이 말하기를,

"동궁이 이미 알고 있거늘, 어찌 다시 말할 필요가 있는가?"

하였다. 홍봉한이 말하기를,

"동궁께서 일후에 혹시 물으신다면 전하께서 하교하시지 않으신 일을 신 등이 어찌 감히 말하겠습니까?"

하니, 임금이 말하기를,

"저의 조모와 저의 어미가 있는데 어찌 모를 것인가?"

하였다. 홍봉한이 말하기를,

"신의 이 말은 일신의 화복을 위함이 아닙니다"

하니, 임금이 말하기를,

"내가 평일에 영상에게 서운함이 없었던 것은 아니었으나 오늘의 말은 가히 참다운 충신의 말이라 하겠다"

하고, 이어 고유하였던 어제문御製文을 사각史閣에 보관하라고 명한 다음 반교頒教를 사신詞臣에게 명하지 않고 어제 문으로 중외에 반시頒示하라고 명하였다.

영조 40년 2월 20일

갑신처분으로 세손(정조)은 법적으로 생부와 생모의 아들이 아니라 일찍 죽은 큰아버지 효장세자의 양자가 된 것이다. 그리하여 정조가 왕이 되자 큰아버지는 진종으로 큰어머니는 효순왕후로 추증되었다. 영조로 보면 죄인의 아들이 왕이 되었을 때에 있을 수 있는 악재를 미리 제거한 현명한 조처였다. 그러나 어머니에게는 평생의 한으로 남게 된 것이다.

287

## (2) 세손 내외를 이간하여 사속을 보지 못하게 하였다

아래 인용문은 세손 내외를 이간하게 되는 이유를 설명하고 있다.

세손이 차차 따로 계신 후 행여 궁녀배宮女輩에게 눈독을 들이실까, 내관이라도 사랑하시고 마땅히 부리실까 살펴보는 눈이 번개 같으니 세손께서 잠깐 쉬실 때라도 마음을 놓고 지내시지 못하시고, 양궁 사이 금하기는 경인년부터 심하여, 형적 없고 대수롭지 못한 일을 털을 불어 흉을 하여 들리며, 그간에 빈궁 해하던 일과 핍박하던 거조는 하 천백 가지니 어찌 다 기록하리오. 세손 내외 사이가 좋을까 시기하여, 백 가지 이간, 천 가지 이간 험담으로 부디 양궁 사이를 빙탄을 만들고, 세손이 혹 궁녀를 가까이 하실까 질색하여, 눈을 떠 보지 못하시게 하여 사속이 부디 나지 못하도록 하고

한중록

세손이 본디 성품이 담연하셔 금슬이 밀밀치 못하시거니와, 그 사람이 손에 화복을 쥐고 앉아 한사코 남의 내외 사이를 말리니, 설사 화락코자 뜻이 계신들 어찌 감히 하시리오. 이리하여 소남지경이 가망이 없으니 선친이 양궁 금슬이 화하여 쉬 생산하시기를 주야에 축천하셔 입대하신 때면 "그리 마오소서" 간절히 간하시고 그나마 자제들도 따라 우탄과 근심이 측량없으니, 두 사이를 그대도록 금하여 행여 아들을 낳으실까 겁을 내고, 귀주네가 외간에 말 지어놓기를 "세손께서 아들 못 낳으시는 병환이 계시다" 하여 더욱 민심이 소동하던 것이니, 그 심술이 이제 생각하여도 흉악하도다. …… 그 때 정처가 세손을 수중에 끼고 용납을 못하게 하여 한 가지 일을 자유치 못하게 하는지라. 양궁사이 화락치 못하게 하고 세손이 처가에

이러한 옹주의 이간 때문인지 동궁 내외 사이에서는 자손이 하나도 없다. 그러나 정조가 '아들을 못 낳는 병이 있다'는 흉한 말은 사실이 아니었다. 후궁 소생이지만 2남 2녀를 두었고 둘째 아들이 보위를 이은 순조이므로 모해하는 말이었음을 알 수 있다. 그러나 역대 왕들에 비하여 자손이 적은 것으로 보면 옹주의 시샘이 정조의 후손을 많지 않게 한 것은 아닌가 생각된다.

### ⑶ 세손(정조)을 외가와 소원하게 했다

정조가 외가와 소원하게 된 것은 화완옹주의 이간에서 비롯되었다는 증거를 작품에서는 거듭 밝히고 있다.

세손 외가를 꺼려 흉한 계교로 이간을 붙여 세손이 외가에 정이 소하게 하니, 이것이 곧 기축년 별감 일이오, 세손이 장인을 좋아하시면 청원을 새우고, 심지어 세손이 송사를 산삭하시느라 밖에 나가시면 송사책宋史冊을 다 새우니, 백천만사百千萬事에 저만 권을 쓰며 제게만 붙좇고 다른 이는 다 없어라 하는 법이니, 이 어찌 된 사람이뇨. 이 다 국운소관國運所關이라 하늘이 무슨 뜻으로 모년이 있게 하셔 종국宗國에 거의 전복할 번하게 하시고, 또 괴이한 부녀를 내어 세도를 괴란하고, 진신이 어육이 되게 하니 알 길이 없을 뿐이로다.

한중록

289

정조가 아버지를 잃은 임오화변 후부터 갑신년에 할머니(선희궁)가 돌아갈 때까지는 매사를 예법으로 엄하게 훈계하였었다. 혜경궁도 자모의 마음으로 귀에 거슬리는 말을 아끼지 않았으므로 어린 마음에 재미없이 여기게 된다. 그러나 고모는 생사화복이 다 그 수중에 있고 아름다운 의복과 가죽신 그리고 좋은 칼과 맛있는 음식으로 각별하게 정을 나타내니 아기네 마음에 점점 어미와 외가는 무미하고 그 고모는 정들고 귀한 것이 되니 전에 외가만 아시던 정이 차차 감하여 갔다고 한다. 이러한 책임이 옹주에게 있다고 다음과 같이 말한다.

을유 동冬 즈음부터, 밥 자실 제 그 고모와 겸상하고 그 반찬 자시다가도 내가 앉았으면 "겸상도 어찌 여길까", "음식도 어찌 볼까"하여, 기이고자 할 것이 아니로되 내가 무엇이라 할까 하여 뵈고자 아니하고 알지 말고자 하는 눈치가 차차 나니, 세손이야 십 삼세 충년沖年이시니 품가할 것이 아니요, 그 사람이 적이 인심이 있을 양이면 그 오라버님 아들이요, 내 남다른 정리로 그 아들을 의지하고 자기에게 부탁하였으니, 우리 모자의 정리가 불쌍가련하니, 한가지로 가르치고 도와 착하기만 바라 서로 한 마음으로 하는 것이 인정 천리人情天理에 당연한 일이거늘 이 사람이 뜻이 홀연 이러하여 모자의 사이를 이간하려 계교를 낸 줄이 아니 흉악하리오.

한중록

그러나 그 당시는 이 옹주의 영향력이 너무 컸으므로 모른 체하고 말할 수 없었다. 이렇게 하여 모자와 외손 사이가 소원하게 된 것이 정조 즉위 후 외가를 몰락하게 한 요인이 되었다고 〈한중록〉 여러 곳에 기술되었다.

### 3) 기축년 외입사건

세손이 외가에 서운하게 된 결정적인 일은 기축년의 세손 외입사건과 을미년의 대리 사건 때문이었다. 그 중 을미년 대리정사는 앞에서 언급하였다. 기축년은 영조 45년(1769)이다. 이때 세손(정조)은 18세고 매부인 흥은부위興恩副尉 정재화(청선군주 남편)는 16세였다. 하루는 화완옹주가 밤에 찾아와서 세손이 매부와 어울려 다니면서 불미스러운 일을 하고 있으니 행동을 중지하도록 조처하라고 아래와 같이 말한다.

병술에 흥은부위가 부마가 되니 용모와 동지 아름다운지라, 세손이 매부妹夫를 어여삐 여기오시더니 기축간에 그 아이가 반하여 별감別監들 데리고 외입外入이 무수하고 동궁께는 모시고도 체면 없는 일이 많으니, 세손이 소년지심少年之心이라, 가납하시고 물리치지 않으시던가 싶은데, 세손이 흥정당興政堂에 계시니 나 있는 처소와 절원하여 바히 몰랐더니, 흥은興恩이 총관으로 번 든 때는 들어와 뵈옵고 노니 …… 세손이 흥은 사랑하시는 것을 새워 한 살로 둘을 쏘는 계교로, 일일은 밤에 나를 와 보고 정담情談하여 가로대, "세손이 흥은에게 혹하여 이번 진연 적 외방外方 기녀의 말도 하고, 진연進宴날 저 가까이 한 계집도 가리켜 보시게 하고, 별감들이 사건 유들을 알으시게 하고, 그밖에 상없는 일이 많으니 저러할 데가 어디 있으리이까. 이

당시 혜경궁은 세손이 기거하는 처소와 멀리 떨어져 있어서 세손
의 행동거지를 잘 모르고 있었다. 옹주는 세손이 지금과 같은 행동
을 계속하면 아버지가 할아버지 손에 죽은 것과 같은 큰 화변이 다
시 일어날 수도 있다는 것이다. 그러니 자신이 알려줬다고는 하지
말고 스스로 안 것으로 하여 빨리 조처하라고 한다. 그러면서 외할
아버지가 같이 돌아다녔던 별감들을 귀양 보내는 것으로 요란하지
않게 수습하는 것이 좋을 거라고 귀띔한다. 이 말을 들은 혜경궁은
고모가 세손을 위하여 근심하여 한 말인 줄 알고 선친께 편지로 모
든 것을 말하고 별감들을 귀양 보내기를 청한다. 그러나 여러 번 기
별하였으나 요란하니 못하겠다면서 종시 듣지 않았었다.

옹주는 사건이 자신이 의도한 대로 처리되지 않자 다시 찾아온
다. 외할아버지가 세손의 외입을 막지 않으면 누가 할 수 있겠으며
일이 더 커지기 전에 빨리 처리하는 게 좋을 것이라고 말한다. 이 말
을 들은 혜경궁은 다급한 생각에 3~4일을 밥을 굶으면서 세손의
외입을 다스려 줄 것을 아버지께 청한다. 딸이 절식하고 죽으려 함
으로 홍봉한은 당시 형조 참판이며 전에 세손의 사부였던 조영순趙
榮順에게 시켜 세손을 모시던 별감들을 귀양보냈다. 그러나 사건이

처리되자 옹주는 세손에게 "일을 저리 요란히 하여 세상에 모를 이 없으니 마노라 무슨 사람이 되시겠소"라고 말하면서 오히려 "외할 아버지가 되어서 일을 묻어 덮어 주지는 않고 허물을 드러내니 그러한 인정이 어디 있으리오" 하면서 날마다 같은 말로 외가의 흉을 본다. 이리하여 세손은 외할아버지를 귀하게 여기던 마음이 변하게 되었다고 한다. 그러나 이러한 사실을 몰랐던 혜경궁과 홍봉한은 그 처분을 잘한 것으로만 생각하였으므로 후환이 있으리라고 조금도 의심하지 않았었다. 그 후 을미년(영조 51년, 1775)에 홍국영이 "기축사로 전혀 미안이 되시니라" 하기에 비로소 함정에 빠진 것을 깨닫게 되었다는 것이다.

이 사건과 관련된 자세한 기록을 『영조실록』에서 찾을 수는 없고 정조 즉위 초에 기축년 사건이 『정조실록』에 아래와 같이 기록되었다.

조영순趙榮順의 관작을 추탈追奪하였다. 이에 앞서 기축년 무렵에 하나의 의빈(儀賓, 흥은부위興恩副尉 정재화鄭在和이다)이 액례掖隷들을 끼고 밤을 틈타 떼 지어 다니며 여염閭閻에서 난동을 부렸었다. 조영순이 바야흐로 형조 참판이었기에 이때의 정승 홍봉한洪鳳漢이 조영순에게 부탁하여 액례들을 잡아다가 다스리도록 했었는데, 더러 전파되기를, '조영순이 척신戚臣에게 대하여 의빈儀賓의 일을 엄폐掩蔽하며 감히 말할 수 없는 자리에 돌리는 짓을 하되 부도不道한 말이 있기까지 했다.'

정조 1년 8월 16일

인용문을 보면 기축년 별감 사건이 정재화가 저지른 것으로 되어 있다. 그러나 "부도한 말이 있었다"는 것으로 보아 당시 화완옹주로부터 세손의 외입 사건을 듣고 남편에 이어 아들까지 화를 당할까 마음 졸였던 작자의 마음을 확인할 수 있다. 그때 옹주의 이간에 휘말리지 않았더라면 친정이 그토록 화를 당하지 않았을 거라고 후회하면서 오랜 시간이 흐른 후에 다시 거론하는 것은 조영순이 후에 관작이 다시 회복되었기 때문이다. 이렇게 화완옹주는 조카가 자신보다 매부와 가까이하는 것도, 또한 외가와 친히 지내는 것도 용납하지 않는 독점욕이 강한 여성이었음을 알 수 있다. 혜경궁은 이 옹주가 남편 일성위가 일찍 죽지 않고 자녀를 낳아 가정의 재미를 붙였더라면 그러지 않았을 거라면서 아래와 같이 연민의 정을 토로하기도 하였다.

정처가 남편과 자식이 있어 가실家室의 자미를 알던들 이대로록 탁란濁亂하기를 못하였을 듯하니 애닯도다.

한중록

## 4) 작위가 박탈되어 정처鄭妻로 불리다

이러한 옹주의 위세도 정조가 대리를 시작할 즈음인 영조 말년부터는 세력을 잃기 시작하였다. 정조 즉위 초부터 죄인을 주살誅殺해야 한다는 상소가 끊이지 않는다. 이때 정조는 결단을 내리지 못하고 있는 이유를 아래와 같이 말한다.

화완옹주和緩翁主를 죄가 없다고 여겨서가 아니라 그가 선대왕先大王께서 깊이 자애慈愛하셨기 때문에 이에 이르도록 하는 대로 내버려 두다가 크게 어그러지는 짓을 함에 빠지게 된 것이다. 만일에 선왕께서 아시지 못한 것으로 한다면 선왕의 총명에 손상됨이 어떠하고, 만일에 선왕께서 아시고도 처분을 내리지 않은 것으로 한다면 선왕의 덕에 누가 됨이 어떠하겠는가? ······ 절도絕島에 정배定配하고 자진自盡하도록 한다면, 이는 내가 선왕을 저버리지 않게 되고 후세의 역사에도 익애溺愛로 쓰지 않게 될 것이다. 이는 사의私意도 아니고 또한 공론에 거슬리게 되지도 않을 것이다.

정조 2년 윤 6월 17일

이렇게 정조는 고모 화완옹주의 죄목으로 무척이나 갈등하지만 여론을 더 이상 이기지 못하여 처음에는 교동도에 안치시켰다가 다시 파주목으로 귀양보낸다. 그러나 파주는 도성과 다름없다는 신하들의 성화에 다시 교동부로 고치면서 "선대왕先大王께서 평소 무척 사랑하였던 때문에 그러는 것이다. 그렇지 않다면 내가 어찌 윤종允從하지 않겠는가?"라고 말했다.(정조 3년, 1779년 6월 18일) 할아버지가 그토록 사랑하던 고모를 귀양 보내는 것을 가슴 아파하는 정조의 마음을 헤아릴 수 있다. 그 후에도 조정에서는 이 벌이 가볍다고 계속하여 죄를 줄 것을 청한다. 한편 정처가 안치된 곳을 이탈하여 서울 근처에까지 올라오자 국법을 시행하여 화근을 막으라는 상소가 계속된다.

지금 천만 뜻밖에도 안치된 곳을 제멋대로 이탈하여 서울 근처에까지 올

정조 14년 9월 5일

그 후 정조는 옹주의 죄목을 누구보다도 잘 알고 있으면서도 "병신년 이후 24년 동안 이 대궐에 와서 이 날을 지날 때마다 어느 것을 보든지 부모님을 추모하는 생각이 솟구쳐 올라 어떻게 억누를 수가 없다. 병신년의 처분은 바로 선왕의 뜻을 밝힌 것이었고, 오늘 용서해 석방하려고 하는 것도 선왕의 뜻을 본받아 하는 것이다. 만약 선조先朝의 성심聖心을 자기 마음으로 삼아 이때에 이 마음을 가지려고 한다면 이 일에 대해 조정의 신하들도 반드시 알아 느끼는 것이 있을 것이니, 어찌 혹 다른 말이 있겠는가. 서울 집에 둔 지도 이미 오래되었다. 진위 여부가 애매모호한데 죄안罪案은 아직도 있기 때문에 오늘 반드시 사유赦宥하려고 하는 것이다. 정치달 처鄭致達妻의 죄명을 없애고 특별히 완전히 용서하여 조금이나마 내 마음을 펴는 방도로 삼겠다"(정조 23년 3월 4일)라고 말한다. 선왕(영조)이 옹주를 얼마나 사랑했는가를 그 누구보다도 잘 알기 때문이었다.

화완옹주는 언니 화평옹주와 함께 아버지(영조)로부터 지극한 사랑을 받았음에도 언니와는 판이한 평가를 받았다. 외명부의 품계도 초월하는 왕녀로 태어나 아버지의 비호로 무소불위의 권력을 휘두르다가 만년에는 작위를 박탈당하여 〈한중록〉에서는 '정처'로 등장한다. 사나운 팔자가 명을 이었는지 화완옹주는 정조보다 더 오래 살다가 순조 8년(1808) 5월 17일 71세로 영욕榮辱의 극과 극의 생을 마감했다.

# 참고문헌

『조선왕조실록(朝鮮王朝實錄)』

『승정원일기(承政院日記)』

이광현(李光鉉),『임오일기』

『숙빈최씨자료집(淑嬪崔氏資料集) 1, 2, 4』 장서각, 2008.

정은임,『<한중록> 교주본』, 이회출판사, 2002.


강효석,『대동기문』, 한양서원, 1926.

김용숙,「왕조사회와 수기문학」, 황패강 외편,『한국문학연구입문』, 지식산업사, 1982.

______,『한중록연구』, 한국연구원, 1983.

______,『조선조 궁중풍속 연구』, 일지사, 1987.

문화재청,『조선시대 궁궐 용어해설』, 2009.

신명호,『조선왕비 실록』, 역사의 아침, 2007.

______,『조선공주 실록』, 역사의 아침, 2009.

이신 편,『한국기담 일화선』, <꽃 중의 좋은 꽃>, 을유문화사, 1976.

이증복,『한국야담사화전집 9』, 동국문화사, 1959.

이홍종,『허풍쟁이와 바람쟁이』, <방석을 비켜 앉은 처녀>, 한길사, 1995.

임석재,『임석재전집 6』, <왕후간택>, 평민사, 1990.

정은임,『궁궐사람들의 삶과 문화』, 태학사, 2007.

______,『문학의 창으로 본 조선의 궁중문화1』(삶과 죽음의 공간), 채륜, 2009.

지두환,『인조대왕과 친인척』, 역사문화, 2000.

______,『광해군과 친인척(1-2)』, 역사문화, 2002.

______,『선조대왕과 친인척(1-3)』, 역사문화, 2002.

______,『경종대왕과 친인척』, 역사문화, 2009.

______,『숙종대왕과 친인척(1-3)』, 역사문화, 2009.

______, 『영조대왕과 친인척(1-3)』, 역사문화, 2009.

______, 『정조대왕과 친인척(1-2)』, 역사문화, 2009.

Parul Hernardi, 『Beyond Genre』, Conell University Press, 1972.


정은임, 「궁정실기문학연구 –장르 이론과 수용 미학적 견지에서–」, 숙명여대 박사논문, 1988.

______, 「<한중록>에 나타난 실기문학적 성격 Ⅰ–작자의 생애를 중심으로–」, 『논문집』, 제26집 강남대학교 출판부, 1995.

______, 「<한중록>에 나타난 실기문학적 성격 Ⅱ –인물의 성격을 중심으로–」, 『인문과학논집』, 제2집, 강남대학교 인문과학연구소, 1996.

______, 「<한중록>에 나타난 실기문학적 성격 Ⅲ –영조의 성격과 만년의 주요 사건–」, 『논문집』, 제29집, 강남대학교 출판부, 1998.

______, 「<한중록>에 나타난 실기문학적 성격 Ⅳ –사도세자의 생모 영빈이씨–」, 『논문집』, 제32집, 강남대학교 출판부, 1998.

______, 「<한중록>에 나타난 실기문학적 성격 Ⅴ –사도세자의 생애를 중심으로–」, 『논문집』, 제34집, 강남대학교 출판부, 1999.

______, 「조선조 궁중문학의 장르 재조명」, 『동양학』32집, 단국대학교 동양학연구소, 2002.

______, 「<한중록>에 나타난 실기문학적 성격 Ⅵ –정순왕후의 생애를 중심으로–」, 『인문과학논집』, 제12집, 강남대학교 인문과학연구소, 2003.

______, 「조선조 궁중문학의 특질」, 『문명연지』제4권 3호, 한국문명학회, 2003.

______, 「<한중록>에 투영된 인물연구 –혜경궁 홍씨를 중심으로」, 『한국어문화』제7집, 한국어문화연구소, 2010.

# 찾아보기

128, 130, 133, 137, 140, 146, 153, 158, 160, 172, 178, 207, 231, 238, 241, 257, 258, 261, 265, 273, 287, 289, 291
동뢰  66, 70, 248
뒤주  12, 15, 30, 65, 86, 89, 90, 107, 108, 111, 118, 125, 149, 155, 156, 160, 161, 212, 215, 228, 240

## ㅁ

무수리  31, 215, 216, 219, 226
무신역변  232, 233
문녀  89, 142, 143, 144, 262
문성국  89, 142, 143, 144, 262
문효세자  251

## ㅂ

박동량  38, 39
박명원  181, 182, 185, 257, 273, 274, 277, 278
박응서 사건  37
별궁  31, 60, 61, 63, 64, 66, 67, 69, 70, 170, 171, 259, 260
보모상궁  39, 59
본결궁인  223
부마  35, 44, 45, 46, 47, 67, 82, 207, 217, 273, 283, 291
부마단자  45
부위  200, 201, 202, 204, 207, 208, 209, 211, 291, 293
비자  59
빙애  150, 151, 152, 153

## ㅅ

사도세자  6, 12, 19, 20, 22, 33, 50, 65, 77, 81, 89, 90, 91, 101, 108, 115, 117, 122, 125, 135, 140, 149, 152, 156, 162, 167, 172, 178,

179, 180, 182, 202, 210, 230, 240, 253, 255, 261, 266, 270, 274, 281, 299
산실청  78
삼간택  45, 57, 60, 67, 70, 98, 171, 248, 259, 266
삼불필지설  176
서궁  35, 43, 220, 222
석어당  39, 40
선의왕후  99, 139, 140, 232, 254, 258
선조  16, 27, 30, 31, 35, 42, 47, 50, 53, 63, 76, 93, 118, 122, 128, 163, 179, 199, 216, 222, 253, 260, 296, 299
선희궁  55, 58, 62, 73, 74, 80, 81, 82, 83, 84, 99, 102, 126, 130, 140, 154, 158, 170, 171, 197, 232, 238, 245, 256, 259, 260, 261, 266, 279, 290
성적  54, 56, 60, 194
소령원  216
소론  87, 96, 138, 139, 173, 229, 232, 233
소북파  37
수렴청정  17, 21, 23, 120, 198, 227, 228, 250, 251
수은묘  181, 182
숙빈묘  216, 274
숙빈 최씨  83, 215, 219, 222, 227, 229
숙의 문씨  89, 142, 143, 144, 212, 228
숙종  47, 48, 62, 64, 82, 93, 96, 128, 130, 139, 152, 153, 160, 163, 177, 215, 219, 221, 229, 232, 237, 240, 244, 253, 263, 298
순조  6, 17, 20, 25, 121, 126, 163, 188, 192, 198, 202, 209, 210, 216, 240, 251, 253, 289, 297
승정원일기  25, 30, 99, 125, 150, 205, 298
신광수  156
신유사옥  250, 251, 252
신임사화  96, 233

# 혜경궁 홍씨와 왕실 사람들
문학의 창으로 본 조선의 궁중문화 2

1판 1쇄 인쇄 2010년 03월 20일
1판 1쇄 발행 2010년 03월 30일

지은이 정은임

펴낸이 서채윤
펴낸곳 채륜
표지·본문디자인 Design窓 (66605700@hanmail.net)

기획 박수용

등록 2007년 6월 25일(제25100-2007-000025호)
주소 서울 광진구 군자동 229
대표전화 02-6080-8778 | 팩스 02-6080-0707
E-mail chaeryunbook@naver.com



책값은 뒤표지에 있습니다.
ISBN 978-89-93799-16-3 04810
ISBN 978-89-93799-00-2(세트)